NEFS SUR L'OCÉAN

Vincent Thierry

Éditeur Patinet Thierri

1er Édition ISBN 2-87782-621-1
2e Édition ISBN 2-87782-622-8

© 2019
PATINET THIERRI ERIC

Éditeur : © Patinet Thierri 2019

ISBN 978-2-87782-622-8

NEFS
SUR
L'OCÉAN

Visiteur

Visiteur de ce chant, nous allions nantis du verbe des oasis précieux de l'esprit, délibérant ces moissons d'éden, ces routes aux sillons escarpés et ces haltes souveraines initiant des pentes les sommets à naître, là, lorsque le savoir s'interroge sur les lois opacifiées, ne trouvant plus mesure, s'éparpillant dans des considérations sans lendemains, dont les vagues de la mémoire regardent le déploiement, ses houles et ses remparts, ses desseins éternels, frises de combats, de paix et d'étreintes, enrubannés de mânes à propos, au cycle de parousie, délivrant la mesure incarnée des mondes, de leur azur, de cette singularité profonde sans masque agissant les univers, les abondant d'une ineffable mansuétude couronnée, livre d'un chant aux semis de voiles chamarrées fendant les océans, à la rencontre de ces mille Îles parsemant la moisson du règne.

Alors, qu'enchantement le souffle du vent délibère les sites en parcours, des citadelles étranges et sombres, d'autres harmonieuses et sublimes, des villes portuaires scintillant de flots bleus et myosotis, d'autres en source du ressac de cargaisons chamarrées, épithéliales aux cohortes azurées, dont le libre dessein des heures déploie une course noble et partagée, là, ici, plus loin, regard de l'enfant, de l'adolescent, de la femme comme de l'homme mûr bravant l'équinoxe afin d'enhardir, solsticiale, l'aventure épousée de l'Être, aux élytres d'un vol gracieux dont les marches du soleil entonnent, tels des buccinateurs, le chant d'orfèvre de leur lyre, voyant les lourds tambours de bronze résonner son cri guerrier en l'aquilon du vivant.

Là-bas, au règne mesuré, ce règne revêtant dans l'appariement des songes la plénitude incarnée, l'armure du cristal, l'épée du corail, et dans un souffle manifeste l'autorité de l'hymne, se devant victorieux sur toutes faces et par toutes faces, enseignement des architectonies majeures délivrant les brumes de leurs moires aisances, ramenant les lieux à leur pure détermination, par la maïeutique du Verbe en ses écrins, ses parcours, ses innocences, dont le Sage assigne la pérenne viduité, ouvrant cet univers aux univers majestueux, splendeur de l'aube baignant aux cristallisations moirées de rêves une constellation solaire dont les répons sont injonctions, injonctions souveraines acclimatant le dépassement, la conquête puis la maîtrise des éléments constituants les origines comme leurs assomptions.

Ainsi, alors que le vent emporte la poussière des étoiles vers des voies lumineuses, alors que l'eau sereine resplendit un chant d'amour, alors que les terres affrontent en leurs gigantismes les perles de la soif comme de l'ivoire, alors que le feu sacré des cieux délibère toute démonstration vivante, pour la Vie, par la Vie et en la Vie, là où se tient Mage l'essor du firmament, délibérant l'aube comme le crépuscule dans une indivision zénithale portant l'ardeur de toute mélopée, symphonie d'un monde ranimé déferlant de vagues amazones des terres nouvelles à essaimer aux chants secrets des rimes de la beauté en sa consubstantialité éponyme, oasis de la perception où plane l'Aigle souverain, impérial, immuable, scrutant l'aire de sa félicité où règnent l'Harmonie et la sagesse...

Discussion

Disait-il :

"La propagande est à l'œuvre, manifeste son autorité sur toutes les ondes, acclimatant le mensonge, la félonie, l'illusionnisme avec un vent de violence qui ne cesse de paraître, d'instiguer, de culpabiliser. Ce vent de folie morbide irradie des populations enchaînées à cette sous pensée qui se veut nectar alors qu'elle n'est que décomposition, abstraction du vide, permanence du viol comme du vol au profit de la désintégration, des sectes barbares où se congratule la bassesse, l'ignominie, le ridicule, initiant un pouvoir dont les secrets ne sont que des paravents pour dissimuler la bêtise associée à l'incapacité.

Ici trône l'imbécillité, cet apparat d'une supériorité basée sur les viaducs non plus de l'or mais de ce papier-monnaie qui ne vaut rien, basé sur la sueur, le sang et les larmes des Peuples, nouveaux esclaves d'homoncules qui se grisent de notations, traders dont les bréviaires annoncent la ruine des Nations sous le rire grotesque des prétendants au pouvoir, tous ces affamés qui viennent se prosterner dans ces sociétés dominées par des royautés déchues, humiliées, consanguines de ces troupeaux de l'errance qui ne sont, sous leur luxe, que des mendiants de l'intelligence.

Pas de chance pour ces êtres-là, qui en portent le nom mais n'en sont plus depuis longtemps, l'intelligence ne s'achète pas. Il en est ainsi, et à leur apparence, peuvent gîter leurs gitons, scribouillards de leurs atermoiements, philosophes de l'errance, romanciers du néant, peintres et sculpteurs minables, musiciens de pacotille, toute cette lie léchant à qui mieux mieux leur fondement pour au mieux obtenir des miettes de leurs banquets déchus, cette faune, à leur image, rejoindra les poubelles de l'Histoire, ce néant auquel elle appartient, car le privilège de l'intelligence n'appartient à personne, à aucune caste, à aucune barbarie, à aucune tribu, et, lorsqu'on observe la décadence, qu'il convient d'accélérer, de ce siècle, on pourra la chercher longtemps dans ce bestiaire du grotesque.

La fange rejoint la fange et s'oint de ses principes, Ouroboros est là, inutile, lamentable, et ce cuistre se lamente pour qu'on se lamente en chœur devant ses lamentations, allant jusqu'à accepter qu'il nous tonde comme un mouton avant de nous mener à l'abattoir, et avec nous nos futurs enfants qui ne naîtront pas, condamnés à mort par celles et ceux qui ont dit le serment d'Hippocrate mais dont les actes encouragés par la barbarie crachent sur sa devise. Deux cent mille avortements annuels, compensés par deux cent mille exogènes, ne voit-on pas là le viol de nos Peuples, condamnés à mort par la ruine qui parade !

Et cette fosse d'aisances ose dans sa purulence admissible inventer la nocivité, nocivité du tabac qui n'est pas plus nocif que n'importe quelle nourriture bâtie par les multinationales de l'alimentaire, pourrie aux engrais chimiques afin de rendre infertile l'individu, le rendre à l'état de larve, ose donc s'immiscer dans la vie privée pour taxer et taxer encore ! Il suffit de regarder le prix du pétrole à la pompe dans les pays du monde entier, pour voir que la liberté de circuler n'existera bientôt plus dans le nôtre, laboratoire de l'esclavagisme mondain, issu de cette secte qui ose s'appeler le siècle, issu d'un autre siècle qui n'a plus pied dans cette réalité qu'il cherche à détruire pour préserver ses privilèges lamentables, concordants ce délire de s'accroire puissance sur cette bulle économique qui va exploser inévitablement.

Le plus éclairant dans ce domaine de l'accroire est cette prétention à vouloir dominer, mais dominer sur quoi ? Des esclaves, des fanfarons, des prostitués de l'esprit, tout ce chœur qui abonde en ses ivresses, fructifie en ses bassesses, tout ce monde ovipare dont la bestialité se couronne, tout ce qui est néant et retournera au néant. Laissons donc ces pitres gouverner sur leur royaume de pestilence concertée, sur cette gangrène purulente, ce sida intellectuel majeur. La maladie terrassera son pouvoir lorsque bubonique sa peste ravagera les Nations qui, d'une seule voix se lèveront contre sa monstruosité : le meurtre légiféré, le meurtre des Cultures, le meurtre des Identités, le meurtre des Nations, le meurtre des Corps, le meurtre des Esprits, le meurtre des Âmes, tous meurtres couronnés par la démesure de l'atrophie qui la conflue.

Le temps est un allié précieux, sans mystère des âges, il prépare son dessein de la renaissance de la Vie sur les décombres qui se veulent règne, et ce temps approche, irréversible, et chacun des acteurs de cette entropie visqueuse le sait, cherchant à profiter encore de la noirceur de son ombre. Ce temps vient, et tel un tsunami sauvage il balaiera les scories de cette terre avec pour seule arme la conscience, la conscience souveraine, inattaquable, permanente, endormie pour certains, mais se réveillant, inflexiblement devant le danger représentant pour le vivant l'hirsute chaos qui se dresse. Il est déjà trop tard pour revenir en arrière pour ce front humiliant de l'hypocrisie associée à la terreur, les Esprits sont en reconquête et rien, et encore moins cette propagande délirante à laquelle sont soumis les Êtres Humains, qui n'est que le fourrier des vestiges qui se gargarisent encore de forces qu'ils n'ont plus, n'arrêtera la force de la volonté de vivre des générations qui viennent et banniront à jamais l'infection qui suppure ses palinodies sur toutes faces de notre monde."

Disait-il...

Il est venu ce temps

Il est venu ce temps des réalités loin des rumeurs stériles des opiacés médiatiques, la nature même de la folie se montre dans sa permanence, la folie antique de la monstruosité qui, dans le pouvoir, ne connaît plus de limites, à l'image de ces empereurs romains décadents et stériles. Le voici ce temps enfanté de la réalité témoignant de la barbarie dans ses sommets, l'arbitraire, la domesticité, cette arrogance qui croît comme le chiendent sur notre terre, cette conjonction qui s'allie pour d'une forfaiture délivrer son poison et s'absoudre en toute tyrannie.

Qu'il suffise de regarder les actes de ces castes barbaresques, toutes enceintes de la destruction à leur profit, la destruction des corps par le gouffre immense de médicamenteuses déchéances, par une nourriture affligeante et sordide, la décadence des esprits lavés par le bubon pestilent d'une diarrhée cosmétique, la pensée unique, la décadence spirituelle, marquée au fer rouge de la litanie de la repentance, inscrite par le pavlovisme le plus ridicule qui soit, la décadence de l'être humain, greffé par la bêtise associée à l'ignorance, nageant dans l'immondice et s'en félicitant, la décadence des Peuples, labiales de la tenaille qui les mortifie, d'un côté l'esclavage par le papier-monnaie, de l'autre côté l'esclavage par le parasitisme, la décadence des Races, soumises à la vertu de l'indifférencié, commuant leur réalité dans le phasme de la désertification par viols commandités de leurs souches, afin que cette consanguinité obligatoire produise le néant sur lequel peuvent régner les homoncules de ce temps, ectoplasmes qui se réjouissent de leur viviparité, ectoplasmes qui brillent dans le néant par le néant.

Ici l'inconsistance apparaît dans sa splendeur, et l'Art, juge des valeurs des siècles, en montre l'aphone et disgracieuse malversation. Ici se tient le lieu de toutes les dépravations orchestrées par la dépravation, dans cette paresse mentale qui conflue le non-humain à un appariement grotesque, confluent l'animal et bien plus simplement au sous-animal, un sous-animal qui dans son principe se régit à la gloire barbare de ses instincts les plus viscéraux, sachant que dans le pouvoir il peut se permettre toute typologie de ses mendicités, en grâce de ses carnets d'adresses, en grâce de ses appartenances, tenant les uns les autres par l'immoralité. Sordide démesure qui se consigne dans l'abattage de toutes réalités désordonnées où s'en viennent litanies leurs élytres pourrissants, ces gangrènes qui nourrissent le ferment de leur bestial appariement.

Car ne croyez, car ne voyez, il y a ici l'assortiment de tout ce qui conditionne et s'autoprotège, et ce qui se montre n'est que fumerolle qui n'atteint le brasier où les vestales commanditent les plus grands crimes contre l'humain, sa soumission, sa mise en esclavage, fut-elle sexuelle ou économique, l'aréopage de ces lieux étant équinoxe de toute Vie. Mais la Vie vaincra ces vers qui se vautrent, ces panaches qui s'éblouissent, ces écumes de sang qui se propagent, cette infamie que porte la terre et qui porte la terre au désert pour le plaisir de quelques nécrophages. Ce temps vient, libre de leurs desseins, de leurs menstrues de sueurs, de leurs belliqueuses incantations de chimpanzé en rut qui se dressent vers le levant pour implorer des dieux déchus, des ombres qui les couronnent, d'une noirceur profonde, les voyant s'accroire au-dessus des Lois Humaines. Ces Lois ne sont pas faites pour leur errance disent-ils, car nous sommes au-dessus des Lois. Nous les entendons, les voyons dans leurs dissertations, affligeantes demeures de cette tombe dans laquelle ils reviendront lorsque les Peuples comprendront les limbes dans lesquels ils errent, ces limbes qu'ils cherchent à faire partager par l'empathie.

Empathie pour leurs crimes, le viol des humbles, l'assassinat des humbles, la mise à mort des à peine nés et des vieillards, le viol des foules et des Peuples, leur mise à mort dans des guerres stériles, la mort de l'Humain au principe de leur non-humanité qui s'enchante et se glorifie par des scribes ridicules, incultes et décérébrés qui ont, seuls, droit de cité, ce droit inversé, mesure de leur répugnance qui s'expose inconditionnellement afin de salir la nature de l'humain, sa nature matérielle, sa nature intellectuelle, sa nature spirituelle, sa nature symbiotique, pour la réduire à l'atrophie qu'ils mettent en évidence, la nature osmotique, chaos informe réduisant la forme à l'informe, la structure comme l'organisation des Humains à une vespasienne bouchée depuis des siècles, sur laquelle ils vocifèrent, s'encouragent, telles ces barbares idoles, qu'ils représentent, momifiées dans l'animal le plus insipide comme le plus féroce. Un âge vient leur destitution. Patience...

Amour en fêtes...

Iris des vagues amazones et des cils en écrins, voici venir le temps de la beauté, des rives florales l'enchantement, demeure des lys et des roses incarnées, de ces fruits, danse, qui déploient leurs ailes épanouies, et les chœurs mystérieux, accompagnant le partage des joies dans une allégresse souveraine, alors, qu'enfanté des brumes, apparaît le soleil majestueux, ondoyant des rêves au miroir d'Agathe, des flots riverains, des blondeurs sacrées, où la nue du romarin des âges éblouie des stances alanguies, des faunes efflorescences, là, ici, plus loin, dans une fête de renouveau, dans le sacre du firmament exondant la magnificence des formes à la forge de l'éternité.

Ainsi de l'ambre aux joies olympiennes qui vont de fastes en fastes les lumineuses perceptions, aux libres enivrements dont les parfums aux arômes puissants éveillent toutes passions, tout avenir dans un clair dessein illuminant ce monde, vague après vague, toujours renouvelé par les talismaniques vertus délibérant le règne et ses mannes apprivoisées, car inscrit du Verbe aux efflorescences enchantées et épanchées, retrouvant la florale destinée des règnes délibérés, ouverts sur la constellation des flamboiements divins.

Dessein de souverains messages aux pâmoisons éternelles allant de fugue en fugues ces merveilleux paysages où les regards se confondent pour mieux s'unir dans un hymne de beauté, un hymne de plaisir, d'émotion et de partage dans l'azur constellant l'horizon de ses draperies diaphanes, de ses nuages épicés de rêves et de songes, incarnant les rives de ce temps, et d'autres temps aux amazones éclairées invitant de nomades éclipses aux frivoles densités, à ces nuptiales effervescences dont les mondes initient le préau, l'exquise renommée, par les vastes Olympes.

Serment de nefs adulées, conquises et chamarrées des âmes de ces heures qui s'écoulent, somptuaires, pour éclore un firmament divin, instant, sacre d'un printemps renouvelé dont l'Été en ses prémisses dessine le cil cristallin, délibérant les odes à naître, les blés à ensemencer, les clartés solaires, les temporalités baignées d'une onde de joie, ramifications des verbes effleurés, se conjuguant dans la florale détermination de signes transcendant toute devise pour en initier l'universel écrin, celui de l'Amour en ses fêtes...

Avant

Ainsi viendrais-je dans la pure lumière de la beauté, le ravissement des heures, et la portée des espaces infinis, ainsi viendrais-je dans ce Chant sacré qui inonde de sa Luminosité les Mondes et leurs Chants, ainsi vers toi Mon Dieu, rejoindre l'Éternité du Christ et sa pure bonté, Chevalier de ce Monde en son Temple, revenu des sens pour d'une allégresse élever d'autres Mondes par ces cœurs et ces hymnes fécondant tes Univers, et mon regard viendra ce Chant Souverain de cette Terre qui me fût naissance, cet apprentissage de la Vie matérialisée dans son essence et sa gravité, et toujours des Êtres en mes racines, des Êtres en mes lendemains et de mon amour Éternel, j'iriserais de bienveillance leur sort et leur densité, les révélant à la Divinité de votre Chant.

Ce Chant de l'Absolu dont les cristallisations nous sont éveil et plénitude, ainsi viendrais-je votre illumination que l'azur enveloppera des frais parfums des roseraies de l'Ouest, marchant dans la gravitation de la pluralité des mondes qui s'entrecroisent dans des volutes aux portiques tressés de rêves et de songes, tous les songes et tous les rêves de notre Humanité, marchant encore et encore les degrés des étincelants rivages parlant aux flots des Océans, aux cimes éveillées des forêts majestueuses, des prairies envoûtantes où un souffle de vent se joue des épis des blés mûrs.

Et mon regard glissera vers les cieux aux citadelles de florale demeure où la tendresse des Êtres que je quitterai redeviendra dans le ciel de votre mansuétude, aux orbes du temps qui se dissiperont, là dans ces lieux en majesté où l'écrin de l'Amour réuni à jamais les Amants immortels, sous les baies d'orangers et les frises des flores éveillées, dans ces préaux où les lacs mirent les ondes de votre ultime vérité en laquelle nous nous fondrons pour fonder vos cycles éternels, ainsi viendrais-je, mais auparavant, aux rives en propos, aux altières définitions des hymnes, affronterais-je vos épreuves, de lourdes vagues sans promesses, de vastes fumerolles étincelant les draperies de ce monde.

Dans la rectitude de l'Être en l'œuvre et par l'œuvre, toujours debout au milieu des ruines, vive arborescence de la souffrance, de ses règnes, de ses devises, de ses sorts, avec ce sentiment de ne jamais me plaindre de leurs équinoxes, avec cette force d'être encore et pour toujours dans cette foi inflexible du guerrier qui ne doit se laisser terrasser par l'adversité, avec ce feu vivant de la Foi incarnée du Templier voguant au-dessus des eaux, en grâce du Christ Roi, toujours veilleur des heurs et malheurs de ce monde Humain.

Délaissant cris et larmes amères, dans ce combat qui se doit, comme le fruit se désigne, comme l'argile rejoint la pierre, comme les semis de moisson éclosent les divines prairies, combat mené par chaque fibre de mon corps, de mon esprit, de mon âme, afin de porter plus haut le flamboiement de la divinité, Diamant foudre qui se doit, passant à travers les événements comme le souffle du vent, comme le rayon du soleil, comme le fleuve impassible, ne laissant pénétrer l'aigreur du destin, ses moires aisances serviles, ses thuriféraires hostilités, car inscrit dans le cycle et par le cycle de notre renouveau, de cette fertile incandescence qui ne disparaîtra aux lendemains des temps, délaissant les brouillards pour voguer vers la pure luminosité.

Plus tard, toujours plus tard dans le devoir d'accomplir, générer, délibérer et éveiller, ainsi alors que ce combat commence, alors que l'écharpe des armures scintille d'un feu vivant qu'il faut faire prospérer, ainsi sans larmes, sans haine, sans disproportion, j'avancerai dans ce combat, ainsi dans le sourire d'une victoire essentielle qui se doit, pour ces Autres, ces rives de l'Humanité pour qui tant reste à faire, tant doit être fait, ainsi dans la perception du chant qui vient, de cet hymne enlacé de la douleur qui pourrait être désespérance mais qui dans son calvaire sera résurrection.

Ainsi alors qu'au bord de l'abîme se dresse la cime à atteindre, dépasser et clarifier, tel en ce lieu, tel en ce chant, car le poète, messager et éclaireur des mondes, doit-il se battre, battre par tous les moyens, battre pour vaincre, sinon périr en combattant, seul règne de l'humain en sa préhension, son ascension, sa formidable désinence ouvrant sur toute transcendance, car il est de ce lieu en compréhension et par cette compréhension témoignage, et ce témoignage ne doit s'abstraire dans d'indivises lamentations, dans ces sommes déployées qui ne sont que des haillons dont il faut se séparer afin que la Lumière de toute création resplendisse à jamais et pour l'éternité.

Chants déployés

En pluie d'or par les chemins, qu'un ciel d'ivoire fonde aux larmes du soleil, le règne se tenait devant nous, ivre de la féerie des âges sous la nue, en rêves de l'horizon d'une vertu nouvelle à voir, disciple des roseraies de l'Ouest, de ces espaces multicolores que fêtent les vivants, dans la préciosité des heures, de ce temps qui s'écoule et ne renaît, gerbe de corail dont le vent parle de multiples vagues, dans la houle des feuilles des arbres millénaires, dans cette désinence sacrée du vœu d'un royaume, miracle d'une étoile blonde au cœur palpitant les fenaisons d'un cœur.

Ici, là, commune mesure de la raison, danse de prêtrise mûre où s'en viennent les sages en leurs illuminations, les mages en leurs devises, les guerriers en leurs forces, tout un monde aguerri que le royaume contemple, enchante, alors qu'enrubannés de verts pâturages se tiennent les chevaux précieux, hennissant l'aube levée, humant les flores adventices, attendant l'or des ébats des transhumances assumées, dont les pierreries aux algues renvoient les ondes lumineuses pour en fêter le rite souverain.

Tandis que les nefs s'enfuient vers le levant à la recherche de la nourriture des vivants, ceux des chaumes aux vastes goémons, ceux des plaines aux maisons olivâtre où des cheminées s'étirent de fumerolles légères et ouatées, ceux des forêts charriant les bois d'éden pour construire les mobiliers du chant, vêtures d'abeilles aux rangements cristallins voguant des cuivres en frisson, des tissages altiers aux coloris d'onyx, des parures d'ondes ambroisies et légères, toutes forges de lys profusions où babille l'enfant au sein de sa mère, réconforté.

Où se retirent les vieillards en voie d'apparition, où se meuvent les êtres de ce temps, devoir des travaux des jours, devoir de l'agir vertueux qui songe tandis que dansent les blés mûrs sous le vent, les feuillages arborés des arbres millénaires, les vagues douces et tendres de la mer olympienne, toutes vagues précieuses enseignées du chant humain, participant à leur vaste renom par une vaste écume, voie lumineuse des sites à midi, tandis que ruisselle la source cristalline où s'abreuvent les faunes émerveillés, allant, venant, amazones, les frontières des fleuves incarnés.

Rubis des âges qui se fêtent aux parures déployées, dans l'incarnat des rires distincts s'enchantant de vives avenues, là, ici, plus loin, préaux des songes à midi aux vêtures opiacées, de langueurs épousées, fronts nuptiaux contant les mémoires antiques, aux parchemins de règnes qui ne s'estompent, mais toujours viennent de leurs cils ouverts émerveiller les mondes à venir des temples aux frugales ascensions.

Aux roseraies de l'ouest, là, alors que s'enfante le dessein des hymnes advenus, promontoires de fantaisies fantasques des âmes planant au-dessus des eaux, dont les chants sont évanescence des souffrances de la terre, des querelles des êtres par ce temps, et bien d'autres vagues par leurs voix qui nous sont demeures, dans la raison du flot et dans la dimension d'un souffle où naît la parousie de tout univers, fécondant des œuvres apparues, témoignant par l'éternité de l'enseignement des chants altiers des circaètes et des aigles devisés...

À Gabriel T. †

Il nous est venu comme il est parti, des univers ce séjour si bref, dans ce cri silencieux d'une souffrance apaisée, et son simple regard nous restera, expression de ceux qui ne sont que de passage, alors que nous restons passants. Sans rides son front pur partagera cette éclipse du temps où le temps n'existe plus, délivré de portes à franchir, de ces quatre-vingt-dix-neuf portiques que tout un chacun viendra pour éluder la matérialité de ses sens, pour naître à l'Univers et ses fondations, en choix d'un revenir où d'un étincelant rivage, en choix d'un songe où d'un rêve que l'éternité veille. Ainsi, et nos prières l'accompagnent dans ce chemin qui n'est plus de croix mais de fidèle incarnation à la Vie, cette Vie qui toujours fonde ses desseins dans l'apprentissage de chaque moment, de chaque écrin, afin d'initier sa rémanence par les florilèges d'univers engendrés, dans ces lieux en répons dont chaque luminosité est cristal, dans l'éternité et par l'éternité, renaissance pour les uns, croissance pour les autres, développement pour les derniers, dans l'embrasement qui se doit invincible. Ainsi et dans la nature même de la cité régénératrice de l'Absolu qui est Dieu souverain de toute Éternité. Et nos mots, et nos chants devant la douleur se taisent pour enfanter ce seul hymne de cette Éternité de laquelle nous venons, en laquelle nous revenons, dans ces cycles nécessaires à la reconnaissance tant de l'infiniment petit que de l'infiniment grand, dans cette théurgie symbolique qu'aucun lien ne défait car lien souverain de la destination comme de la profondeur, en sa complexité comme sa simplicité, de chaque Être, quel qu'il soit, ayant devenir et destinée, car de la matière spirituelle en parcours de l'exfoliation spirituelle qui joint et rejoint toute éternité composée. Ainsi en l'aube nouvelle qui s'adresse à l'enfant d'une forme seulement, d'une seconde au-delà de l'instant présentant en ses yeux clairs la destinée de toute humanité, ainsi et à l'heure de notre mort qui est résurrection vers d'autres chants, d'autres hymnes, d'autres faces du destin souverain qui est nécessité. Que Dieu reçoive cet enfant et l'éclaire à la pure viduité. Ainsi soit-il.

Force et fragilité

De la fragilité de l'Humain. Mais de sa force aussi. De recherche en recherche, nul pour nous dire pourquoi cette célérité dans l'action de la survie, que cette face majestueuse de la Vie qui combat au-delà de tout naufrage et ce ne sont nos actes, nos intentions, ce préfixe, ce suffixe que la nuit obvie, téméraire incluse dans le désespoir le plus complet, dans la nidification de ces heurs et malheurs que la nature humaine engendre lorsque son unité se ramifie, s'exclue, s'improvise, qui y changeront quelque chose, car l'Humain est avant tout un combattant pour la Vie, en la Vie et par la Vie.

Ainsi les hautes vagues aux déploiements stériles qui voguent vers des grèves sans assiduité, dans un contexte où il n'y a plus rien que le morne silence des embruns, sacrifice de houles passagères, mensongères qui d'écarlates en écarlates s'effondrent au firmament, dans une pluie de larmes inconsolables, ne sont-elles de mises dans l'enjeu qui se doit en chacun, quel que soit le problème auquel il est confronté. Et ne faut-il pour chacun s'évader dans le temps de partir de cet écrin qui est, accroire que la reconquête n'est plus qu'un désert où s'enlisent les espoirs, les captations des naufrages assidus, et dans la pluie de l'aube les marches forcenées qui ne mènent nulle part, sinon dans la superficialité du vide et de ses acropoles, car dans ces degrés, et peut-être plus particulièrement dans ces degrés le combat de chacun se justifie.

Ici se tient la mesure sans oubli, voyant des villes fantômes où n'errent ni revenants, ni constructions, rien que le silence inouï, marbrant de ses nefs l'insondable écueil d'une parousie d'un renouveau qui est la marque du combat lui-même, suavité des secondes qui s'écoulent, dans l'azur et la prononciation de l'azur. De ce monde les échos, mille parchemins qui s'entrelacent, dans la raison du verbe, dans la densité des diaphanes éloquences, marbrant le chemin de la Vie en ses essors, où la pluie de l'aube assigne en leurs fêtes de nouvelles féeries, des accents sans inquiétude qui parlent de nouveaux parcours.

En ce monde et par ce monde, en cette majesté qui nous est alcôve un instant seulement, dont l'élasticité du temps rend compte, libre dessein des âmes qui ne s'ignorent dans la reconnaissance de l'Éternité, dans la prononciation du Nom qui ne s'oublie, si présent au moment où tout semble s'étioler, se circonvenir, alors que l'on s'enfonce dans de nuageuses perceptions. Et le combat ici devient témoignage, voyant l'Être debout, rappel du savoir que nous sommes en, et, de ce Nom, et que son immensité nous est un lac d'eaux claires où nous voguons, voyageur de son infini comme de sa majesté, voyageur de nefs en nefs vers l'éblouissant cristal de sa parure, celle azurant les univers innombrables, où nos chants s'aventurent, où nos signes se fécondent, où l'astre lui-même se correspond, dans une fertilité absolue que rien ne peut dissiper, que rien ne peut exclure, si tant de ses univers la disparition d'un seul de ses atomes voyant l'effondrement de tous les univers, ces univers que nous voyons, ces univers que nous respirons, ces univers que nous visitons, ces univers que nous admirons.

Éveil à notre Éternité qui ne se mesure, qui ne se déclare, qui est tout simplement, attendant que nos précieuses écumes se chargent de l'expérience de ce qu'inclut l'Éternité, attendant nos cargaisons de rêves comme de règnes, attendant de cette escale dont nous sommes passants cette communion de la Matière Spirituelle qui, sans naufrage, sera conquérante des mondes à naître et essaimer, ces vastes promontoires qui ne s'isolent mais vont la perception afin de fonder le corps de cette Éternité qui nous veille.

Chemin du chant dont les multiplicités sont parmi nous et au-delà de nous dans l'approche symbiotique élevant au firmament le regard de l'évanescence des contingences qui nous immobilisent, dans le cœur de ce temps qui n'est qu'un instant de notre Vie par la Vie et en la Vie, indestructible par essence, polymorphe par nécessité, dans le secret de l'Éternité composée qui, inexpugnable, d'exfoliation en exfoliation, advient sa condition souveraine dans le corps de l'Absolu. Ainsi le combat ne doit-il jamais tarir dans l'éblouissement vivant, en ce lieu et par ce temps dont la nécessité est un principe indivisible de la nécessité transcendante en rencontre de la nécessité immanente. Ainsi.

La mer à boire

Film remarquable sur la détresse des PME dans le cadre de cette crise fabriquée de toutes pièces pour prendre le pas sur les Nations et mettre en place en Europe, ce IV Reich de l'insolence et de la morgue, de l'outrance et de la traîtrise. À combien sommes-nous de faillites depuis 2008, dans le secteur de l'agriculture comme dans le secteur de l'industrie, pendant que pavanent tous les traîtres à la Nation, négriers en puissance qui vont faire travailler pour des prix de misère des populations exogènes, en implantant l'outil de travail à l'extérieur de nos frontières ? À combien sommes-nous de familles ruinées par l'insolence des Banques qui se gargarisent sans fins comme le vampire se réjouit de s'abreuver du sang de ses victimes ?

À l'heure où l'on entend parler de France Forte, ce qui ferait rire n'importe quel ignare, puisque la France a été vendue par un mini-traité dérisoire faisant fi de la volonté du peuple Français, à l'heure où se signent les traités du MES par tous les traîtres aux Nations, faisant de l'euro le porte enclume du paupérisme général qui s'instaure dans nos Nations, à l'heure où l'on a à la bouche que le mot Europe, cette tour de Babel immonde qui pond des lois comme on respire, des lois inutiles et sauvages, des lois ignobles et réductrices, une « europe » de sable.

Que le vent de la colère des Peuples fera disparaître lorsque les temps seront mûrs, ces temps qui viennent et qui verront s'effondrer cette couronne mortuaire représentée par cette assemblée de nains qui trône comme trônaient les empereurs Romains de la décadence, assemblée de petits esprits que l'on nous présente comme des élites et qui ne sont que des courroies de transmission de la gangrène usuraire qui pourrit le monde entier, cette gangrène choyée par cet hémicycle de l'imposture où le Président n'est pas élu par les Peuples, mais par ses congénères qui en loges, qui aux ordres de ce Bildelberg devenu l'apothéose de l'asservissement au mépris des forces de sa création, aux ordres des couronnes consanguines, de la City qui s'inquiète pour ses privilèges lorsqu'on attaque fermement le pouvoir financier parasite qui se complaît dans la destruction ordonnée par les politiques de tous Pays surfaits par cette banque centrale qui comme la FED aux États-Unis est une injure à l'intelligence Humaine qui se respecte.

La France n'est plus maîtresse d'elle-même, elle erre dans ce royaume pourri qu'est devenu l'Europe, une « europe » sans racines, sans patrie qui se complaît dans son autodestruction aux rythmes de ses parjures jusqu'à se faire prisonnière en son Parlement d'un Parlement qui n'a pas lieu d'exister en son sein. Errance, parasitisme, répugnance, voici les leviers de ce couronnement dont les relais à travers les Nations enchantent le Verbe ! Une Europe de la décadence, une Europe sans foi ni loi n'ayant pour sceptre que La City et ses ornements singuliers, auteur de ces deux guerres mondiales qui ont détruit la jeunesse Européenne, celle qui aurait pu dire halte !

Halte à la prévarication, à l'inféodation, à la dénaturation, à la traîtrise et à la félonie ! Une jeunesse ce jour larvaire percluse de musique barbare du vingt-cinquième son saturée, environnée de slogans culpabilisants, couches asymétriques de cette guerre silencieuse menée par la barbarie qui veut agenouillée et servile cette jeunesse, déracinée, inculte, et surtout soumise, soumise à l'avortement, à l'euthanasie, soupe populaire des loges défendant une voie inversée, car la Voie, c'est la protection de la Vie et non sa dénaturation !

Car la Voie c'est l'oriflamme de la Liberté par toutes configurations de la Vie, Vie matérielle, Vie organique, Vie culturelle, Vie spirituelle, et non cette génuflexion perpétuelle à une pensée de nain atrophié qui se veut philosophie des siècles à venir ! Car la Voie, c'est le courage d'affronter le parasitisme et de le terrasser dans sa condition même, économiquement en restituant aux Peuples le droit inaliénable de battre monnaie, permettant ainsi aux Nations de ne pas à avoir à emprunter près du parasitisme, et ainsi résorber des intérêts indus à toute la destruction en marche, c'est de même instaurer une taxation aux frontières des produits fabriqués dans les goulags communistes et pires encore, ceux qui se prétendent démocratiques, c'est aider en priorité les entreprises Françaises qui se réclament du Label France, et ne pas perdre de l'argent inutilement près de centres de profits exogènes qui ne sont pas partis de la réalité économique, c'est redonner à l'Agriculture son vrai visage, par une aide massive et par la taxation des produits de même nature qui proviennent de tous les Pays producteurs qui doivent avant que d'importer, nourrir leurs populations et non les affamer.

Car la Voie c'est culturellement rendre aux Nations leur culture et cesser de les voir pourries par tout le fumier de l'inexistence, cette ribambelle d'étrons qui se déhanchent tant sur les écrans de télévisions d'État que sur les scènes les plus triviales où ne sont produits que de minables entrefilets n'ayant pour buts que la génuflexion, car la culture ce n'est pas la pensée unique mais bien au contraire le parterre de tous les sens et de toutes les émotions, de ce vertige de l'intelligence Humaine qui n'a besoin de carcan pour s'exprimer et encore moins de police politique propagandiste pour se retrouver enferrée par le joug de tribunaux politiques en fonction de lois iniques qui doivent être destituées immédiatement afin que vive librement la pensée, la pensée intellectuelle, la pensée scientifique, la pensée artistique loin de ces bubons et de ces pestilences que l'on ose appeler des œuvres d'Art alors que ce ne sont que défécations d'esprits atrophiés et infertiles.

La Voie c'est spirituellement rendre ses racines aux Nations Européennes, ces racines Chrétiennes soumises à toutes les nausées de la purulence qui se veut dominante jusqu'à conchier le visage de Dieu sur une scène parisienne, ce qui n'a rien d'étonnant au regard de cette ville cosmopolite qui ne connaît et ne reconnaît comme dans toutes les capitales que le suint de l'atrophie morbide qui se couronne !

La Voie ce n'est pas simplement ce couronnement de ces actions, mais aussi la lutte pour la Vie, en la protégeant par la mise en place d'une garde Nationale chargée de faire respecter la Liberté de penser, de prospérer et de créer, en chaque Département des Nations, en redonnant à l'Armée sa place éternelle, qui est celle de veiller nos frontières et non pas de se retrouver prétorienne dans des missions qui ne sont pas les siennes, en restituant le service de soins adapté à la Population par la mise en chantier d'hôpitaux de proximité.

La Voie outre la protection de la Vie doit assurer le développement de la Vie, de la Vie dans ses us et coutumes, dans ce partage des Peuples dans leur communication, leur émulation, dans tous les domaines de la culture, de la science et des Arts, par un rayonnement qui ne sera pas fait d'addition mais de multiplication permettant la genèse de l'Europe des Nations et non de cette gabegie bureaucratique où viennent pointer pour toucher leurs 70 et quelques euros journaliers des «députés» qui ne font partie d'aucune commission, qui ne créent rien, et qui bien au contraire par corruption assoient lors des assemblées par l'intermédiaire de leurs voix des attributions à ce qui ne ressort en aucun cas du domaine public.

Une Europe libérée du carcan féodal de la consanguinité des royaumes et plus particulièrement de la City, une Europe où ne seront élus que les députés défendant leur Nation et l'Europe par l'intermédiaire de leur Nation, une Europe politique et militaire débarrassée du fardeau de la permissivité, de la dénature des obligations, une Europe libérée de tous les traités antérieurs qui devront être brûlés en place publique pour bien démontrer l'inutilité de leur ignominie, face à des Peuples qui se réveillent, fiers de leur Passé comme de leur avenir, et qui n'ont besoin d'être enlisés par les chaînes de la pensée unique, ce joug de la peur qui joue au profit de la stérilité, ce IV Reich que tout Peuple qui se respecte doit démettre immédiatement démocratiquement en n'élisant en chaque Nation que celles et ceux qui défendent la Nation, ce qui permettra de dérouter cette inutilité dangereuse, cette force qui se veut dominance et qui en fait n'est qu'un tigre de papier devant la volonté inexpugnable des Peuples qui se libéreront de son emprise.

Car face à cette « europe » du néant, ce camp de concentration où les libertés s'amenuisent de jour en jour, peut se dresser l'Europe des Nations, une Europe forte qui brisera l'hégémonie de cette outre de l'usure, une Europe réunissant les Nations s'étant exonérées de cette tache sur l'avenir Humain. À l'image de la Russie créant l'Eurasie, l'Europe des Nations doit s'émanciper pour retrouver sa vigueur et son aristocratie, et ne plus se laisser enliser par la médiocrité et ses agents, ces bellâtres au mensonge anachronique, ces rapaces dont la perversité physique, intellectuelle et spirituelle est sans limite.

Ce n'est qu'à ce prix que nous retrouverons notre finalité, la prospérité de la Vie et du Vivant, ce n'est qu'à ce prix que nos Peuples pourront enfin, libérés qu'ils seront de la bêtise, du mensonge et de l'ignominie, de la culpabilité et de ses féaux, reprendre conscience de leur réalité et dans cette réalité fonder dans l'harmonie une Europe forte et puissante qui ne sera à la remorque d'aucune société discrète, d'aucun empire sur le déclin, d'aucune société de pensée à la voie inverse traduisant ses espérances par la destruction de tout ce qui est, ce n'est qu'à ce prix que l'esprit d'entreprise et de créativité fera de nos Nations dans le cadre de cette Europe des Nations, une puissance harmonique qui en liaison avec les États-Unis d'Amérique, le Canada, l'Eurasie, forgeront l'empire d'Occident dans sa totale définition qui pourra enfin s'établir et non apparaître dans le monde multipolaire comme une force incontournable, qui la mènera ainsi à ce gouvernement Mondial qui se bâtira sur les Nations et non contre les Nations.

Voyage en semis

Et l'ambre en semis des hymnes sous le vent, irons-nous, portuaires des élans sauvages aux houles guerrières, misaines appontées aux vagues fières de l'Histoire, là, ici, plus loin, dans les sites azuréens, désignant des songes et des rêves les rubis incarnés aux flancs des cargaisons des règnes, épousant les sorts pour en affaiblir les rangs, et dans la pluie diaphane, aux combats menés qu'ivoire les passementeries des mondes, dresserons-nous d'opales les mystères couronnés aux mystiques allégeances, fruits de l'ode barbare dont nous délivrerons les terres dévoyées, par les rimes des clameurs de nos chants glissant de nefs en nefs l'esprit du levant, ses adresses perceptibles, et par-dessus tout, son ambitieuse affirmation vivante, par-delà l'atrophie et ses vestiges.

Ainsi dans les couleurs diaprées des vagues enfantées qui vont et viennent les illuminations natives, alors qu'aux coursives les marins naissent l'écume éblouie, et que dans les cales en ressac se tiennent le riz, les épices, et les étoffes chamarrées, du lys tisserand les livres en caducées qui viendront la parole zodiacale, là-bas, aux sites nuptiaux embellis par les îles de serments, ceux qui dansent sous la nue, dans l'ivresse fertile des romarins, aux matins frais des palissandres des prairies, sous l'"incitation incantatoire apurant les hymnes de l'orient, dont s'émerveillent les stances occidentales.

Lorsqu'en majesté se tiennent les firmaments, alcôves dissipées des antiennes nous contant les illusions festives, les agapes du chagrin, les douleurs redondantes, ces faméliques persévérances des âges sous la brume, lisières vers l'infini qu'épanouissent les cils sans regrets, hâlant d'une épopée fertile les lendemains à naître, les corolles fantastiques des granits diluviens, les féeries prestigieuses des neiges antiques, développant leurs rubans immaculés sur les cimes éternelles.

Aux voix en répons des ornementations des forêts humides et chaudes où s'assoupit la sève, les aubes nouvelles à voir aux patchworks ourlés de frais cocons fauves et altiers, dispersés et conquérants de vastes rives toujours renouvelées, puisatières des flots souverains de l'Océan venant baigner les terres et les mers de leur fabuleux destin, tandis qu'un mystère vient, éperdu de noctambule déshérence, là-bas aux parvis des cités, au nombre incalculable qui ne sait plus où se situe l'horizon, la splendeur solaire, humaine inconscience se pliant aux gravitations ordonnées et non à la splendeur naturelle des Univers, qu'il convient toujours et pour toujours éveiller...

Du Chant d'Œuvre

Au Chant d'œuvre en ses lys éphémères, en ses rives exquises, dans la brume matinale, se tient l'Aigle souverain, et des monts d'or son vol s'élève au plus haut des cieux, vers cette luminosité sacrale à l'Occident du songe, dans une incantation majestueuse seyant aux prémices du renouveau, là, dans l'Azur profond où les flammes des cieux révèlent toute maturité du Chant, là dans le myosotis des yeux du Vivant qui lentement s'éveille à la pure densité de l'équilibre signifiant, mesure de l'orbe enseigné par la Voie prononcée, dans ses épithéliales renommées, couvant le serment des antiques demeures, des nefs propitiatoires aux cales énamourées aux parfums de senteurs adulées.

Qu'Isis en sa beauté un nectar coordonne pour délivrer la pâmoison d'un sérail de pure jouvence, lorsque la pluie se tait pour offrir aux serments des amours l'onde précieuse d'un sentiment ne s'effeuillant mais participant à la volonté nuptiale des œuvres enfantées, conquises, dans la nue favorable, dans la secousse des embruns et des sortilèges, là, ici, plus loin, dans l'enchantement ne se circonscrivant mais toujours avançant dans la plénitude, dans l'essor des joies sereines de prairies où vont et viennent les écumes de la Vie.

Palpitant des roseraies ardentes, des villes d'amarantes, et des charmes dont les fruits lourds initient les clameurs des rêves les plus denses dans la magie d'une source filant de pentes en pentes, amassant semis et coriandre, la fougère des horizons du levant, invitant à la farandole du sort essaimé rénovant de flores les chants et de chants les flores dans une féerie dont les Êtres admirent les fluviales arborescences aux incandescences de Verbes qui, de fanions en fanions, épousent les rubis d'un incarnat, d'une cime aux espoirs intimes.

Naviguant de vagues en vagues les promesses advenues, là, dans le bâti des ormes correspondants dont les paroles s'envolent dans les nuées pour d'un souffle approprier un lac de fortune, non la fortune des matières éphémères, mais la fortune de l'Âme immortelle voguant au-dessus des eaux, dans un chemin consenti, épiant, déjà étincelant de mille feux les mille fêtes de la Vie toujours se transformant, indéfiniment pour porter ses ramures là où le silence ne se tient, là où l'accueil est somptueux, présage, message de toutes les voix allant de règnes en règnes le secret des ardeurs et leurs répons par toutes places se dessinant.

D'augures en augures, pour advenir messagères les rives de ce temps, les floralies de ces espaces sans troubles émondées de leurs appartenances, de leurs flammes austères, pour naître les principes mesurés de la Vie dans la fête d'un instant, l'espoir, mais aussi la certitude, dont toutes voies marchent la Voie insinuant toutes faces des mondes appartenus, se répondant, et se cristallisant dans la limpidité d'une eau fluide, alimentant chaque chant d'un essaim divin, dont le souffle ne se perd dans les abîmes comme sur les cimes, à l'image de l'Aigle Impérial volant à tire d'aile vers la Voie supérieure ne se délaissant, toujours renaissant malgré les infertiles devenirs, les courses sans lendemain, ces feux de brindilles desservant des parcours inutiles, aux sources perdues pour ces mondes dont nous serons l'Astre du séjour où chacun viendra.

Le cœur vaillant, jamais ne cessant au front d'or de ciseler les rubis se devant de naître pour fertiliser le Chœur de l'Éternité, cette Éternité déployant ses oriflammes par toutes faces du Vivant, regardant, intemporelle, les fresques concaténées, apories des lendemains qu'il convient à chacun de restituer pour enfin sortir de cette transe infernale dans laquelle le monde de nos pas se flétrit, ainsi et dans l'action et pour l'action qui toujours doit animer l'anima en ses correspondances afin d'éveiller et réveiller loin des complaintes le feu sacré couvant au plus profond des Êtres Humains.

Ce feu de la volonté qui n'est point un égarement ni une servitude mais un Chant vers la Lumière, la Beauté, la Sagesse, la Grandeur, la Pérennité, alors que s'embrasent les cieux d'une colère qui ne s'estompe et que les feux vacillent sous les hurlements de nos frères et de nos sœurs en voie de massacre par ces terres lointaines condamnées par le lourd tribut des adorateurs équivoques, qui disparaîtront comme ils sont venus lorsque l'Humain se sera libéré de leurs fardeaux issus et nés de la virtualité les façonnant, ainsi alors que l'Aigle scrute l'horizon...

Sérail du Vivant

Clameur des signes voguant au-dessus des eaux, où le ciel d'étreinte enseigne, majeur, le sérail du vivant, ses flores initiées, ses danses azuréennes, voies enseignes sans maritime errance, la sphère de l'opale reconnue dessillant les cils du rêve, ordonnant les fastes des mondes dans leurs ascensions, leurs prouesses, leurs fracas aussi, toutes formes agencées, intrépides et souveraines délibérant au-delà de la vacuité la pérennité sans oubli, dans ce regard précieux qui ne s'invente, ne se formalise, mais témoigne, impérial, les frises du temps, les coordonnées spatiales, l'aventure en son firmament.

Hautes vagues émérites dont la plénitude enfante sans chagrin la vertu des règnes, l'opalescence des âges et les miroirs des âmes, de grandes fenaisons dans l'Ouest sycomore des algues bleues qui chargent les plages d'or, là-bas, épithéliales de féeries brunes et blondes dont les sourires enfantent des rubis incarnés, de danse faune, de danse fauve sous la nue, aux émaux des âges exondés dans une pluie d'arc-en-ciel dont le soupir devine les flores enfantées, dans des jardins nuptiaux aux nefs glorieuses, hâlant des brumes sans égarement le frais parfum de la vigne et du sarment, fête en corps au ruissellement divin, vague de houle où s'embarquent les chants et les hymnes, porteurs de rêves et d'illuminations.

De ces mots visiteurs dont les capitaineries exultent les promesses, aux plus belles rives des univers, transcendés, méconnus, toujours vivants aux fastes de ce monde initiés à la destinée des horizons lointains, aux sèves de l'ardeur, aux communes mesures de l'éblouissement sacral, natif de mille sources, de mille souffles par les caducées miroitants l'onde sans chagrin d'une plénitude recouvrée, après l'abîme, après l'assaut impétueux des houles d'obsidienne, ce jour poussière des algues romarins, dont les pentes devinent les ciselures par les vents aux écharpes d'embruns aux lacs de fortune.

Ce jour oublié par les cimes enchantées, dans le silence harmonieux des fêtes de l'Esprit s'animant, sans équivoque, sans fioriture, naviguant de hauts vols damassés, aux tentures épicées de fresques dont l'histoire est mesure messagère, multivoque en ses sépales victorieux, décrivant de somptueux élans aux vêtures appartenues de sens étranges, fugaces ou devins, délaissant les cortèges oublieux pour s'unir à une déité désignée et, incitation du couronnement, se parfaire dans la nidation du propos, ainsi, alors que sur les falaises d'onyx chantent les circaètes l'apparition solaire.

Voyant les cils de la vie, une larme disparue, s'éveiller à la lisière des paupières un étonnant verbiage, celui de l'éveil, éveil par toutes choses en toutes choses, des graminées des songes aux épervières tenues, aux clameurs adventices des perles de l'azur, là, dans l'ambre couleur des règnes dont les pétales s'orientent vers la Voie à la devise éclairée et sûre, contée par les mages zodiacaux dont les essaims fulgurent les temples debout au milieu des souffles désertiques, avalisant la beauté fortifiée, statuaire, orientant le vœu sage de la persévérance, de cette force calme ne s'agitant mais toujours se révélant dans la portée des aubes lumineuses, fèves de l'onde exaltée dont les promesses s'enchaînent sans dérive pour offrir au-delà des tumultes l'exquise ascension du rêve.

Ainsi dans le règne et par le règne, la mansuétude du sort, dans l'orientation du souffle et la splendeur commune de l'appariement du Verbe, lorsque les mondes se révèlent, s'enhardissent, et dans la pluviosité des œuvres enfantent la réalité précieuse et souveraine, inondant de son faste les écumes du chant, novation des ondes, novation des chœurs, novation des rythmes soulevant les montagnes pour désigner la Foi inexpugnable, incontournable, insécable, en la Vie souveraine, ainsi alors que se lève en majesté l'hymne Solaire par toutes terres délivrées...

Voyage

Des rives antiques nous viennent les horizons de ces lendemains qui seront, dans l'altière définition des mondes, dans cet espace de la Vie qui irradie la perception, là où les chemins se croisent, se superposent, et dans la divinité mathématique, ne s'isolent, ne se soustraient ni s'additionnent mais se multiplient pour offrir au regard puisatier l'aristocrate détermination du devenir, sans failles en l'aquilon qui s'élève, se parfait puis se perpétue, allant le fleuve impérissable de la Voie, de barques de cristal ou de bois de santal, de palissandre où d'ébène, toujours sur l'horizon appropriant le sens de l'éternité, ses principes indivis, ses concaténations fugaces, ses ouvertures majestueuses.

Ainsi dans la clarté éveillée comparaissant l'azur au firmament, montrant l'indécence de ce monde pitoyable où les vers rongent le fruit, ou, insectivores, des miasmes se déclarent autorité, barbarie sans nom ayant pour étreinte le vide, dont le regard dissipe les méandres pour voir dans la moisson des étoiles le répons de cils aventureux, de ceux ne se perdant, de ceux ne se reniant, de ceux d'écume et d'ivoire contant des émotions souveraines, aux marches triomphales de l'Histoire, aux marches jamais agenouillées de la réalité vivante transcendant toute face dans l'harmonie.

Là, ici, plus loin, dans ce sourire du vivant n'excluant ses propres racines et se perpétuant pour ouvrir au monde la beauté d'un mystère, celui de l'incandescence de toutes formes visitées, ainsi, alors que paressent de grandes nefs cristallines sur le bas-côté des fleuves impassibles, voyant se gréer les cohortes du renouveau de l'esprit intime de l'âme frappant à la porte de l'indécis, qui grandit, majestueux, de ses élytres se découvre, et sans apparat entonne l'hymne d'une élévation, dont la haute vague puise sa source en l'éternité, haute vague rejointe par la multiplicité dans un élan souverain.

Clamant la portée des mondes, entrouvrant une brèche dans le détail des heures, pour accomplir cette singularité des œuvres ne s'estompant mais s'amplifiant, se déroulant jusqu'en la nuit profonde, pour redécouvrir l'âge seyant à la grandeur, à l'honneur, à l'épanouissement, à la conduite de chacun en ses souffles de fertilité, arguant du dessein des aubes lumineuses ne tarissant mais éblouissant, activant dans l'Âme souveraine la rémanence du cil sans oublie, vague après vague, sans repos, distillant au creuset de la mémoire cette habile souveraineté du moi qui se répond, s'authentifie, et dans une profondeur s'interpelle pour venir au jour le soi émerveillé.

Instance gravitée où s'en viennent des foules non de moindre carré mais à la puissance sans limite dont chacune ruisselle, sans mots d'ordre, sans slogans inutiles, bons pour les bestiaux, la multiplication de l'intelligence humaine, ne se noyant dans l'imbécillité chronique de prêtres de la débilité, car foules souveraines, agissantes et supérieures au front de houle de la splendeur de l'horizon, avisant la rectitude morale, la densité impériale, revenant des panoplies anachroniques de la bêtise comme de l'ignorance, accouplées à la perversité, pour offrir à ce monde un chant martial, un chant conquérant tressant au-dessus de l'abîme un pont indestructible, celui de l'harmonie, délaissant à jamais les gouffres d'infortune dans le néant ovipare des limbes inachevés, afin d'offrir au monde par le cœur de leurs floralies la densité précieuse, non d'une émotion, mais d'une clarté souveraine destinant l'avenir et non le néant.

Haute vague s'il en fût, irréversible, balayant sur son passage tous les truismes du délire comme de ses apôtres, l'humiliation, la corruption, le chantage, la culpabilisation, toutes ces faces nées de l'atrophie et de ses vassaux, toutes ces fumerolles de la vanité se prenant pour le centre du monde alors qu'elles ne sont que des points par la sphère, ainsi alors que se lève dans les cieux le soleil glorieux dont le souffle arase la folie dimensionnelle, alors que se tressent des arcs-en-ciel de lumière baignant la Terre de lacs majestueux, et que l'oiseau vogue vers l'éternité...

Vois-tu ce vaste monde ?

Et d'écrins en écrins ne vois-tu ce vaste monde où tout est en un et un est en tout ? Monade des âges sans âges qui se correspondent, virevoltent dans une allégresse majestueuse. Et nos cris et nos plaintes comme les mugissements du vent ne s'y éternisent devant sa luminosité sacrale, qu'un chant fier adresse, là, ici plus loin, aux désinences que l'hymne prairial enchante de fastes aux tumultes joyeux des roseraies de l'ouest tandis que les buccinateurs contemplent les féeries, venant des préaux d'abeilles, au miroir danser l'éternel renouveau.

Parfum des cygnes aux exquises langueurs de romarins vêtus de tendresse, d'énamoures et de fêtes, où l'apprenti de la vie s'expose, chamarré d'ivresse. Ô clameur du vivant des stances effeuillées veillant la connaissance du séjour, dans cette bienséance sans apparats ne se félicitant mais incitant à ce don universel embrasant l'horizon ! Où nos signes en ses états, comme des hirondelles volant à tire d'ailes allant porter les nouvelles de l'amoureux printemps, sont missi dominici des couronnements votifs, des mariages de saisons, et des mûres agapes de la vie.

Tiares des racines résonnant aux clochers de joies vivantes et épousées, où se pressent les regards de l'enfance, aux mille et une questions sur le soleil couronné, où s'avance l'adolescence, préau d'un sacre germant ses floraisons nuptiales, où les mondes de raison naviguent aux eaux vives des efflorescences d'un règne confiant, car de l'astre séjour maître de cet azur ne se réfugiant, d'où nous venons et où nous reviendrons dans la pluviosité sacrée, d'un revenir, peut-être, autant que le permet le cil devenu des conquêtes nouvelles à affairer, destiner et glorifier.

Ainsi la route naviguant dans la beauté précise, toujours en splendeur, ceinte du sceptre et de la couronne, et de la cape d'hermine à foison où chaque lion ciselé représente une invitation au partage, à cette symbiose du Chant dont la concaténation influe l'hymne souverain. Essor et candeur des mondes se reflétant, s'interpénétrant, se composant, s'initiant, s'embellissant, s'ordonnant, s'appropriant, dans une farandole de couleurs, dans le bruissement des semis de moisson, par-delà les enseignements, à la rencontre de l'immortelle randonnée. Souveraine en ses calices, ses nefs au firmament et ses caresses sous le vent, conjuguant l'altière maïeutique qui ne se trouble ni ne s'opacifie, pour, Théurge, annoncer les renaissances puisatières, là, ici, plus loin, dans un essaim de joies et de tumultes où le jeu épie sa juste renommée.

Comme un chant sous la pluie des amours enfantés, là, dans ce monde d'innocence où l'un se découvre l'autre, où l'autre se découvre l'un, formalisant ce nous indissociable, annonçant de fertiles ovations les fraîcheurs insoupçonnées des rêves anachorètes. Que les buccinateurs révèlent de jouvence dans la profusion des heures sans exclusion, grâce à la limpide appartenance à l'apparence liant dans l'éternité ses composantes, ses ramures, ses tendres élans, portant l'enfant vers sa mère, l'amant vers sa déité, tous d'une force portant le monde à son éclosion. Moment de grâce et de beauté, moment magique où les mages et les sages se découvrent pour enfanter l'œuvre, sa densité, sa certitude, dans un cénacle où les voix multivoque concordent pour annoncer la fraternité, la spontanéité, et l'image souveraine de la symbiose éclairée, que l'un n'est pas sans l'autre, que l'autre n'est pas sans l'un, que l'un n'est rien sans l'autre, que l'autre n'est rien sans l'un.

Ainsi alors que se dévoile que un est en tout et tout est en un, par la connaissance profonde des rives de ce monde s'ouvrant sur d'autres mondes dont tout un chacun est dimension, éclairante et éclairée. Vaste préambule dont les sources fondent les fleuves natifs aux rayonnements solaires, impérieux, souverains, majestueux, qui dans la translation du dire évertuent une onde favorable par le clair-obscur des pensées oublieuses, stigmatisées par son orientation, sa plénitude, son assomption. Haute vague de haute frénésie, délivrant des sépales ivoirins pour porter le signe de la raison de l'hymne, un hymne puissant et salvateur, un hymne de reconnaissance, à la détermination de l'éternité, parole des prophètes, des sages et des mages, paroles du plus puissant d'entre eux dans la concaténation qu'Il dévoile, assume et perpétue, le Christ Souverain, traversant l'Hadès pour nous revenir messager en sa glorification symbolique.

Suprême densité destinant la gloire de la création et de son Créateur. Qu'ici l'on oublie pour de pauvres brumes évanescentes, des minerais de pacotille, des enluminures sans valeur, toutes vanités se correspondant dans leur chute. La chute du vivant ne sachant plus qu'il ne s'appartient, qui ne voit plus qu'il est multiplié à l'infini, qui ne ressent plus l'émanation des songes ni des rêves, qui ne se consacrent encore moins, illuminé qu'il est par la dévotion au surfait, à l'avanie, ébloui qu'il est par la médiocrité, ses rubis factices et indivis, toutes ces négations de la vie courbant son front dans la boue.

Alors que les mondes se révèlent. Alors que les mondes de la Vie parlent et présagent, au-delà des nombres dans la plénitude de ces nombres du chemin de vivre, qu'il faut gravir pour mesurer l'Éternité. En vivant qui ne le sait encore et parviendra de rives en rives son accueil merveilleux. Ainsi soit par-delà le temps, et par-delà l'espace, pour naître en l'Absolu...

L'Absolu diamantaire

Et notre amour au chant d'éden, alors que la beauté s'incarne, jamais ne s'estompe, souverain triomphe d'une devise joyeuse initiée et perpétuée par-delà la temporalité, par-delà l'espace, le chant de la vie éternelle assignant toute grâce comme tout épanchement pour ordonner l'avenir souverain, ainsi dans la vague précieuse des âmes ne s'estompant, mais bienheureuses, retrouvant par-delà les âges et les lieux, la beauté des mondes, la splendeur des univers, ces tourbillons de la voie ne voilant l'existence d'une ombre mais portant à leur lumineuse perception, animant l'étincelle du cœur à l'ardeur cristalline de l'Éternité.

Haute vague et haut frisson des dunes antiques, des flots azuréens, et des fêtes aux vignes vierges dont les sarments baignent d'eaux vives les serments des pluies divines dont les parchemins s'évaporent sous le vent, exhalant des clameurs adulées du plus vaste chant conçu, celui de l'Amour couronné, astre de la vie aux frontières sans liserés, courant les flux et les reflux des solsticiales aventures, de celles du sourire, de celles du rire, de celles menées vers l'oasis de la beauté de l'Être, en sa désinence magnifiée, pétale de fleur apprivoisée, souffle de vague amazone épithéliale aux arachnides moissons opiacées du rêve, de l'esprit au-dessus des eaux ne se contemplant mais animant la fertilité des œuvres.

La densité exquise des armatures des nefs hâlant de vives étoffes chamarrées de gloire et de fortune, par ces îles sous le vent paressant au jour solaire et s'évanouissant aux moussons, tandis qu'orientale en ses ramures la jonque de la Vie s'éprend de certitude, faste ambroisie des mânes embrasés et fertiles des desseins incarnés des houles à propos, aux éclats et reflets ardents, pétillant les suavités de soleils en parousie, de diaphanes draperies émerveillant les sages, contemplatifs devant l'essor des blés mûrs se fondant de torpeurs aux caresses apprivoisées, ici, là, dans le déploiement des fêtes à midi, aux nuptiaux appariements enchantant de promesses les douves essors dont la pluie devise les conjugaisons votives.

Ainsi dans la splendeur d'une seconde dévoilée, la nef éblouie, dont l'âge visité éploie ses ramures par-delà le sommeil et ses léthargies fugaces, ainsi aux vastes déploiements des ailes des oiseaux lyre, alors que de la nue cendrée s'élève le mystère de l'harmonie lumineuse, dont le profane éveil se prononce, par des rites et des rythmes aux opales du séjour de promptitudes écloses aux armoiries splendides tissées par l'ordonnance majeure de rives adulées, par le précipice des cœurs et la beauté des chœurs imaginatifs.

Ô vaste promontoire des limbes reconnus, hissant leur fleuve dans une impétuosité éclairée ordonnant une navigation nouvelle et sûre, là-bas, par les cristaux en semis, aux pavanes des faunes à mi nue, dans le souci espiègle des rencontres éprises, flamboyant l'éternité de houles en miroirs aux danses safranées des vagues allant portuaires des dimensions exquises, où l'Être en chemin devise, toujours et à jamais, par-delà les illusions des sorts estompés, par-delà les règnes désirés, pour retrouver l'unité profonde de toutes choses, dans la luminosité sacrale prononcée, ainsi par le flot statuaire que la saison glorifie, embrase d'un devenir au potentiel éclos, devisant la perfectible émotion advenant l'intégrité frontale composée.

Enseignant des gravitations la complexité, l'ordonnance de fractales ascensions, où le Verbe façonne, œuvre, alimente et perpétue l'ineffable densité dans des algorithmes dont la puissance émeut, splendeur épousée aux frais parfums des oasis, des temples à midi, sérail de nefs visitées contant les flux et les reflux, les danses de mondes incarnés, d'univers révélés, toutes faces forgeant la Vie en ses parures multipliées, ses enchantements théurgiques, ses correspondances intimes.

Inscrits par le vœu du choix en la correspondance de l'invitation non imposée mais fructifiée, impassible, par la Voie messagère, qui tel l'aigle souverain, anime toute viduité d'un destin choisi au dessein de son émerveillement, enseignant de l'or du moment la temporalité de l'écrin participant à son écume majestueuse, naturant des termes qui ne sont que passages de mondes vers d'autres mondes, d'univers vers d'autres univers, et ce pour la gloire de l'Absolu diamantaire...

Instant

De l'œuvre en cil épervier aux fastes de la nue conquérante, nous viennent ces vastes champs d'azur aux clartés abyssales, rives démultipliées de l'incarnation des possibilités, de ces vagues frontales dont les demeures nuptiales explosent de couleurs votives, les unes les autres ébrouant leurs diaphanes splendeurs pour prononcer le Verbe, dans sa témérité, sa hardiesse, maître conquérant des îles anachorètes où s'enchantent les fresques de l'histoire épanouie des âges diluviens, de ceux qui furent lovés dans le cœur de nos mémoires, disparus dans le sillon majestueux des ors somptuaires, de ces livrées d'arc-en-ciel en leurs exquises volitions fondant le sérail de l'éternité, gravures des mondes sans oubli aux passementeries hivernales, dans l'algue du séjour s'ouvrant à la nuptialité des houles sous le vent, dans la splendeur solaire en éventail, aux bruissements d'Olympe où la myrrhe et le glaïeul s'enlacent, pour un premier baiser hiérophante, afin de gréer l'astre du séjour d'un regard merveilleux.

Enfantant les rêves et les songes accouplés, ces vastes horizons de la pensée fécondant l'avenir dans des jeux divins aux approches sereines, mélancoliques, volontaires, toujours guides dans la traversée des univers façonnés, loin des opiacées stériles, de ces couchants brisant les flots de l'océan, emportant sur les grèves les plus belles créations pour les perdre dans la monotonie des heures, variance dont l'Être fait sa raison, son imagination, dont la théurgie vibre en lui pour toujours aux tréfonds des Univers enseignés, composés, agencées, aux charnelles éloquences disparues, où le Verbe éveille une pensée divine, vol d'oiseau-lyre, vaste dans l'orée des promontoires sans abîmes, allant des draperies de miel et des satins bleus de parchemins sans équivoque, lisibles par les cieux engendrés, hermétiques, pour toujours renouveler leurs fresques nuageuses dérivant les souffles, accentuant de frises étincelantes leurs poèmes homériques, où, chatoyantes, leurs vertus confinent aux cimes l'allégresse, par-delà la temporalité et ses eaux vives.

L'Esprit au-dessus des eaux, toujours, veillant l'apprentissage, la conscience et la maîtrise de l'intemporalité par l'éveillé, enfantant la plénitude, enfantant la gloire non surfaite mais conjointe de la grâce et de ses mille et mille parfums assignant le destin, là, ici, plus loin, aux mânes sans absence, aux nefs adulées, dans la prêtrise d'une ascension inscrite par l'éternité, conquise par l'aube révélée, dont l'appréciation des termes, dans la candeur mystérieuse du regard, ne s'absente, pour ce développement majeur mutant chaque Être Humain à l'instant souverain, instant de la pluralité, espace de l'architectonie dans laquelle il importe sa pure détermination, déjà éternelle en ce degré, tel voyageur de sites fabuleux, car voyageur des univers et de leurs mondes, voyageur épithélial aux randonnées azuréennes qui ne se sursoient, bien au contraire abondent un émerveillement dont la somptuosité est arcane de la volonté, majeure de la pluviosité d'un sacre sans déshérence, aux flots inscrits, ouvragés, délibérant l'apogée des chœurs qui se pressent pour enfanter la beauté du firmament, déployer leurs circonvolutions natives, dans une féerie souveraine...

Luminosité Temporelle

Des cils en séjour d'opales surannées, où le Verbe s'enfuit dans le lys vallon des heures adoucies, voyant des heures les clameurs, et les soucis de l'aube au crépuscule, ces fenaisons interrogatives, et d'autres insouciantes, voies de plaines et cimes aux attitudes épousées, par les grands vents du large, équinoxes des limbes sans propos, où, affolants paysages, les mers s'élèvent dans une cacophonie opacifiant toutes raisons, où les dimensions elles-mêmes se perdent pour ne devenir que des îlots de brume et de soupirs, de rêves oubliés et de songes atrophiés.

Il y a là place d'enchantement et de sortilège d'amertume, dont le vent salutaire, le vent d'ouest, chasse les monotonies dans un élan vertueux venant des sources souveraines, aux frises d'agates et de règnes semant des parousies d'ivres avenues de Temples sans sommeil, ceux aux rougeoyantes perspectives délimitant les chœurs et leurs sursis, ceux aux allègres couleurs d'arc-en-ciel allant stances sans repos des harmonies diaphanes, ceux encore dans le paysage fondant d'impérissables demeures, invitant les chants dans leurs flammes azurées pour composer les cils de l'aventure des sources de la Vie, communes mesures de tout flamboiement consenti par l'apprentissage de l'humble vérité de l'Éternité.

Cette Éternité qui veille, adresse et consent à la partition des rythmes dont la parure se dresse, la parure de chacun dont l'intime conviction est apparat d'un séjour, par-delà les opiacées, des cales des navires, augurées d'agapes et de vertiges, par-delà les nefs oublieuses dont les soieries d'éden sont convulsives de rimes à genoux, afin de désigner aux portuaires dimensions la Voie sublime aux équipages de signes divers et souverains, multiples dans le secret des pas en demeures, aux cils en éveils, aux joies confondues, dont les marbres ciselés enseignent les splendeurs, sans votives définitions, ici et là marquant la volonté épanouie et non surfaite pour iriser dans l'espace, le secret passage du temps tenant lieu ici et là de la temporalité des nécessités éployées, splendeurs d'une aventure se commettant dans l'honneur dont l'espérance épouse la pure viduité.

Celle de l'énamoure conjoint, celle de l'Amour devisé, celle de la beauté armée de toutes les désinences des appartenances, celle de la Justice fécondant le devenir et sa présence, celle de ce pouvoir de l'Être ne se pliant, ne se soumettant, ne se brisant, dans l'intemporalité conjuguant à la fois l'essence de sa présence, la densité de sa féerie, par une action précise, volition, ne s'ordonnant mais se destinant pour ouvrager la construction du Temple en l'Humain et de l'Humain en ce Temple, le Temple de la Vie, en ses floraisons, ses adventices concaténations, ses multiples ordonnances, ses visages en mosaïques, ses plénitudes armoriées, ses heures de bonheur, et ses heures de malheur, sourire, larmes, rire, inscrits, pétillant de malice toutes faces de ce monde, annonçant l'entrée au monde de l'Humain en ce jeu qui ne s'interrompt, ne se finalise, mais se précise, s'oriente, et se définit pour s'approprier sa vitale affirmation éclose.

Au répons manifesté, chaotique, imprécis, mais toujours dans l'Éveil initié et densifié dans l'astre de ce monde, où les courses semblent sans finalités, où les ondes se personnifient et dans une vibration façonnent la pluralité des vagues inscrivants au parchemin de houles la permanence sans refuge, ouvrant sur les horizons la plénitude d'une ascension, correspondant toute viduité dans le lac des correspondances devisées, incarnées, jamais ne s'opacifiant, ainsi sous le frisson des saisons du ciel Solaire venant partager ce recueillement de la majesté incarnée, là, ici, en chacun, celle de la construction, la construction de soi et des autres, cette construction dont la magie est reconnaissance impérissable de chacun dans ce degré de la conscience temporelle, ce degré infime en la nature même de la Déité qui l'initie, et qu'il faudra parcourir les uns les autres dans un chemin surpassant le chemin de Croix, dont la symbolique est éternellement présente.

Intimant l'Être à s'élever au-delà des contingences afin d'affleurer le monde dans sa réalité et non sa superficialité, rejoindre par-delà les temps comme les espaces, l'Éternité correspondante, afin de hisser l'oriflamme de la Vie par toutes fenaisons comme par toutes moissons, accomplir, car tel est le but souverain de chaque destin qui n'est jamais qu'individuel et ne doit rien au collectif, mais dont le collectif a tout à apprendre, tout à mettre en œuvre pour se hisser vers la dimension de son exacte ascension, ainsi dans les flots continus sans espérance pris par les nefs dont les équipages courageux affrontent les densités de la colère inouïe des lâches habitudes, des couardises implantées, des incommensurables outrages à l'intelligence légalisés par les basses-fosses de la bêtise et de ses équipées, l'ignorance, l'indignité et la servilité.

Ainsi, alors que la Vie majestueuse, ici et là, de cet univers comme de ces autres univers, s'éploie dans la grâce de la formalité du vivant qui en son sein construit, réalise et détermine, ouvrant les portes des sillons à conquérir, des signes et des sentes à venir, des stances à régner et des stances à enchanter, celles équivoques qu'il ne faut suivre, celles qu'il ne faut acclamer, celles que l'on doit fustiger, afin que le Temple du Vivant ne soit un mystère et encore moins une auge pour de bestiales commodités, afin que le Temple du Vivant soit pure éloquence comme pure détermination, ainsi et dans ce temps et par ce temps où les péroraisons inutiles gravitent, où les enchaînements instiguent à la relégation, ainsi et dans ce temps et par ce temps réclamant que les chaînes soient brisées, afin que l'Humain se dresse, debout au milieu des ruines accumulées par le servage à l'inutilité, et progresse, en se débarrassant de ces scories, vers la luminosité temporelle...

À profusion...

Des hymnes à profusion, joies de l'heure souveraine, ici s'en viennent de lumineuses perceptions, des odes qui ne tarissent et des élans portant vers la lumière le secret des cœurs énamoures, ne vois-tu leurs vols en camaïeu ? Leurs écharpes de soleil ? Dans la vêture du printemps, l'allégresse de leurs corps déliés, de leurs esprits apaisés, de leurs âmes éveillées, de leur unité glorifiée, ne vois-tu, sans absence le préau des vagues les fécondant au liseré de houles des frontières de la terre sereine ?

Une pluie d'arc-en-ciel en navigue la mélodie des mots, de nefs ardentes et propices initie, Ô calme latitude, d'ivoirine présence le partage de temples à midi, aux alcôves sans détresse dressant leurs fanions sur l'horizon, où le ciel bleui, où l'Amour, fontaine de jouvence limpide, inscrit aux frontons de temples à minuit, ses rives escarpées et apprivoisées, aux danses saturnales, d'hymnes sous le vent, antiennes des cœurs au mystère des corps dont les épanchements de la nacre cisèlent les lendemains à naître, ne vois-tu leurs symphonies ?

De hautes vagues au doux frisson, de vierge paradis aux fertiles fenaisons de blés mûrs et blonds de cités antiques, libérant la festive beauté du lys immaculé, là, ici, plus loin, dans la fugace opacité d'un chant, dans la délétère perception d'un monde, dans cette nef magnifiée contant l'humaine appartenance, à la splendeur sans équivoque de la nature épanouie, Ô faste, Ô grâce, d'un enchantement, ne le vois-tu ?

Aux étincelles flamboyantes de couleurs d'eaux vives parsemant les chemins, au souffle du vent prenant mesure d'équipage, dans le diapason des pluies divines aux cristallisations grées, dans l'aréopage de terres lisses et érigées aux semences olympiennes, dans la forge de volcans aux feux vivants un incarnat, où de mélodieuses harmonies s'en viennent à tire d'aile pour conter l'avenir de jours heureux, de nuits fécondes, de joies sereines, au simple gestuel animé par la pérenne Vie souveraine, prononçant son règne, celui qui est, celui qui viendra, celui toujours qui ne s'absente, dans la sinusoïde parfaite de la Voie du firmament, d'ici et là-bas, dont tout un chacun exprime dans la contemplation mystique l'action intrépide, ce sacre de l'essor nous tenant lieu, les uns les autres.

Alors que se dressent sur l'horizon les voies en nombre de voix accomplies et divines dont la polyphonie extatique se révèle, miroir de jeux célestes, miroir d'ondes sous le vent naviguant au-dessus des eaux, éclairant toute destinée allant vers ce Temple clair dont les quatre-vingt-dix-neuf portes enseignent la beauté et ses mystères, dont les parvis de solfèges arbitrent les notes claires comme les notes graves, chassant la mélancolie, l'opprobre et la colère, pour ne témoigner au parchemin que de l'ardeur, de la volonté, de la grandeur, toutes voies enseignées.

Perpétuant, renouvelant, le fruit puisatier de la Vie souveraine, sans halte, sans hâte, dans ces floralies adventices des heures bienheureuses, transmutant du règne la nef du séjour d'un écrin vierge de temps où l'espace offre ses floraisons,

Oh, je sais, ici, je t'attendrai aux bancs des mousses bleuies, dans l'ascèse profonde qui sied au guerrier de la Vie, rempart de multiples colonnades dont les boucliers seront des soleils victorieux, tandis que les armées de la Vie, dans le songe d'une paix azurée tiendront conseil, là, ici, plus loin, mais il n'est venu ce dôme d'un autre chant, dès lors, ici encore, ta main dans la mienne te guiderais-je aux fruits sauvages de la joie, dans ces flancs de la nature exondant nos promesses, nos rires, où nos sourires s'en viennent dans le silence de nos mots, une fertile demeure d'oasis précieuses dont nous seront longtemps fidélité précieuse, ouvrageant la féerie des hymnes aux fortunes de la Voie, ainsi, aux danses des étoiles, dans la thaumaturgie des règnes et dans la félicité des sèves, ainsi et pour toujours dans le firmament de l'Absolu frappant nos écrins d'une incandescence majestueuse, et pour l'éternité et dans l'éternité, te dis-je...

Alentour des présents

Alentour des présents d'azur et des liens fragiles marquant notre épaule, il y a là un berceau de soleil, le chant des flores opiacées, et des candeurs sans amertume, dont nous sommes le chemin de faunes à midi, ambre dessein des perles du zéphyr aux sources de l'Océan, là-bas, mugissant, attendant nos étreintes dans la splendeur de l'aube apparue, où nous dessinons, dans la temporalité, l'onde de l'or prononcé par la fugacité des blés mûrs de nos cheveux, riant des émois de la pluie, des sylves capiteuses, et de ces ressacs des pluviosités du fleuve haut en couleur, annonçant par nos voix la cristallisation d'un matin chamarré de plaisir et de nage.

Là, dans la fertilité des vagues qui nous répondent, nous questionnent, nous interpellent, comme semis des miroirs d'opales où se réfléchissent les gemmes de ce temps, caillou d'or doré aux houles ébruitées venant aux nefs tendres d'ondes lumineuses de caresses aux cargaisons d'ivoire, de quartz, d'émeraude, de saphir, dont nous écoutons la musique amène qui nous est un baume de saison, tandis qu'à l'ouest fabuleux l'aigle de mer fond sur ses agapes, tandis que nos voix déjà navigantes s'éblouissent de la beauté des vagues fortes et violentes, lascives et tendres enveloppant nos corps d'un dessein de lutte et de victoire.

Dont l'épuisable densité d'essors convie nos stances au repos sur les sables éveillés où nous sont promesses rêves et de songes, danses propitiatoires des hyménées de calypso, des cupidons dessinant des voix hiérophantes invitant nos âmes devisées, sans étonnement, se mêlant à leur nuée lumineuse où tout un chacun se comprend et se détermine, alors que sur l'horizon, majestueux, se couche l'astre merveilleux, faisant exploser de couleurs magnifiées les cœurs votifs devant ses ornements, stances du monde du temps inscrites dans la pléiade des âges, ces âges sans importance qui gravitent la perfection.

Ces âges empreints de déterminations, aux suavités et densités initiant nos temples pour d'expérience conter l'éternité, aux citadelles dont le langage s'émeut, ouvert sur l'horizon des nuées aux livres aux pages effeuillées, naissant cet univers où nous sommes ondes nouvelles à voir, étoffes de cristal et parchemins de luminosités diaphanes et claires, vaste préau de demeures déflorées par le soleil en majesté, voyant aux cils, qui semblent immobiles, la course des nombres fondre vers l'immensité à la rencontre des cieux sans équivoque aux limbes anachorètes.

Parfum d'îles alanguies, celles sauvages ou tendres accueillant les pas des naufragés, sans absence de la douleur des sources du sel cristallisé, sans remord des épervières fatigues se comptant par l'effort, alors que disparaissent les cargaisons de miel et d'ivoire, de safran et de soie, alors qu'un cri s'élève dans la parousie matinale voyant l'Être debout sur les accents sabliers en joie souveraine de vivre encore après les épreuves d'hier seulement, le granit de la sève du parcours aux lianes enchanteresses des arbres millénaires dressant leurs branches vers le ciel.

De la terre la vertu, la terre des pas conquérants, ceux de la Vie prononcée au milieu de l'architectonie des végétaux luxuriants, des pépiements d'oiseaux lyres, tous s'inventant des écharpes colorées pour témoigner encore, et encore, du firmament vivant, celui de l'Être qui passe et reviendra, si tant assoiffé par la beauté, ainsi dans la nuptialité inscrite où le vent léger se dresse, où la danse des opiacés se tait, pour laisser place à l'ondulation des hanches en semis s'accomplissant, à l'image des vagues de l'océan, allant ce site épousé des nuptialités divines où se conte l'émerveillement du renouveau de la Vie, dans un tendre élan et une somptueuse allégorie découvrant la fertilité des Êtres.

Une moisson attendant au péristyle d'une sente cristalline, rubis des mondes en miroir, du feu l'incarnat, de la terre l'écrin, de l'eau la quiétude, du vent le souffle, azur de la félicité des œuvres en l'unité éblouie s'animant, se fortifiant dans le firmament, enseignant sa demeure, un en tout, tout en un, là aux fronts des univers, ici aux fronts des terres, plus loin aux diaphanes énergies composées, par ce miracle adorable de la contemplation naissant l'action d'une onde mage dont la pluviosité nacrée encense l'horizon, où se tient ce qui n'est ni le temps, ni le lieu, l'Absolu souverain, attendant sa régénération, ainsi tandis qu'un vol de circaètes annonce le renouveau du jour et que les plages diamantaires s'ourlent de sa chaleur votive et claire, et que nos pas en viennent la mesure de hautes mers...

Cœur de voûte

Des sites vespéraux le chant s'étonne, s'interroge puis, sans larmes et sans regrets, initie le rêve, un monde d'azur où le souffle est vivant, vibre toute volonté pour éclore les rives des lendemains à naître, inscrits, sans mystère, aux arcanes sages tenant lieu de ramures solsticiales à la candeur et la splendeur, sans atteintes des maux sensitifs déclamés, allant dans les abîmes porter les féeries des cimes, celles enivrées d'un parfum de règne, d'une fenaison à révéler dans l'écume des rives assoiffées, là, ici, plus loin, dont on perçoit la pluviosité, dans ce hâle dévisagé, aux fumerolles légères et ouatées allant et venant les exhalaisons des chênes millénaires.

Sous le vent, sur la terre, dans l'eau et le feu, irradiant les prémisses de l'aventure souveraine, alors qu'entre les mondes, les guides en florilège annoncent la vertu majeure, ordonnant l'avance intrépide, la gloire surannée, et la victoire ouvragée, ouvertes sur la Vie majestueuse, dont le signe s'approfondit, lentement mûrit pour décliner ses parfums d'ambroisie aux senteurs exaltantes, triomphant des adventices langueurs des cœurs désespérés, des rites amorphes, des dénatures attristées, de ces facondes dispersées par l'écume des brouillards.

Ne se trompent en charriant leurs laves amères par-delà les calvaires où s'exondent des prières renouvelées, des voix sans nombre contant l'épopée humaine, dans un vaste chant aux œuvres nées, puisatières de l'évolution des êtres par les temps, aux étincelles fulgurantes ravivant la flamme vivante, magnifique en ses circonvolutions, magnifique en ses apaisements, allant des larmes du bonheur aux mystiques allégeances, naviguant ces flots de santal aux préaux d'onyx et galeries de jade.

Où l'onde s'éternise, par-delà les opiacées, par-delà les splendeurs déchues, dans une haute vague au firmament délaissant l'écume pour d'un vol cristallin s'éblouir de vastes randonnées, frissonnant les âmes, s'élevant en leurs chrysalides aux architectonies sans failles donnant naissance aux voies souveraines, ces voies diaphanes et claires hissant les mondes vers leur destinée, là, sur l'horizon glorieux enfanté et épousé, ici, par le secret écrin des sources divines, toujours éployées pour la beauté et son couronnement, cette beauté couronnée dont l'amour toujours est coordonné, l'Amour majestueux personnifié dans la secrète alcôve de la pure destinée.

Ambre ciel de divinations exquises, aux flots d'abondance et de jouvence, toujours renouvelés afin de parfaire l'Éternité, tandis qu'en fresques se dessinent les signes ardents du renouveau, pléiades dont l'intensité assigne la présence de l'Absolu Souverain, un en tout et tout en un signant au-delà des errances les cimes à atteindre, les horizons à dépasser, toutes formes de la volition entraînant, sinon à la perfection, au dépassement de l'Être de sa propre dimension, ce qui lui permet d'évoluer vers ces cheminements de l'Esprit, à la rencontre du Corps et de l'Âme, développant son Unité en majesté.

L'Unité de l'Être comme du Vivant, pierres d'œuvres aux innombrables facettes se conjuguant, s'acclimatant, et perdurant, tandis qu'au loin les mirages s'éteignent pour offrir la plénitude à l'Humain transcendé, écume des mondes à venir, des mondes à ouvrager, des mondes à définir, écume allant porter, au-delà des rêves, la majestueuse orientation du Chant, au navire triomphant des épreuves des temps comme des espaces afin de se fondre dans l'immensité de l'Absolu lui-même, cœur de voûte de toute destinée consciente...

Dissonance

Dissonance des âges frappant nos essences, aux rimes advenues qui sont d'étranges diapasons dans la mémoire sensorielle, je ne suis abîme, mais tends vers la cime où un ciel heureux flamboie, ivoire de cils ouverts sur l'infini cristallin des âmes, monade de cet hymne, rencontrant de frais parfum l'oasis du temps qui fut chagrin mais désormais pur émerveillement...

Couronnement

Iris des songes en mélopées, où l'âme vagabonde, d'un vol d'azur aux frontispices des Temples ouverts sur les mondes, les univers, et cet écrin dont nous sommes substance, l'Absolu souverain, Dieu magnifié aux odes vivifiant le sens du vivant, dans la parole, Dieu de vie et de beauté, que l'Humain oublie, que l'Humain dans l'errance ne voit, et qu'il convient d'éveiller par la parole mage, celle de la reconnaissance, de l'indicible portée du tout en un et du un en tout, luminosité sacrale qu'aucun être ne doit oublier s'il ne veut pas s'oublier lui-même.

Ainsi dans le chœur de la mélopée des mondes qui s'entrecroisent, se croisent, s'allient, se détruisent, toujours se renouvellent dans la perfectibilité, tout comme l'être sans renoncement, tout comme l'être debout les bras levés vers l'immensité pour apprivoiser l'éternité dans cet effort de transcendance né de son unité symbiotique, rencontre de l'immanence, de cette force de l'Absolu qui éveille en sa portée le dessein souverain de la Vie, ainsi lorsque s'élève, dans un vol azuréen, l'Aigle souverain, scrutant son aire, organisant son monde comme l'Humain lui-même ce jour noyé dans les phasmes de la bestiale errance.

Inscrite et circonscrite comme l'est chacune des actions énergétiques, les unes dans l'ombre, les autres dans la lumière, non la lumière de l'ombre mais la lumière de la Lumière, de la vie à profusion, là dans ce miroir de l'Éden que chacun porte en soi malgré les ténèbres envahissant la Terre ce jour, dont le labour des temps disparaîtra leur folie abrupte, leur religion de l'atrophie, leur mystère barbare, inutiles reliques dont la chronicité disparaîtra comme un vent mauvais sur la plaine de la Vie.

Ainsi, alors que déjà s'éveille à la conscience la multiplicité, malgré le poids des entendements illicites des prostitués d'un malthusianisme de principe, génocide programmé contre lequel l'Humain éveillé doit se dresser, combattant pour la Vie, en la Vie et par la Vie les hordes sordides de Thanatos, combat dont les prémisses s'ordonnent et s'initient pour renverser l'impuissance et la remplacer par la puissance naturelle, invincible, permanente, car signifiante de toute transcendance, ainsi alors que l'insanité des médiocres se veut affront de cette permanence, dont il convient par la raison souveraine d'évacuer la gangrène, tel l'oiseau se nourrissant des vers afin qu'ils ne prolifèrent.

Ainsi alors que le soleil s'élève sur cette petite planète qui va connaître un combat terrible, à l'image de celui d'Ajurna, combat nécessaire pour vaincre la stérilité, la mythomanie, l'atrophie et ses composantes, combat par toutes surfaces de la Terre, né des Peuples de toute Nation, combat de la Vie contre la mort, combat de la Liberté contre la dictature de fait, ainsi alors que s'annoncent de grands vents solidaires qui marqueront à jamais la Terre d'un front d'azur qui emportera la déchéance, l'humiliation, la culpabilisation dans les basses-fosses des abîmes où les larmoyants du mensonge chronique se complaisent.

Où les brutes épaisses se consolent, où la lie de l'humanité s'ébroue dans la bestialité, tout excrément se voulant pouvoir deviendra l'ombre de l'ombre avant de venir, par symbiose, l'ordonnance de la pluralité mystique de ce monde, ainsi, inscrit par la Loi des Univers, cette constante majeure, montrant qu'aucune dictature, fusse-t-elle du néant, telle inscrite ce jour, ne survit devant le chant de la Liberté inscrit dans les gènes de la Vie, dans cette Énergie sublime dont chacun est possesseur.

En conjonction intime de l'un comme de l'autre dans le rayonnement de la sphère, énergie renversant inéluctablement les tyrans comme les suppôts de la tyrannie, car des mondes de la Vie l'ordonnance nécessaire ne se voilant de l'incongruité, de la velléité, de l'aberration, de l'atrophie, ainsi lorsque planent au-dessus des eaux la puissance des Aigles s'apprêtant à fondre sur leurs proies, tels les Peuples sur leurs tyrans et leurs féaux, irréversiblement, quoi qu'en pensent la corruption comme la soumission.

Quoi qu'en pensent les dérives des mondes aux religions tronquées, aux philosophies absurdes et mensongères, aux arts dégénérés, quoi qu'en pense la lie, la boue, le purin, métissé par l'ignorance diffusée par la propagande des non-vivants, car la Vie sait se défendre contre les assauts de la purulence, les métastases de l'incongruité transparaissant avant que d'être, pauvres déjections s'imaginant apogée alors qu'elles en sont l'inverse, aux théurgies ridicules dont les prouesses s'enchantent dans la médiocrité atavique de leurs gènes dégénérés par la stupidité congénitale, celle de l'habitude labiale de s'accroire, dans la génuflexion stérile de croire.

Qui importe peu aux vivants qui ne sont diarrhées de ces avatars de la Vie, ces refuges de la mort, dont plus personne ne nie l'existence parasitaire et nuisible, même si elle se cache encore dans les refuges de la perversion de l'innocence, même si elle joue encore sur l'ignorance et ses fantasmes aux tumeurs sporadiques, dont l'Humain se défera comme d'une couronne d'épine, cette couronne que le Christ Roi a endurée pour bien nous montrer où était la parodie, l'illumination de l'illusion, le déchaînement de la fourberie et de ses symboles.

Antres de la bête couronnée, de la bestialité devisée, antres infâmes qui seront pulvérisés par les Peuples en marche vers la Lumière, cette Lumière surhumaine leur faisant reconnaître la Nécessité, la dimension de la transcendance devant se déployer et araser ces scories, cela vient comme une tornade soudaine emportant tout sur son passage, cela vient dans ce feu de paille de la rouerie, et l'on verra alors les armées des Peuples déferler telles des forces invincibles, détruire les remparts de la tour de Babel inscrite comme le champ mortuaire de l'Humanité.

Décapiter cette prétention de l'atrophie, dont on verra la malfaisance sortir de ses loges putrides, remparts du déshonneur, pour s'amender de ses buboniques errances, où l'on verra alors l'Humanité dans ses composantes s'élever vers le sommet de son pouvoir d'être et non de paraître, enfin libérée de la pourriture infecte voulant l'embaumer, cela vient, aux signes parmi les temples, aux signes parmi les temps, la Vie regardant ce bubon cherchant à l'asphyxier, prenant mesure incoercible pour accélérer sa destruction totale, cela vient, ainsi alors que les Aigles scrutent, impassibles, cette aire qui deviendra par leur couronnement...

Prends soin de toi

La vie est ainsi faite, parfois de lumière, parfois d'ombre, parfois de ténèbres. Quatre mois se sont écoulés, que tout un chacun ne perçoit pas dans la frénésie des jours et des nuits qui se succèdent, inexorablement. Le vivant est là et individuellement son terme se démarque soit naturellement, soit par perturbation diachronique, doux euphémisme qui pourrait être remplacé par la brutalité des termes génériques de la médecine, de ses connaissances et de son engouement à vaincre.

Le recul permet de voir plus clair dans ces définitions qui se heurtent les unes les autres dans une forme de psychodrame dont on connaît uniquement l'issue mais pas réellement les contraintes dolosives à venir, celles que l'on subit, sans pavois, lancinantes se manifestant sans le moindre égard.

Moins quatre mois, alors que le devenir est faste, s'écroule le château de cartes, la douleur initiée se révélant, curiosité et incompréhension, par ce que le vocabulaire des laboratoires nomme un pic monoclonal. Qu'est-ce donc que cette défaillance qui se prononce ? De rendez-vous en rendez-vous, après une ponction de la moelle du sternum, on découvre le phénomène, reconnu orphelin, qui toutefois doit pouvoir se réguler.

Qu'il soit permis ici d'honorer le personnel hospitalier, exceptionnel, dans le cadre de cette maladie qui se nomme myélome. Des médecins à l'écoute recherchant tout ce qu'il est utile de connaître pour tenter sinon d'éradiquer, du moins d'atténuer le phénomène de la douleur.

Cette douleur qui devient votre compagne et avec laquelle il faut faire, pour toujours avancer. Car il n'est question de se laisser aller, ni même de se dérober. Il faut faire face à la réalité, l'inclure comme modalité, l'apprécier dans sa détermination irrévocable, et bien entendu ne pas se laisser couler en ses bruissements et ses manifestations oppressantes.

Moins trois mois, on prend réellement conscience de ce phénomène qui vous envahit, induit d'échéances, que l'on compare dans les informations glanées de-ci de-là, cinq ans, quatre ans, sept ans, les chiffres tourbillonnent mais en vérité ne veulent absolument rien dire, chaque cas étant particulier, alors on se décide non pas à oublier les échéances mais faire en sorte de vivre pleinement chaque minute, chaque seconde, et surtout de se mettre à jour dans chacune de ses activités, pour ce qui me concerne l'édition de mes livres, tout ce passif qui dort sous forme de CD, de Dvd, et l'on trouve là une projection sur l'avenir de ce qui doit être fait, de ce qu'il reste à faire, à écrire, à composer, sans ce souci, une fois le passif édité, imprimé, diffusé, de ne laisser derrière soi une part d'inachevé.

Le travail continu, je ne m'arrête pas, il faut bien vivre, et là, dans la stupéfaction, je trouve une humanité que je ne croyais pas exister dans le groupe qui m'emploie. Remarquable, tel est le seul terme que l'on peut convenir par l'accompagnement dont il fait état à mon égard. Cette face étant intégrée on ne peut être qu'encouragé à poursuivre cette lutte pour l'instant sans la moindre appréhension. Et les collègues de travail, ici rien à dire sinon de les remercier pour leur aide continue.

Les craintes ne viennent que de l'expression de la douleur, nécessitant une biopsie à moins un mois, des résultats sont attendus avec une réelle impatience. Mois de vacances, retour et enfin conclusion : j'évite l'amylose ! Joie soudaine, enfin on peut objectiver un avenir, bien sûr pas une autoroute, mais au moins une route nationale...

La profanation

Il y avait là comme des rêves opiacés, des fumerolles légères et moirées de règnes adventices, un pouvoir circonscrit opérant dans des règles ne tenant ni de l'honneur, encore moins de la morale, son but étant de circonscrire tout ce qui est, afin par une illégitimité forcenée, de parvenir à ce but le plus exprimé : le Pouvoir global. Un Pouvoir inscrit pour certains, un Pouvoir recherché pour d'autres, un Pouvoir initié pour les derniers.

Et dans les nuées qui se précisaient, comme des nefs anciennes, coulées par les vents antiques, se dressaient des verbes pour enhardir cette profanation. Car profanation était le symbole même de cet aréopage se présentant devant nos yeux. Ce n'étaient que rires et dévastations d'enluminures, des brumes de colères où les ripailles s'évertuaient, confluant vers cette dérive de l'intelligence menant à l'atrophie la plus réelle, voyant des êtres, hier, devenus des bêtes alimentées par leurs songes diaprés d'or et de serments de mort.

La pluie tombait, drue, sur cette aubaine de mésalliance parée de toutes les discordes, les unes les autres dans ce convent illuminé par les nuées, enchantaient cette gloire à venir voyant la fin des chaînes de la Loi Humaine les emprisonnant et les laissant, là, à la grève, comme des marins sans barques, des écheveaux de poissons amarrés à l'invraisemblable, le nuage mauvais par essence. Hirsutes personnages décorés de chétifs tissus aux soieries dormantes, se prévenant les uns en conférences secrètes, les autres en bavardages stériles, nous parvenant dans la lucidité d'une seconde, ce court moment où ne peuvent s'empêcher les libidineux de s'encenser, rêvant le monde par ci, le monde par-là, comme si le monde les attendait, tous ces dévots d'une piétaille incoercible.

Je musais le long de ces aigreurs, de ces vitupérations, de ces ordonnances, de ce bouquet d'honneur aux trois bans d'une acclamation, voyant entrer en tablier de boucher le réceptacle de tout ce brouet, en déshonneur le plus total avec sa caste reniée, cette aristocratie plénière ne regardant en aucun cas cette gabegie humaine. Il me fallait supporter toutes les inconséquences de cette bouillie lavée et engagée au tabernacle hostile, dont le rictus se montrait sur ces visages courroucés, ces yeux surgissant une haine invraisemblable pour tout ce qui ressort de l'Ordre, de la Mesure, de la Tempérance, de la Beauté, de l'Ordonnancement glorieux du Christianisme, le venin de ces licteurs de basses œuvres.

Un être se donnant grand maître de cette assemblée, injectait maintenant sa bassesse, désignant à la vindicte la Chrétienté, les trônes, les gouvernements, la famille, dans une telle virulence que l'on ne pouvait qu'être inquiet sur son état mental, l'hystérie étant sa marque, la folie son linceul. Accompagné en cela par une tribu qui se nommait Illuminés aux noms Romains et Grecs trahis, il déclamait sa parole de pestilence avec un je-ne-sais-quoi dans l'œil qui me fit penser qu'il jouissait de ses propos, comme d'ailleurs l'Assemblée qui maintenant se pressait pour écouter ses cris d'orfraie.

La lie de la société était là, dans son abandon, ses maximes, ses inepties, étalant à l'infini l'incohérence de son langage, un langage d'être imparfait ne voyant l'Humain que comme un compte d'apothicaire qui devait être régulé de son vivant, autorisé, jusqu'à sa mort enseignée, par le poison ou bien l'épée. Et pire encore il me fallut écouter ce décret de mort envers deux Rois, dont le Roi de France, qui devait être averti de cette ignominie.

Les paraboles de ce convent furent l'inexistence et l'acclamation de la mort, une foule en liesse devant l'usure, une foule en liesse devant l'abomination se croyant dominance et qui deviendrait dominance par la réduction au point létal de l'innocence de la qualité d'être Humain, de son Identité, de sa Nation, pour faire luire à l'horizon l'indifférencié, l'inutilité, le métissage, le genre, spoliant ainsi la divinité de sa création, spoliant ainsi la nature et l'exigence de la réalité pour se fondre dans une virtualité sans fin annonçant la fin de l'Humanité en sa multiplicité.

Y croire, il fallait le voir, ici des hyènes affamées, là des gitons déchaînés, là toute cette tribu d'aristocrates infâmes, liés par leurs dettes à cette infamie, une lie, comme je l'ai dit plus haut qui ne pourrait se soupçonner si nos espions, bien placés, au cœur même de cette tentative d'annihilation de l'Humain ne nous avaient prévenus de son existence.

Ce fumier se réjouissait, y allant de ses litanies, qui de la Liberté tronquée, qui de l'Égalité réservée aux élites, qui de la fraternité réservée aux frères de cette meute assoiffée de sang. Car cela était son principe, principe de vivipare habitude et rectitude que le feu de Dieu dans sa puissance avait frappée afin de la rendre à l'humilité. Ici nulle humilité, bien au contraire, jusqu'à l'accroire permissif de voir la tribu devenir maître de ce monde, si tant détenant l'or et ses rivages, la presse et ses organes, et par les dettes couronnant son principe de domination.

Voici donc cet essaim qu'il me fut donné à voir, un essaim de guêpes criminelles qui allait déverser son venin sur toute la Terre, en commençant par détruire la Nation la plus importante de cette époque, la France, cette France qu'il fallait terrasser, voyant les ovations de l'anglais comme de l'allemand, déjà asservi aux buboniques errances de cette plaie. Asservissement se voyant si bien dans les sourires idiots de la race de l'or s'entretenant en secret avec les uns les autres sans secrets de leurs miasmes, secrets de polichinelle, que ses écritures avaient depuis longtemps démasqué, prévoyant la mise à bas de toutes les étoffes de la terre pour les remplacer par leur prétendue élection de Dieu. Contestable prouesse dont les temps démontreraient l'inanité, ravaleraient à la simple défroque.

Le brouhaha des voix était tel que l'on ne s'entendait plus et ne percevait plus l'initié idolâtre qui épanchait son verbe, un verbe sans lustre d'ailleurs, pérorant les mêmes barbarismes, les mêmes mégalomanies houleuses semblant si bien correspondre à ce tapis de demeurés, d'oubliés de Dieu, répandant leur haine sur tout ce qui n'était pas eux et ne serait jamais eux, il ne faut pas en douter, quoi qu'il arrive. Le convent allait fermer ses portes et ses barbares en cohue maintenant se pressaient vers les auberges, d'autres vers les bordels et certains vers les échoppes, criant à tue-tête, c'est l'heure des agapes, venez mes frères ! Mot d'ordre suivi par les bassets poursuivant leurs litanies, les uns demandant de l'or, les autres quémandant des remises d'intérêts, ceux-ci se donnant des lettres de change, ceux-là, dans une liesse acharnée tâtant leurs rubis, leurs bourses et leurs habits brodés, à l'image de l'aristocrate grandeur, qu'ils n'égalaient, pas plus un singe n'égale l'être humain en habits.

La subversion était à l'œuvre, et ce nid de vipères se croyait à l'abri des regards de l'Ordre, ce qui n'était pas le cas. Il fallait lentement les laisser agir, les laisser-aller à leurs faites qui seraient leur chute, ce n'était là qu'une question de temps, les infiltrer, les insinuer au plus haut niveau quitte à détenir leur pouvoir, jouant même de leurs religions dans leurs religions, dans les mêmes états d'esprits qu'ils étaient, fanges de l'hypocrisie, du meurtre, de l'indécence, de la violence, du mensonge, de la propagande, toutes fosses de l'ineptie qui le jour viendrait leur seraient rendues à souhaits, les voyants dans leur turpitude implorer un pardon qui ne viendrait pas, tant leurs crimes seraient nombreux, tant l'infamie et les traîtrises seraient leurs sorts, mais cela est une autre histoire.

Ils se croyaient bien à l'abri dans leurs gargotes où ils faisandaient l'or et ses rubis, la billetterie de la folie, jouissant de la perdition, qui les enviait. Leurs plans par le plan reconnu de leurs délires viendraient à terme, sous l'impassibilité des veilleurs qui a l'instant précis de leur accroire en Pouvoir, viendraient détruire à jamais leur souci d'immolation, montrant à ce monde la pourriture de leurs agissements, la forfaiture de leurs engagements, la violence de leurs atermoiements, le venin de leurs pustules grotesques charriant tous les malheurs du monde, l'avarice, l'usure, la domestication, le déshonneur, la flagornerie, le mensonge, le génocide des Peuples, toutes déités de leur approbation qui les renverraient devant le tribunal de l'Humanité.

Cette Humanité qu'ils auraient voulu réduire au genre, au métissage, à la chose qui leur aurait permis d'en profiter jusqu'à la mort, cette chose qui se présentera devant eux et dans son rayonnement Humain les condamnera à jamais. Ceci n'est qu'une question de temps, le temps n'étant rien par rapport à leur petit manège, par rapport à leurs petites manœuvres, par rapport à ce lambeau qu'ils emporteront au tombeau. Ceci est inévitable et dans l'ordre des choses, dans l'ordre de la Voie qui ne peut s'accomplir en ce périple d'immondices, en ce périple de galvaudage, en ce périple d'abstractions, en ce périple décrété par la mort.

Car la mort est le visage de cette subversion, la mort dans tous ses états et toute sa domination, et se dressera devant elle la Vie pour la combattre et la réduire définitivement à l'oubli, la Vie ruisselant en chacun portant le flambeau de la Liberté, non la Liberté d'être esclave de l'usure, mais la Liberté de vivre et de s'épanouir. Ces réflexions me venaient en sortant de ce tombeau, terreau de l'inconscience et de la déperdition de la Vie, où la hideur était demeure. Mon équipage déjà partait vers d'autres sources noircies par ces obédiences tragiques qu'il me fallait correspondre pour les dissoudre, ce jour, demain, le temps n'a pas d'importance, l'important est de savoir qu'il vient, irrévocablement afin de détruire tout ce qui nuit à la Vie...

Ainsi la nue,

Ainsi la nue dans la portée des âges enseignés, volontaires de vagues puissantes aux bruines d'améthystes fondant les empires, vastes écheveaux de cils éveillés fracassant les houles sur des rivages fantastiques, témoins des algues aux frémissements divins, des pinèdes amarrées de blancs lichens, et dans la moisson des rites du vol altier des circaètes aux chants diaphanes, annonçant de nobles conquêtes par les prés bruns, les sources amazones, et les fleuves d'airain, tandis qu'en liesse, les équipages amarrent leurs nefs aux bois d'or, où se chamaillent les cohortes pour rejoindre leur centaine dans l'étoffe pourpre du matin.

Viaduc des cités, où s'assemblent les guerriers, aux plans natifs sans perte ni refuge de rus culminant ces promontoires inscrits situant les villes à prendre, les places fortifiées en dédale, et les blés mûrs nourriciers, dont les lourds tambours de bronze scellent l'avenir d'une voix tonnante, sans oubli des glaives frappant les boucliers d'onyx, dans un hurlement de métal faisant fuir ou se terrer les derniers ilotes aux curiosités avides, tout à coup le silence se fait, perceptible, accessible commuant la volonté de chacun dans un désir de parousie.

Sur son char de triomphe le consul présente ses desseins, lumières de l'horizon des sites en nombre et des armées de l'orient dont les lames profondes s'agglutinent aux orées des premiers arbres millénaires, tandis que se protègent les armées des premiers jets de flèches empoisonnées, l'heure n'est plus aux débats et les sages se retirent, la guerre est là, née de l'enlèvement des règnes de Rome, il faut vaincre ou bien mourir.

L'assaut est imminent, chacun retient son souffle, le consul a délaissé son char pour un fougueux alezan dont la crinière fauve renvoi des luminosités solaires, le combat s'engage, un corps à corps terrible ne laissant à la chair plus que la survie pour offrande, la mort, héritière, fauchant ses citadelles, ces êtres venus venger leurs filles et leurs mères, des flèches en flammes traversent le ciel pour inscrire leur éventail, laissant derrière lui un charnier sur lequel se précipitent vautours et nuisibles, la terre se gorge de vie, le ciel rugit, les voix il y a un instant, possédées, désormais se taisent, ne laissant place plus qu'aux cliquetis des épées qui s'entrechoquent.

Et les heures passent, des heures terribles jusqu'aux louanges victorieuses, tandis que le consul, seul, traverse cette orée jonchée de milliers d'hommes qui furent et ne reviendront, assurant la victoire de Rome certes, mais conjointes de combien de firmaments enfuis, de combien de rires et de chagrins, de combien d'amour déployé, de combien de sources tues en ce moment glorieux voyant déjà venir les premières cohortes rendre leurs armes.

Il fut un temps pour tout cela, ces guerres antiques flamboyant le sacre d'un empire qui nous reste comme destinée à renaître, non plus dans le flot des chairs, mais dans le flot du Verbe, la parole comme le dire étant bien plus prompts à terrasser les adversaires de la vie, il fut un temps aux marques essentielles de notre empire à reconstruire sur les cendres de Mammon, puisatier du sang noble de nos générations, immonde perversion dont ce siècle taira l'outrage fait à nos Peuples.

Après ses tentatives désuètes d'immoler notre Race par deux guerres fratricides, notre Race de l'Esprit qui ne doit rien à ce ver qui est venu pourrir notre sacre, ce sacre qui viendra lorsque nous aurons terrassé ses armées du néant, des armées multipliées qui seront anéanties totalement, car légions de la mort, légions traîtresses à leur nom comme à leur nombre, légions de l'ombre, du larmoiement, du délire de la persécution, qui devront être soumises, comme toutes les étreintes en leurs lieux, faisant ruisseler de sang ce monde en proie à leur déshérence.

Déshérence de la vindicte, de l'accroire, de cette pulsion primitive qui surgit de leur essor, qui ne doit rien au courage, à la tempérance, à l'honneur, mais tout à la fourberie, la traîtrise, la félonie, ainsi dans l'aube qui se lève et qui inscrit la disparition par conversion du parasitisme le plus houleux, le plus pernicieux, le plus infâme, celui du prédateur le plus répugnant que la terre ait connu, inhumain par excellence, ne devisant qu'en fonction de ses armées d'esclaves, de ses légions de courtisans, de ses voix compissées qui s'époumonent dans ce désert que nous nous devons de créer.

Un désert total, ignorant chacune des voix de ces errances, chacun des actes de ces déshérences, chacun des faits de ce parasitisme, afin de le laisser se détruire dans ses miasmes et ses délires, toutes compositions abstraites suant le ferment de la mort et de ses équipages, dont il est le chantre et en lesquels il se décompose, car telle est ainsi la Loi de la Vie que celles et ceux qui se réfugient dans les torpeurs des noirceurs de la lie doivent disparaître inexorablement.

La Vie n'ayant besoin de ces scories pour, limpide, s'avancer vers l'Éternité, s'exfolier de ces buboniques errances paralysant son devenir, ainsi alors que le vent inscrit ce devenir, un vent qui se lève comme une mousson d'été pour laver à grandes eaux le corps malade de cette terre, destituant sa gangrène physique, son cancer intellectuel, son sida spirituel, restituant l'unité primordiale du vivant au vivant en ses moissons splendides, ses races souveraines, ses peuples glorieux, ses ethnies majestueuses, son humanité intègre, magnifiée par son unité respectueuse.

Permettant au-delà des latrines de ce temps, d'élever sa genèse vers l'immensité cosmique afin d'essaimer les univers de ses prodiges, ainsi alors qu'aux terres antiques s'élève le chant des buccinateurs, divin dans l'onde ignorant le temps comme l'espace, foudroyant les naines vespérales des enchantements désespérés, ceux masquant la volonté, ceux détruisant la vitalité, ceux couronnant l'innommable avec le mépris dantesque des brutes barbares.

Destituées par l'Empire souverain que fut celui de Rome qui recompose ses phalanges, qui arbore ses centaines, afin de fondre sur l'errance et la restituer à sa seule condition d'Êtres et non de nuisibles, essor d'une lame de fond dont l'intransigeance sera, dont la fécondité demeurera, loin des aberrations vivifiées par les déviances accoutumées, légiférées, par tous les chancres nodaux usurpateurs et prétentieux se voulant règne sous la férule usuraire, loin de ces agonies printanières, loin de ces hivernales désuétudes, loin de ce mouroir incliné dans l'abstraction.

S'imaginant l'égal des Dieux alors qu'il n'en est que l'atrophie la plus virulente, la plus aphone dans son addiction empathique qui n'est là que pour berner les innocents, tout un monde enrégimenté dans la flagellation, la culpabilisation, tout un monde tête baissée devant le crime qui se cache, le crime qui légalise pour que l'on ne perçoive pas ses délires insensés, ses invectives ordurières, ses actes de déments dont cent cinquante millions d'âmes demandent réparation.

Réparation pour ces crimes contre l'humanité avivée par les marchands du temple profané par leurs sourires libidineux, leurs mensonges grossiers, leurs délits opiacés, miroirs de toutes faces ridicules et ignobles qui disparaîtront lorsque la bourrasque des légions viendra parachever la renaissance de l'Humain, une renaissance que tout un chacun en ses racines, honorant ses racines, et respectueux des racines d'autrui, acclamera, pour enfin se libérer du carcan des injures, des génuflexions, devant toutes celles et tous ceux qui singent le vivant, incapables notoires à toute création.

Sinon celles de la désintégration de la beauté physique, de la pureté intellectuelle, de la transcendance spirituelle, de l'unité rayonnante de l'Être Humain, combattant de la Vie, en la Vie et pour la Vie sur ce minuscule vaisseau spatial dont l'organicité rompue devra être rénovée en éliminant systématiquement tout ce qui contrevient à son épanchement énergétique, chant qui vient devant les fléaux baignant nos terres de leurs exogènes errances, chant entendu déjà dans la marche triomphante des légions qui furent et reviennent pour araser du temps présent l'incantation de la peste qui ensevelit la terre et l'humanité...

Dessein des âges

Dessein des âges de la pluie aux lys romarins des âmes bien nées, s'en vont par les chemins de mille mannes agrées, aux promontoires somptueux de myosotis aux senteurs de parfums safranés, où l'onde en miroir est calice, genévrier de serments amoureux, qu'une barque ivoirine contemple, où, vestales agenouillées des fruits s'inventent des partages, des caresses de saisons au miel de l'horizon, où toujours s'ébruitent les cristallines aventures d'un moment d'extase dans la nue des orées familières aux tendres épanchements de calices profonds comme de roses armoriées, pétales de glaives en écrins aux fruits d'amour.

Agapes de la vie, où la faim du cristal chevauche dans une pluie sans absence marquant les lendemains, de naissances à foison, le renouveau, embelli par les clochers d'argent des églises adoubées où de fières draperies témoignent du vivant, encens aux mystères gravités dont le flot de luminosité sereine annonce la présence immortelle, évocation du fier tisserand en ses toiles vespérales, riant intérieurement des stances à propos, sachant tout en un et un en tout dans l'illusion des mondes créés, se volatilisant, s'organisant en vagues irisées partant à la rencontre de l'ultime rivage.

Qu'il sera temps d'aborder après l'écume et ses senteurs, ses volutes et ses forces astrales, ses lames de fond comme ses souffles zénithaux, d'extases propices aux lys serments des âmes bien nées, des corps parfaits, où des cils d'éveil aux parousies spirituelles s'en viennent, ne s'égarent et dans le firmament ébloui enchantent les mille chemins des rêves et des songes, dans le silence des orbes éparpillés en des volutes majestueux, par le souffle puissant du règne s'invitant et se déclarant.

Là, aux sources fécondes des myosotis, des Îles sous le vent, des terres verdies de prairies somptueuses, de chaumes de blés mûrs dont l'abeille sillonne la perfection pour unir le Soleil à la Terre, l'Eau à l'Air, dans une magie souveraine contemplée par les mages zodiacaux, là, ici, et plus loin aux fronts des terres les plus antiques correspondants des draperies de mauves serments, des épîtres et des chants repris en chœur par les bergers à l'innocence rayonnante, arbrisseaux en fleurs des sépales de la Vie, venant de fêtes et de joies, de sourires escarpés et de volontés illuminées, les pluviosités des constellations nous contant.

Nous enfantant et nous initiant à la pure incandescence, à cet éblouissement de la luminosité sacrale, où tout un chacun peut voir dans l'accomplissement l'Éternité, au tunnel de mille feux diaphanes et clairs estompant les surannées lourdeurs manifestées pour prendre chemin de sa totale espérance, cette magnificence nous forgeant et nous montrant la destinée, le dessein ourlé du frais propos de l'horizon, manne des angéliques visions ne s'estompant mais se déployant dans un règne absolu où toutes dimensions transcendées vont des limbes vers l'acuité la plus profonde, la plus mystérieuse et la plus éblouissante.

Signifiante de passages azurés, où l'azur lui-même en ses chatoiements, ses fresques, devient prairial renom de l'Histoire de notre divinité, dans la Divinité par la Divinité, dont s'enchantent les sources, les oiseaux mystérieux au vol gracieux et serein, revenant à cette réalité voyant la transcendance rencontrer l'immanence et ainsi développer le sens de tout firmament, de toute demeure, de toute cristallisation, de tous ces émaux bruissant l'ornementation fractale éblouissant le vivant.

Révélant l'intime nature de la Vie dans ses appropriations, dans ses vagues profondes, dans ses cycles souverains, dans sa majesté, son ordonnance, hissant la capacité en son sein jusqu'à la pure Lumière du Cœur, notre cœur en sa source et ses souffles merveilleux, souffles par les temporalités égrenées, apprivoisées, et dans l'éternité déjà arrimées aux nefs les plus denses, où de festives floralies invitent à la contemplative raison, à cette force entraînée par l'Imaginal vers sa motrice détermination, dont l'hymne est repris par tous les chœurs de l'Humain, dans une architectonie ciselant les plus vastes temples que l'être ait pu contempler.

Des Temples aux arcs-boutants tressés de lierres opalins, de roses alanguies, de fougères vespérales, abritant des nefs de gloire dont l'incantation suffit pour voir ondoyer l'Éternité appelant et enfantant toute viduité, au-delà des frissons figés, des peurs réfugiées, des stances silencieuses, dans un jubilé magnifique où se dessinent les vertus et se destinent les promesses, où apparaît la pluviosité du granit, dont les sources de feux, les coralliennes danses du firmament, transfigurent la majesté dans sa grâce, sa bonté, sa douceur, son enivrante perfection.

De l'archange le mystère, de l'archange la prononciation voyant Divins la couronne aux guirlandes de fleurs enhardir le secret si proche de toute Éternité, dans la clarté d'un regard, dans la dissipation des larmes, dans la vision exacte et illuminée de la présence éternelle, au visage rayonnant de la Vierge, au visage d'une douceur inouïe du Fils de Dieu, dans la nature même du rayonnement du flux divin, l'Absolu Souverain, Dieu, Olympe et majesté de toute incarnation dont la sagesse infinie nous renvoie à notre image, son image dans les mystères de la création, dans les sanctuaires de la divination.

Là, ici, dans ce préau, en notre souffle, par son souffle devisé, là, ici, dans la potentialité de notre accomplissement, dans ce flux d'énergie majestueuse irradiant chaque état de nos propriétés, chaque état de notre conscience accédant ainsi à la surconscience, voyant de l'Âme l'épanouissement, voyant de l'Unité l'émerveillement, en la prononciation sublime de la fertile ovation se devant, se donnant, délibérant des mondes l'Éternité, où le vent murmure en écho des hymnes offerts pour la catharsis de toute présence, initiant, hors du temps comme de l'espace, le sacre de la rencontre de l'Éternité.

Cette Éternité veillant, flamboyant au-delà de toute description de la nature, de toute forme comme de tout agencement, de toute organisation comme de toute structure, laissant toute liberté à l'appréciation de l'être de ses marches dont le cristal de l'ombre ne se ternit, dont la beauté dans la laideur ne se réfugie, dont la splendeur , dans la terreur ne s'oublie, voyant ainsi en ses capacités sans abandons, en ses dons sans retenues, le seuil des victoires à naître pour glorifier l'indivisible appartenance à la Vie par la Vie et en la Vie.

Gestes dont la concaténation forge le devoir d'exfoliation de toutes demeures, dans l'infini, par les pléiades des mondes, ceux en gestation comme ceux en action, ceux en voie de réalisation, comme ceux en germes de moissons, dont le fruit se vivifie, voyant l'Esprit dans sa sainteté la plus précieuse développer toute capacité pour arborer le fanion de toute Vie fut-elle en la temporalité, fut-elle en l'Espace, fut-elle en l'Absolu afin d'accomplir son chemin, son destin, en cette clarté immense dans laquelle tout un chacun viendra.

Soit pour en régénérer les flux soit pour naître et renaître jusqu'à la perception sublime lui permettant d'accéder sans la moindre peur aux orientations menant le Vivant vers sa Gloire dans la Gloire souveraine, devant l'immensité au Soleil invincible comme de l'Océan majestueux, où se tient cette petite flore éperdue au milieu de l'horizon si bien nommée notre Terre, dont les êtres passants ne savent pas toujours le flot, ce flot de Lumière, ce flot en chacun d'eux demandant à surgir afin qu'ils comprennent les uns les autres que tout un chacun est lié irréversiblement pour configurer le devenir dans sa destinée, dans sa gloire, par l'appropriation du réel et non des semences ignées de l'irréel cherchant toujours à destituer la Vie.

Par ses serments d'errements inconditionnels dont les chaînes sont à destituer pour retrouver la pleine viduité, la pleine Liberté de Vivre, dans ce lieu, à cet instant, dans l'Éternité par l'immensité, à rejoindre dans la souveraineté, au zénith Solaire baignant de ses rayons toutes faces de la Terre et de ses écrins, pour délivrer les Humains encore enchaînés à l'ignorance, dans la contemplation votive de tout ce qui n'est pas eux et ne le sera jamais, ainsi alors qu'attend la Voie leurs voix, répons de l'Éternité...

L'Être Humain

Je suis le vent qui murmure dans la forêt d'émeraude,
Je suis l'eau qui coule le long des vallons bleuis,
Je suis la terre qui respire la fertile essence de la beauté,
Je suis le ciel dont l'apothéose ruisselle l'arc-en-ciel,
Je suis le cépage des fruits nouveaux à l'enivrant parfum,
Je suis le blé d'or qui foisonne sous le soleil magnifié,
Je suis les lourdes grappes de la vie aux couleurs mordorées,
Je suis le sang de la sève des arbres millénaires qui flamboient,
Je suis la feuille d'opale aux accents translucides et nervurés,
Je suis la branche suave et claire qui déploie les ombrages,
Je suis chêne, frêne, marronnier, tisserand des algues à midi,
Je suis le fier espoir des Alizés aux marches sablières,
Je suis la vague ourlée de bonheur aux climats azuréens,
Je suis les nuageuses préhensions des pluies d'ivoire,
Je suis l'ouragan aux plaines adoucies d'ombres volages,
Je suis l'onde émerveillée des oiseaux lyres assoiffés,
Je suis l'ambre des pelages roux aux yeux perçants et vifs,
Je suis le cerf, la biche, les faons qui marchent l'orée souveraine,
Je suis la perception, l'attention, la motivation des joies sereines,
Je suis la plénitude, la densité, le vide éclairé en sa substance,
Je suis la danse des mages à midi sous l'or solaire adventice,
Je suis le songe ému du rêve en la raison de la sapience,
Je suis l'éternité, le moment, la phrase musicale, symphonie,

Je suis l'architectonie, un en tout, tout en un, unique et éternel,
Je suis il, je suis elle, je suis nous, je suis eux, par-delà les âges,
Je suis l'alpha et l'oméga en et par le principe divin,
Je suis le cœur de toute correspondance lumineuse,
Je suis la terre, le soleil, la mer et le vent, catharsis,
Je suis la vie, ses ordres, ses ascensions, ses tumultes,
Je suis la sérénité, le chaos, désinence de l'altérité, de l'empathie,
Je suis le signe qui illumine le dessein du destin souverain,
Je suis âme, esprit, corps, unité symbiotique de toutes nécessités,

Qui suis-je ?

Je suis l'Être Humain.

Ainsi l'Azur

Ainsi l'Azur dans sa beauté natale, dans son allégresse, dans sa vivacité éclose, navire majestueux aux voiles tressées de vent et de soleil, dont la poupe est cristalline, dont le pont est d'ébène, dont la majesté s'envole vers des cieux safranés de couleurs myosotis, ivoire des âges antiques contant en nos mémoires l'élégance d'une trame visionnaire épandant ses semis de cotonnades, ses ébauches de miel et d'acacia, ses vêtures de perles aux broderies intenses, et dans la mystérieuse ascension des élytres en sa coque, un bruissement de sources sur l'horizon, une nuptiale clarté embaumée par la sérénade des oiseaux lyres.

Vastes préambules des heures nouvelles grées, confondues, enhardies par un jeu d'amour constellant la voie lactée du désir intense de partager l'aventure des étoiles en nombres sœurs lumineuses aux étoles de bronze et d'argent étincelant des rivages ataviques, des marbres légers et aériens aux veines bleuies d'éden, jardins secrets des altières définitions des ondes en farandoles de la pure Déité, où l'ambroisie et le myrte naviguent sans errance, sans refuge, sans inconstance la brume des opales d'ivoires, la danse des papillons de minuit, les festives allégeances des orbes à Midi, la splendeur faune des chênes millénaires.

Prémisses de ces temps, ces temps d'éclair parmi la foudre des heures enseignées, parcourues, dévisagées, et toujours et par toujours aux demeures des fresques de la Vie aux vastes douleurs majeures, aux sentiments légers, aux rires bucoliques, aux sourires mélancoliques, embrasant par toutes faces le sentiment de l'Éternité intime développant, dans l'architectonie des symphoniques éthers des mélopées, ces lieux nous tenant lieu, lieux d'histoire, d'ivoire et de circonstance, lieux mages et sages dans l'empire guerrier renouvelant l'ordre pour incliner le désordre.

Ainsi dans les escarpements des chemins où bruine l'intensité solaire de flaques d'or et de lumière, ainsi dans la candeur définie de l'onde majeure bruissant chaque densité de l'existence, chaque écrin en sa fortune, chaque élément de ce puzzle gigantesque dont les facettes sont nos écrins, nos devoirs, nos épanchements, nos loyautés, nos couronnements, nous menant d'histoire en histoire à l'avènement d'une perfection intense, perpétuelle, par la félicité inventive, sans désaccord des règnes à genoux, ces cristaux dont les transes sont vertus, les œuvres absoutes de servitudes.

Champs de l'âme née délaissant ses incertitudes dans le carcan de dires et de savoirs tronqués par les nuées de la nuit et ses oripeaux, aux vagues enchaînées les unes les autres par la convoitise de la matière, oubliant les vestiges sabliers, la poussière des sens, toutes moires aisances ovipares du sursis d'une heure seulement, une heure de ténèbres souillant la terre de ses menstrues les plus terribles, une heure exactement dans la configuration des verbes oublieux, une heure de lagune profonde aux vallons de cristal ébruité, une heure fauchée sous la brume.

Alors que descend des cieux la pure luminosité d'un ciel sacral et prairial, le soleil en sa jouvence, dont le feu sacré de toute autorité de par ces mondes, gravite, perpétue et enfante, délaissant aux cristallisations des sables le gémissement de cette brume exondée, voyant sur les prairies s'attiser des flux divins dont les prismes témoignent de la parure de l'astre, éloignés sont-ils des désastres aux fumerolles contemplées, là, ici, plus loin, aux vestiges de l'Histoire, dans ses ambres distillés d'ivoires et de schistes et d'élégances de quartz ne sachant leur détresse affligeante, la détresse de se croire humilier, la détresse de se croire en état de supériorité comme en état d'infériorité, toutes détresses sans lendemain devant la plénitude de la Vie.

Combattant ce tombeau de l'inquiétude pour raviver sa flamme jusqu'en ces précipices où s'engouffrent des vitalités inverses dont les flots charrient sur ce monde des flots amers, des flots allant les précipices des abîmes là où ils se voulaient cimes, des flots sur lesquels naviguent de haute mer des marins habitués aux fracas et aux tempêtes, ces marins d'écumes allant par toutes mers comme tout océan de ce monde, dont de faux monarques et vrais despotes devraient emprunter bien plus souvent la voie pour comprendre la Vie, cette Vie n'ayant besoin de leurs remarques et encore moins de leur sauvagerie, pour se perpétuer loin des ivresses, loin des moissons de l'atrophie, bien loin de la barbarie enseignée, afin de faire régner la grandeur, afin de faire naître l'honneur, afin de s'accomplir dans une victoire souveraine et supérieure sans égale.

Levant ses oriflammes, sous la force mélodieuse de ses lourds tambours de bronze mettant en gardent tout un chacun contre l'aventure de la désespérance, la guerre et ses outrages, la guerre et ses maux, la guerre et ses cortèges de blessures inouïes, une guerre ne devant avoir lieu, une guerre témoignant du tombeau de ses imprécateurs fous, de ses impétrants sordides, de cette déliquescence comme de cette putridité accouplée au déshonneur le plus flagrant, le plus sauvage, ce déshonneur de l'Être déraciné ignorant la réalité pour mieux la plier à son atrophie la plus virulente.

Ainsi, toutes voiles tressées, le navire de la Vie s'avance en majesté dans ce marais de l'Histoire confrontant l'Humain au non-humain, la droiture à la bassesse, la splendeur à la hideur, l'aristocratie à la faiblesse, dont chacun des Êtres vivants de ce monde est sentiment éclos, pur et vif, naissant celui de la reconquête de la Vie par la Vie, celui de la force profonde sur des forces obscures et sans lendemains, celui de la force de la splendeur de l'honneur d'Être Humain.

Par-delà les langages atrophiés, les lamentations éthériques, les contemplations ataviques, les clameurs inutiles, voyant les forces de la Vie bafouée se dresser pour arborer son arc de triomphe sur leur déshérence et leurs acclimatations serviles, car force du Vivant face à leurs hordes de mort transpirant chaque parchemin de ce temps, vague haute au firmament dont demain conjoindra les quatre points cardinaux pour mettre fin au règne de la terreur enfantée, de cette grossière déraison se voulant mantisse des lendemains à naître.

Qui retournera dans la poussière lorsque le fléau de la Vie s'abattra sur ses hydres et dissipera les venins de ses hérésies, lorsque enfin Libre l'Être Humain arborera le fanion de cette foi invincible en la Vie par toutes faces de ce monde et délibérera non plus la division mais l'architectonie sans failles de son chemin, ainsi dans le chant alors que s'amoncellent les lourds nuages de la folie du nanisme impromptu, alors que l'ouragan de la nécrose se développe, dans une bourrasque tapageuse s'éploie, dans le secret des âmes la tempête s'élève, la tempête de la Vie sur la mort, la Tempête de la Vie qui triomphera sur l'impuissance du néant !

Florale Demeure

Ô gloire de Dieu, souverain qu'ici le signe assigne, dans la temporalité en nos prières par nos âges, viendrons-nous l'apothéose de son chant en la lumière de notre œuvre, à venir par les jours, du devenir du temps issu, dans la somptuosité des cœurs de la nue assermentés par cette aventure mobile et éternelle, par la virginité du sourire de la mère du Christ Roi, notre sauveur, mentor en la déité ne se désincarnant mais bien au contraire s'animant et fertilisant toutes voies de l'assomption et de la grandeur, de cet honneur majestueux le correspondant.

En nous, répons, s'ouvrant sur la pure beauté, la limpide perception sans appréhension, en volutes gravissant les marches fidèles de la piété, en ce savoir sacré, qu'un est en tout et tout en un, gravitant les espaces infinis de la splendeur, les arcanes secret de l'inaltérable densité de la Vie, par l'expression d'un serment volontaire dont les firmaments éclosent l'hymne mage, l'expression solidaire dont tout un chacun doit partager, afin d'aiguiser sa perception au-delà des abîmes et des stèles narratives, l'arceau de la sapience et de ses règnes, dans la puissance elle-même, dans cette alcôve en chacun de nous, dont le préau destine à la fidélité, à la charité, à l'espérance, et à la Foi, enseignant des ramures la félicité des âmes, corps en chœur de l'Esprit souverain veilleur.

Contemplant, enrichit de ce bien de commune mesure de la florale demeure de notre éternité en l'Éternel souverain nous guidant, juge, et démiurge, de notre vitalité, par son alacrité, par sa dimension exaltante dont nous devons en chaque faste du temps louer les gravitations, notre énergie fidèle étant apprentissage de ses œuvres et de son champ d'œuvre, et ce dans l'éternité par l'éternité, gloire du vivant au sortilège dionysiaque, voguant de l'élémentaire à la complexité dans un jeu de hasard et de nécessité dont nul ne peut mesurer la temporalité où nous sommes chenilles avant de devenir papillons.

Non dans l'éphémère mais dans l'éternel par l'éternel, ainsi la gloire de Dieu par notre cheminement, dans la détresse, l'atermoiement, la peur comme la douleur, le réconfort de chacun d'entre nous, ce réconfort de ce savoir inné de nos âmes par nos esprits empreints de nos corps, d'être sujet de l'éternité de la Vie, support de toute réalité dimensionnelle, de toutes réalisations comme de toutes constructions, dont nous sommes, enfants de Dieu, la lumière et par chacun d'entre nous, l'étincelle majestueuse.

Qu'il nous suffit de retrouver pour sinon en comprendre les aspects fabuleux du moins en discerner les composantes par le jeu de la symbolique, et par-delà la symbolique, par la compréhension innée de sa splendeur en Dieu et par Dieu, notre Souverain sanctificateur dont le fils, Christ Roi, nous a montré le chemin, par la salvation de sa mère, Reine du ciel et de la Terre, la Vierge Marie, notre mère à toutes et à tous, ainsi est-il et dans les siècles et les siècles pour la plus grande gloire de la Vie, la gloire de Dieu, ainsi soit-il !

Et l'amour dans tout cela

Et l'amour dans tout cela, en parlerons-nous comme une source, ondine du bruissement diapré de mirages éblouis, versatile demeure aux azurs sereins dont nous parcourons l'iris, semence de grands vents à perdre haleine, dans la luminosité des cieux et l'espérance des terres, dans la volonté solaire émergeant des règnes en semis, des écrins d'ivoire drapés de chants et de corail, oasis blond d'âmes légères ébruitées aux vagues amazones, aux feux antiques des nuptiales allégeances, aux stances exfoliées fondant les mondes dans une mosaïque bruissant les cœurs d'un battement soudain.

Lourd tambour de bronze glissant aux âges de fractales désinences aux ouvertures diaphanes, moirées de pourpre, habillées de mousses et enfantées d'un souffle, enceints de verbes hauts au levant où se tient l'oriflamme gréant ses voiles au mûrissement des algues à midi, dans la promptitude d'un flot sailli par l'éternité, dans une danse folle et orgueilleuse où la moisson habite sereine le tendre élancement de racines en moisson, s'abandonnant aux charmes secrets dont l'éternité dispose.

Ainsi aux orbes étonnés, aux blés mûrs mugis de rets aux fortunes enchantés par l'apprentissage des sources solaires, dans la familière composition de l'astre enfanté, dans la profondeur cendrée des abîmes retenant les cimes, dans le bouillonnement des écumes, dans l'arc-en-ciel des féeries étincelant les yeux de l'Amour enseigne, mesurant des âmes souveraines la plénitude cristalline de la parturition des corps, où la beauté de l'esprit naît de ciselures l'ambre des émaux gravitant, tels des sœurs de soleil, le miroir du doux rayonnement des souffles épanchés par stances et offrandes de caresses adulées.

Panache d'un rythme ébloui, magistral, énamoure du cristal des adventices épures du cil, vibrant à l'infini les mélopées du rêve et du songe associés, dans cet équilibre parfait des cœurs unis par la parousie du bonheur pour certains, par l'artifice de la splendeur pour d'autres, toujours alluvions et embruns, toujours soieries de cargaisons divines sur l'océan des chœurs dont les architectonies vont et viennent en mélodies parfaites les accents de la vie, ici, là, dans le sens d'une raison affine dont la saison s'ennoblit, une saison nouvelle, renouvelée aux précieuses lagunes éphémères, dont le lac de douceur inouïe voit d'oiseaux lyres les épanchements solsticiaux, cycle de prouesse.

De concaténations, dont les hymnes sont réponds de mondes d'opales et d'onyx, de mondes d'ivoire et de jaspe, de mondes d'agate et d'olivine, de mondes aux fronts translucides, de mondes aux horizons magnifiés dont l'aigle contemple, mage en son essence, sage en son existence, guerrier en sa thaumaturgie, la souveraineté, alors que la pluie d'automne lave le frisson des étés enchantés, et que, dans le secret de la terre s'épouse le renouveau, que dans l'azur des cieux se prépare l'appariement, et que dans la fête du vivant s'exonde le parfum des règnes, haute vague et franc parfum d'haleine fraîche signifiée...

Au septentrion

Nous regardions, émerveillés par tant de splendeur. Il y avait là des ramures équinoxiales et des préaux de safran, une ville d'émeraude et de schiste taillée à même une falaise de quartz. Du plus loin nos yeux visitaient des dunes d'alluvions aux couleurs océanes où s'affairaient, en groupe, des tisserands de varechs, des chasseurs de crabes et de palourdes, et aux ciselures où planté le riz émergeait, des femmes aux sarongs enturbannées de coiffes aériennes. Tout ce Peuple vaquait à ses occupations, sans la moindre précipitation, comme si le ressac rythmait ses pas.

Au large devisaient des embarcations cristallines, et nous regardions, comme un feu d'artifice les nappes des filets égayés par leurs courbes harmonieuses. Plus près, à l'entrée de l'édifice se tenait une garde immobile, comme faisant partie du quartz environnant, veillant à la paix de ce Peuple. Il nous fallait maintenant passer ce gué, nos montures et nos attelages frissonnant sur le chemin aride y menant. Les gens à notre passage restaient souriants, sans la moindre crainte de nos armes de guerre, de nos armures cristallisant le soleil, haut dans le ciel.

Nous menions tant bien que mal nos équipages, lorsqu'un provincial se proposa de nous aider, ce que nous acceptâmes bien volontiers. En un vol d'aigle, grâce à sa dextérité, nous parvînmes le guet, et ce furent-là palabres habituelles, démonstrations pacifiques, sourires et connivences, taels déversés, nous permettant de rentrer dans l'onde de Danaé l'éclose. Le miroir de nos âges ne fut plus aiguisé au-devant de sa beauté, une beauté à couper le souffle. Ici, dans un décor à la fois héroïque et bucolique, nous avisions l'une des plus belles nefs de Pongée la mystérieuse.

Il y avait là des constructions en écheveaux dont les parterres étaient couverts de floralies merveilleuses, lys et œillets à profusion aux lourds parfums de géraniums s'aventuraient de bleuets et myosotis, et dans la farandole des cours revêtant la texture des pierres de lave dont étaient construites les maisons, on trouvait un lacis de plantes généreuses aux fleurs énigmatiques et opiacées. Un vent léger nettoyait continuellement les ruelles en arceaux bouillonnant d'activité, ici aux frugales harmonies du palais, les poissonniers et les bouchers, les boulangers et les fariniers, dans un mélange baroque, s'affairaient, et entre échoppe, nous voyions les étameurs, les forgerons, les artistes du cuivre et quelque ébéniste à l'art impondérable, tandis qu'alentour grouillait le Peuple affairé par ses marchés, délibérant aux potagers et aux fruitiers les victuailles du jour comme de la nuit.

Ainsi dans ce cil marchions-nous, délaissant nos équipages aux chaumes bleus d'un forgeron loueur, nos pas sur chaque rive, éveillés s'amenuisant devant la liesse des armuriers aux échoppes malignes. Malignes, car ne se contraignant ici des fétus de paille des épées, les plus belles étant toujours gardées aux râteliers de caveaux dont il fallait toujours deviser l'entrée pour voir leurs fers dignes de ce nom. Nous ne restâmes très longtemps dans ces offices, la faim nous invitant aux gargotes et hostelleries dont les frontons, tous, se chamarraient d'une licorne.

Nous nous promîmes de visiter la ville le lendemain, tout en festoyant en l'honneur de sa beauté. La nuit fut douce à nos mémoires, nos rêves, comme des écharpes de soleils, délivrant des promesses à nos esprits en sommeil. Le lendemain fut un feu d'artifice, au sol de cette ville ouvragée, aux remparts acclimatés, aux tresses diaphanes des embellies de son château en promontoire, desservi par neuf cents marches le gréant.

Nous savions ici la Divine à rencontrer, et de marche en marche sous les fenaisons de couleurs nous assaillant nous pûmes contempler, car là-haut, se dressait, Sibylle, l'étonnant mirage nous invitant à reconnaître la réalité de ce monde, un ensemble solsticial où gravitaient de diamantaires enlacements dans lesquels nous étions unité ouverte sur le flot, allant les pures ovations de la Vie. Cette vision, dans sa régénérescence fut notre portée, un portique ouvert sur les multiples mondes embrasés dont nous devions convenir afin d'affermir notre éternité, nous le pressentions, et dans ces pressentiments savions déjà notre route tracée, écume en pavois, gloire assortie, de batailles enlevées sur la puissance mortelle afin de naître la Vie, dans son tumulte, son abondance, sa nuptiale appartenance à l'Éternité.

Et nos voix en essaims s'alimentaient du Verbe enchanté par Sibylle, dans des volutes moirées de marbres altiers, dans cette moisson divine de l'équilibre. Revenus à nous, nous sentions en chaque fibre de nos corps l'étoffe merveilleuse de nos énergies, dans l'homéostasie devenue, rayonnant de couleurs splendides, aux écrins majestueux irradiant la destinée de nos âmes épanchées, là, dans ce fleuve impartial, guidées vers l'Océan des Univers nous attendant. Nous savourions désormais son avenir, dans la détermination et la volonté, au-delà des esquisses et des alacrités, par la rencontre de l'immanence et de la transcendance.

Mesurions notre devoir, celui de la défense de la Vie en tout univers, quel qu'il soit, où qu'il soit, en la Vie et par la Vie, symbole de notre honneur et de notre Chant. Nous repartîmes de cette ville au soir couchant, munis de glaives signifiant notre loyauté, nantis de ce calme olympien nous voyant passer au travers des événements sans en être atteints, diamant foudre à la conquête de ces Univers sous le joug de l'ombre de la mort et de ses errances. Ainsi, mais cela est une autre histoire que je vous conterais un jour...

La poésie

La poésie ne possède pas de point, le point n'étant qu'une attirance vers le néant, elle prouve par elle-même le dépassement du soi vers autrui, comme prononciation de l'infini, permet dans sa candeur comme sa rudesse l'éclat du métal des saisons qui découvre la floraison de la Vie dans sa nature propice, son envol gracieux, mais aussi sa mesure nuptiale, celle voyant l'Être non dans sa condition mais par-delà le temps comme l'espace le Verbe dans ses tumultes, ses vagues profondes, ses initiations secrètes, ses volitions profondes, rendant ainsi sur la grève de l'Humanité, non seulement l'espoir mais la volonté du partage.

Au-delà des émotions, au-delà des balbutiements, dans l'appariement d'une méthode qui ne s'inspire mais se décrète, la méthode de la Vie, dans ses bruissements, ses palpitations, ses colères, ses élémentaires adjonctions, ses constantes devises qui dans le flamboiement intrinsèque de son Éternité vont de regards en regards l'énamoure puissant de sa conquête, impérieuse aux solstices et aux couchants dans la foison des galaxies qui traversent les univers créateurs, où s'en viennent en marche les divinations des sacres de sa féerie et de sa grandeur.

Dans ce jardin intime de la composition dont les florilèges enchantent des prononciations sublimes, d'un lac de clarté, d'une devise renouvelée, d'une ode en majesté, toujours invitant l'Âme à se situer dans cet infini voguant de nefs en nefs la gravité de la perception, sinon de la perfection qui s'agence, se destine, s'éblouit, et par les flores divines de ses existences lentement s'absout pour d'un rayon multicolore engendrer la détermination de l'œuvre, en tout être et par tout être, en ses semis comme en ses moissons, en sa nature profonde, unique et multiple sans atermoiements, dans la complicité de l'unité, lentement se transcendant pour offrir au dessein de l'aventure du vivant les sortilèges du renouveau.

De la voie qui explose de multiples guirlandes de couleurs où se lisent les avenirs certains comme d'ailleurs les incertitudes au couchant des errances, labiales enfantements des strates dont les alluvions fondent la destinée, la régénérescence tumultueuse des solstices égarés, la puissance des soleils émerveillés, toutes voies en la voie profonde que la Poésie, seule, peut incarner, car mélodie de la Voie, musique sacrée déversant ses rubis dans des cristallisations offertes, dont l'architectonie majestueuse irradie la pérennité.

Sans oubli, car l'oubli n'existe en ses ramures, car l'Histoire est là dans son éventail de fresques magnifiées, moiteur des rencontres, lourdeur des temps traversés, tempérance, ouragan de signes, toujours elle est répons des principes mêmes qui engendrent le Vivant aux sources profondes et vitales de la Vie, sans parjure, toujours sereine en sa nef, elle chevauche le firmament pour affermir les demeures et les novations de ces demeures en assaut de l'invisible comme du visible, de tremplins en tremplins, accède aux terres vivifiées, aux constellations gravifiques, aux ordonnances des nébuleuses, dans la source devenant fleuve, dans le fleuve devenant Océan, et par cet Océan se ramifie dans l'allégorie de vivre, reconnaissant par ses témoignages l'âme de la pluralité des songes.

La méticulosité des stances, l'embrasement des sens, et par ces éphémères prières la salvation des règnes, ceux qui perdurent et ne se défraient, ceux qui s'alimentent et se coordonnent, ceux qui toujours s'ouvrent sur l'infinie beauté comme sur l'infinie clarté, dans un message singulier correspondant, suivant le dire aux armes du Verbe composé, dont l'élan gravite des perfectibles semences où jaillit le cil de la beauté, élan supérieur dont l'union des strophes s'élance vers l'embrasement idéal pour se conjoindre et rejoindre la magnificence des œuvres souveraines.

Ainsi la Poésie, sans point ne se lasse, sans point ne se dérive, la pureté du diamant n'ayant besoin de s'irradier dans le ferment de son serment, qui est celui de s'ouvrir sur l'Éternité, par l'Éternité, en l'Éternité pour que chacun sache qu'en son présent s'adresse la volonté d'aller au-delà des facultés initiées afin d'accueillir toute pérennité des devenirs flamboyants, exhaussant la transcendance en majesté qui s'expose...

Aigle impassible

Aigle impassible, j'allais les vents de ce monde, allant flâner l'innocence d'un regard comme la colère du passant, voyant des heures le temps s'écouler comme un insondable abîme auxquelles se vouaient tant de vies en limbes des écrins de l'illusion qui passe, jamais ne renaît, toujours s'estompe, et des voiles dans l'azur j'errai ces ramures écloses, des nidations impossibles à croire tant de venins accrochés à leurs basques, des cils acérés épuisant leurs sources dans des nectars diluviens, des sources amazones aux propices calvaires figés, hautes vagues dans le frisson de la mémoire des Êtres de ce chant.

Ce chant murmurant la douleur d'un monde, la détresse d'une luminosité, la désespérance glacée irradiant l'âme éperdue, fuyant ces élytres aux stances incertaines, aux paresses devisées, aux éternelles conséquences, la faim des corps, le délitement des esprits, l'appauvrissement de toute spiritualité, la nidification de l'atrophie, toutes forces aimantées cristallisant un cri d'horreur dans l'Histoire éternelle, cette Histoire aux libres désinences développant ses fresques dans la nef d'un sillon où je berçais l'enfant à naître, la beauté et la force, loin des croyances homériques, loin des balbutiements éructés des hydres sans passion, toujours plus loin pour le prévenir des maux ensanglantés enchantés par de stériles monarques, par leur faconde armoriée de géométriques errances.

Aux piliers outragés par leurs actes déments, initiant la tombe contre la Vie, initiant le délire contre la raison, initiant la puanteur contre la senteur, une puanteur glauque où le sang jaillissait comme un fleuve lugubre par toutes Nations, étincelants de leurs fourbes assauts, assauts putrides nés de la folie, cette folie que les vents rodaient pour en chasser la répugnance fauve, là, ici, plus loin dans ces regards altiers disséminés par toute la terre, œuvrant inlassablement à la reconstruction de ce que ce délire déchirait, éventait, brisait dans une course folle dont l'immondice apparaissait, ténèbres, ténèbres encore aux sources hier fécondes.

Se noyant dans l'indifférence, comme de vieilles prostituées se querellant pour un bout de trottoir en ignorant le monde de la vie, pour une vigueur accouplée à l'étrange condition de leur dénature profonde, ce déni de l'existence, ce rejet de la Vie, aux bubons étranges se voulant maîtres lorsqu'ils sont esclaves de leurs insectes servitudes, de leurs barbares conditions, de leurs excrémentielles théurgies, là, dans le bourbier s'enlisant jusqu'à ne plus être afin d'apparaître de pauvres êtres enrubannés par leurs confiseries, par leurs malodorantes congestions, par leurs turpitudes avariées.

Les voyant se prononcer tels qu'ils sont, des illettrés absurdes partant à la conquête de ce monde, avec pour seule boussole, l'usure, le mal de cette terre, plus loin, aux hospices de la charité des foules agglutinées venues de pays où l'on ne se bat pas pour sa liberté, préférant la fuite au combat, des foules de lâches venant quémander leur subsistance, en voulant imposer leur luxure comme leur béatitude, leur coutume comme leur religieuse perception, car non seulement quémandant, mais au nom de lois inhumaines demandant l'abstraction des exogènes afin de coloniser leurs Nations de leurs rets inutiles que leurs propres Nations n'accepteraient en aucun cas.

Salmigondis pernicieux d'ivoire en saillie de purulente errance, témoignant un nid de frelons outrecuidants, la démocratie à la bouche, s'en gardant bien pour leur esclavage conditionné, voyeurs rutilants des extrêmes pourrissoirs du vivant, mensongers et pittoresques bâtards de l'ablution congénitale, dans cette reptation inouïe les conduisant aux feuillées de la bestialité organisée, sources de tous les maux aux tabliers conjoints, délibérant aux marchands des temples la grossièreté de leur limon, pourri comme le fumier, répugnants personnages que les indécis acclament, que les décérébrés convoitent, que le purin admire, sans concession, tout en génuflexion.

Afin de mieux recevoir en vétilles de leur déshonneur la gourmandise anale qui leur sied, étrons infinis se glorifiant, se sacralisant, se vivifiant dans l'acculturation la plus profonde, étrons de mouches araignes saignants des peuples entiers sous le regard bovin de pauvres êtres sans lendemain, destituant leurs racines au profit de l'immondice, cette caricature multiculturelle ne donnant pour ersatz que l'odeur nauséabonde d'une rognure congénitale.

Et j'allais plus loin, dans un envol de gloire à la rencontre de leurs hauts faits d'armes, des ruines fumantes, des enfants ensanglantés le ventre rongé de phosphore, des adultes brisés à l'uranium appauvri, des déchets partout enluminant dans une salve d'horreur le cri d'un mourant, sautant à tire d'aile d'une Nation à l'autre, pour le voir pourrissoir de leur venin, dans ce Pays hier triomphant, ce jour en proie aux convulsives déterminations de l'Orient déversant à flot continu l'or noir entre les mains de mercenaires aguerris, égorgeant tout un Peuple au nom d'une conquête factice, un artefact que la pensée ne saurait nommer pour ne pas succomber à la détresse.

Ici le lieu dans sa gravité s'offrait tandis qu'en ses arêtes se tenaient de mielleux personnages en dentelles, pédérastes et pédophiles de la parole enchantant les écrans de lumières inutiles, de mensonges sans nom, de ces mensonges qui déjà ont atteint tant de Nations dont ce Moyen orient, source de tout revenu, est la splendeur de l'offense, la congruité de l'horreur, la semence métissée du déshonneur, vagues enlisées dans la torpeur, cette torpeur de la folie qui s'accroît et que les images dénaturent pour mieux les faire accepter par des Peuples prisonniers de ces mêmes mensonges en leurs lieux.

Ces lieux éprouvants où la condition d'être devient un étouffoir, où la parole ne peut être dite, faute de se voir lavée de son innocence et se retrouver dans les fers de la terreur, cette terreur que l'on ressent en traversant la si belle déesse Europe, voyant le fermage devenir la règle pour engraisser l'élite de la médiocrité incarnée trônant jusqu'en son parlement de pacotille, le silence devenir or salutaire afin de ne point vexer la pensée unique flagellant à outrance les endogènes, en leur corps, en leur esprit, en leur âme, en leur unité, qui doivent s'inscrire et composer par l'acceptation de leur viol systémique, abusé par l'assentiment de la glorification des idoles, de cette décrépitude vagissant au fond des chenils, sacrilèges s'évertuant à massacrer des enfants sur l'hôtel de leur horreur atavique.

Tandis que la mélodie du bonheur surfait s'entonne dans les mélopées d'une démocratie enchantée, tronquée, lacérée, ulcérée, dévoyée, martyre de cette putain qui ne dit pas son nom mais qui s'inscrit en lettre de sang sur toutes les terres traversées, l'usure, sommet de la bêtise humaine, ce sommet qui voit chaque jour s'élever dans la splendeur de l'horizon des centaines de milliers d'âmes épuisées, épuisées par l'insanité, épuisées par la pourriture qui s'engraisse, épuisées par la litanie du venin qui se consomme, s'adule et se perpétue, tout en décrétant la mort pour les enfants à naître, tout en décrétant la mort pour les vieillards par euthanasie, tout en décrétant l'aide au suicide, tout en décrétant le genre inouï, aperception de la virtualité de la fange, tout en décrétant le champ d'horreur qui est le sien, bâti sur les ruines, ces ruines de Temples antiques.

Encore debout sur les fronts des villes glorifiées et fortifiées, églises en nombre, cathédrales élevées à la grâce des Cieux, au Christ Roi ce jour compissé, son Père le visage couvert de merde, par l'excrémentielle qui voudrait diriger ce monde, cette pourriture qui parade, qui s'absout du viol, cette source sans racines, métissée par toute la veulerie, qui voudrait que tout un chacun soit à son image, l'image de la bestialité, une image que l'on voit dans ces corps trépassés qui sortent de ce monde devenu un champ martyrisé, là, ici, plus loin, par les camps de concentration du Moyen-Orient, par les camps de concentration subsistant en Chine, où les moines se suicident par le feu, par les camps de concentration ouverts comme celui de la si belle Europe dénaturée par la moisissure qui s'y veut règne.

Par les camps de concentration à venir à l'ouest où les êtres n'auront plus droit à la moindre défense, si tant menés à l'abattoir des enfants par des tueurs menés eux-mêmes par la chimie de laboratoires captifs d'organisations qui ne disent pas leur nom, voilures attisant le naufrage de toutes civilisations pour instaurer l'Ordre de la barbarie ultime, que l'on vit autrefois dans ces ismes qui se disaient conquérants, manipulés par les mêmes mains de la pestilence, outrages à la Vie, outrages profonds qui sévissent par tant de Nations dont l'Europe comprise.

Outrages à l'avenir, tant le tombeau est la précision de leurs hymnes, hymne à la joie ont-ils dits, d'un pauvre musicien sourd qu'ils ont trahi, mais que leur importe à ces non-humain qui se glissent dans la peau de la Vie, qu'il suffise de les voir dans leurs actions sulfureuses, se servant de toutes les perversions pour aboutir à leurs fins, la drogue pour détruire la jeunesse, la chimie pour détruire la vaillance des Peuples, la flagellation pour l'acceptation du viol systémique engendré par les métissés les plus ignorants.

L'illusion pour accroire et recherche du pouvoir par l'argent, jusqu'en ses bas-fonds, voyant leurs exactions, la prostitution des femmes, des hommes, des enfants, la vente d'organes arrachés par la mort de pauvres êtres démunis où d'enfants sans parents dans des cliniques privées, la tenue par le sang de vanités insipides allant jusqu'à l'horreur absolue, le viol de bébés, des enfants, la torture d'adultes et d'enfants, le sacrifice d'enfants, théories en nombre se tenant par le dégoût innervant les plus hautes autorités des États, en faillite de pouvoir devant l'étendue des exactions commises par certains de leurs membres.

Voici ce monde que je traversais, allant d'est en ouest, du sud au nord, et je n'y voyais de clarté s'annoncer, du sud quelques écrins, déjà dans la tombe, hagard d'un grand Continent splendide aux mains de tribus fagotées de tabliers, d'écussons, d'équerres et de compas, mutant dans l'indicible torpeur la moisson les couronnant, trépassant leurs Peuples pour leurs petits profits, agioteurs de petites cours sans noblesse s'effaçant devant la force au moindre coup de vent, du Nord la saillie, en nombre devant la pâleur de ce que furent les conquérants, des Pygmées habillés d'écouteurs hurlant les mots d'ordre du satanisme éclairé, toute une jungle se rongeant de sports inutiles, louvoyant dans la fosse de la bestialité enchantée.

L'errance en miroir, le cul brodé de vits exotiques pour mieux soulager leur conscience de la mortifère éducation les nichant dans la flagellation continue, pauvres hères préférant se marier de même sexe plutôt que de prolonger leur agonie, sinon que pour mieux élever des enfants dont ils feront leur image de larve fétide, acclamée par les gouvernances locales n'ayant qu'un souci, celui de mieux s'agenouiller et bêler, détruire tout ce qui existe, afin que rayonne l'ombre dans l'ombre elle-même, ce secret de polichinelle se lovant derrière les remparts de chiens de guerre, en réunion secrète, paradant à l'encan, présidant aux destinées des Humains.

Croyant bien entendu que les Humains ont besoin d'eux et de leur atrophie pour être gouvernés, engeance de l'errance qui s'imagine discrète, alors qu'elle apparaît, tellement sa vanité est la morale de sa décadence la plus outrancière, fornication de chiens couchants du veau d'or réjouit, chiens couchants investis de l'agonie, chiens en laisse qui se laissent conduire comme des fétus de pailles qui devraient s'admirer, pion interchangeable de la vacuité qui se prononce, de ce samsa qui ruisselle de sang et de sueur, auxquels ils font honneur, tant leur bonheur est lié à l'anéantissement de tout ce qui fonde, de tout ce qui crée, de tout ce qui élève.

Qu'ils copient maladroitement en mettant en avant des ignares, des incultes, des musiciens sans âmes, des écrivains sans respire, des peintres nanifiés, des sculpteurs châtrés, des artistes sans répons, des scientifiques larvaires, des demeurés catalogués experts qui ne sont que les remparts qui dissimulent leur folie ordinaire, que tout un chacun voit, analyse et compare, démontant le subterfuge, le vol des idées, le vol tout court de cette diarrhée du chiendent de la terre, que l'on voit par toute mesure des écrans et des sons, qui transpire l'abattoir des mots, que l'on entend dans ces théâtres où ne savent plus parler les singes et les guenons qui parodient, qui ne savent que hurler, à l'image de leurs prêtres, de leurs foutaises philosophiques, labiales à souhaits de leur orgiaque démence.

Pauvres êtres qui ne savent pas ce qu'ils font, vendus qu'ils sont à leurs prébendes, leur orifice troué comme une entrée de métro, recevant à l'encan toute servitude pour mieux complaire, damnés de la terre qui devront parcourir bien des vies avant que de retrouver le sens de la Vie, le sens profond qui se ressent encore dans l'équilibre de ce monde et qui ne peut s'ignorer, la conscience Humaine élargie voyant cet éventail d'oripeaux poursuivre sa besogne de charogne.

La conscience Humaine ouverte sur ce fléau, lentement mais sûrement, rétablissant le sens du réel dans cette utopie babélienne qui suinte la folie, la folie carnassière, la folie démentielle, cette folie qui parade, le rut pour cerveau, l'orgie pour avenir, s'autocomplaisant, se rassurant, se décernant prix sur prix pour l'ultime destruction, et surtout s'autoprotégeant par des lois iniques, des jugements hérétiques, des faveurs en complaisance, humiliants la Vie, l'Enfance, la Femme, l'Homme, qui se retrouve en leurs rets le jouet de leur démence.

Voici les menstrues de cette folie qui se montre, dans sa monstruosité, dans son affine déréliction, dans ce sevrage de l'accroire qui se déifie, que chaque Humain en sa normalité naturelle rejette, comme on rejette la moisissure, que chaque Humain en sa conscience politique défait, comme on défait la barbarie et ses féaux, que chaque Humain en sa conscience intellectuelle dénie, comme on dénie la laideur, l'outrance et la morve qui se cristallisent, que chaque Humain en sa conscience Spirituelle dénonce, comme on dénonce les aspects de religions de la soumission ignorant les Êtres Humains pour se façonner dans le diktat et la déraison, que chaque Être Humain dans la conscience de son Unité repousse, comme on repousse le virus de la mort, de l'exsangue pourriture.

Car la Vie a ses constantes, et ne peut s'étreindre en ce bas-fond sordide où végète l'innommable qui n'est qu'un frein à l'avenir, à l'élévation des Êtres Humains en leurs racines, par leurs racines, ce que ne peut évidemment pas comprendre l'errance momifiée dans ses croyances aveugles et sanguinaires, s'abreuvant tel un vampire de la sueur et du sang des Êtres Humains, livrées de bétail pour ces engeances atrophiées qui s'imaginent pouvoir parce qu'ils détiennent une puissance monétaire, qui elle-même ne représente rien, car bâtie sur l'usure, l'appropriation de biens qui de fait ne lui appartiennent en aucun cas.

Ainsi le vide qui s'éclaire et qu'en conscience la Vie irradie afin que chaque Être Humain se recompose non dans la virtualité mais bien dans la réalité, semonce de ce temps qui se perçoit par les vagues qui s'enchaînent et bientôt se déchaîneront par tous les vents de la sphère, l'outrecuidance dépassée de la barbarie ne pouvant s'absoudre, ne pouvant s'acclimater, ne pouvant en aucun cas régner, tant sa veulerie est immense, son mensonge insondable, sa déliquescence inimaginable, exemple par excellence de ce que ne doivent pas suivre les Êtres Humains, qui en leur famille, leur Ethnie, leur Peuple, leur Race, doivent se recomposer rapidement, par l'ignorance de la bestialité et ses apôtres, afin d'effacer de la terre leurs idéologies répugnantes de mort qui se concèdent, s'obvient et se protègent, dont les neuf plaies se coagulent, le darwinisme, le freudisme, le marxisme, le léninisme, le trotskisme, le nazisme, le maoïsme, le einsteinisme, le friedmanisme.

Neuf plaies issues de la même barbarie, le socialisme, domestication de troupeaux, empire du néant s'affabulant gloire de ce monde, livrée de plus de cent cinquante millions de morts par cette terre, enchantant l'eugénisme, pour se complaire, enchantant la destruction des valeurs de la Vie pour les réduire dans la mort, la mort son équipage qui trouvera en face d'elles sept milliards d'Êtres Humains conscients, ce n'est qu'une question de temps, et qu'est-ce que le temps, sinon qu'une ramure qui peut être équinoxiale ou solsticiale, ramure équinoxiale pour la larve, ramure solsticiale pour l'Aigle qui veille, que chaque Être Humain conscient doit devenir pour destituer à jamais l'immondice qui le gréé contre sa volonté, ainsi alors qu'en vol se perçoit l'immensité de la décrépitude qui ronge la terre, qui ronge l'Être Humain, qui ronge l'Humanité, cette Humanité qui renaîtra de ces cendres qui la recouvrent, tant de beauté dans l'azur, tant de volonté dans la Vie que rien ni personne ne pourra en atteindre la flamme, une flamme inextinguible qui affermie délivrera ce monde de ses moires aisances comme de ses scories...

Par-delà le temps

Du temps perdu le temps nouveau exalte ses saisons nouvelles, et le cil à mi nu dans l'éveil instauré, balbutie son élémentaire partition au sein de l'univers azuréen participant de l'émotion les plus vives clartés, irradiant de l'abîme à la cime la beauté d'énergies voyant de l'astre sans désastre la pure apparition, dont la Vie contemple un signe majestueux, là, dans la nef étincelante voguant les mille et mille parfums d'une jeunesse éclairée, voyage en écrin de somptuosités d'arc-en-ciels de bonheur, odes brisant le silence navigateur pour, de mélopées adulées, enchanter la voie des sphères.

La gravitation fertile des espaces harmonieux, courbures au levant de palissandre et de granit, traversés, fauves, par des circaètes de cristal, aux racines de lumière, éventail de lys moissons des écumes d'océans fertiles, délivre les diamantaires efflorescences du Verbe, témoignant des âges à venir, limbes tonals, de l'architectonie d'un règne, après les essors des passions antiques, après les feux féeriques et les danses des transhumances, après, le moment situant dans sa détermination la splendeur déployée, ce site hors du temps comme de l'espace éployant l'irrésistible conjonction des transcendances aux fractales arborescences en devenir.

Ainsi dans le champ d'œuvre pendant qu'opiacées s'exondent des rives de parchemins, aux rides sans absence, aux rives sans souffrance, mutant le sort dans ce périple navigant l'astre et ses saisons, dans la tenue d'un haut fait d'armes, entonné par les voix réalisées, accentuant, évertuant, puis finalisant son action avant d'ouvrir, aux sons des lourds tambours de bronze, aux sons de glaives frappant les écus de milliers de cavaliers, la multiplicité des mondes sur des univers s'entrecroisant, se défiant, s'alliant, imperturbablement, dans la raison, gardienne de leur unité propice, s'unissant pour confédérer l'azur et ses sources, ses opales magnifiées, ses cohortes en quête, dans des élans gravifiques dont les mystères transcendés adviennent les fenaisons...

Devenir

Où l'aube, cil du vent, s'en vient romarin des prairies enfantées, le vaste préambule des cœurs énamourés, en son printemps de gloire effeuillant le temps sans absence des frugalités de l'hiver adventice, dont le chant ne se renie, espiègle en ses volutes diamantaires, ses exondations fertiles, dans une noblesse de règne déployé de rives en rives, aux pluviosités de granit, dans une force magnifiée dont le souffle est répons des voix profondes de lys aventures, aux fumerolles légères et ouatées, aux espérances de l'onde d'un flot, d'esquif moite de rêve, alimentant de ses préaux le rubis des âges, monarque en ce site, en sa densité comme sa préciosité, initiant les houles du renouveau.

Dans la décence du propos, dans la clameur affine des respires sans déshérences, où limbes des fruits vivants sont ordonnances de leurs élytres aux vagues en semis, sous les frénésies du vent altier, semant les terres du pollen des jours dont la roseraie de lumière est passementeries des algues à midi, devoir de rives inspirées aux couleurs merveilleuses de saison nouvelle à voir par les songes qui mélodieux des heures passantes aux flux des œuvres sans absence, irisant de leurs portuaires dimensions les chaumes du vivant aux chênes millénaires, aux marbrures azurées veinées du sang du Peuple de leur âme.

Éternelle demeure de vallons nuptiaux brodant aux escarpements les champs de blé mûrs, les épis de la blondeur de notre Race, dans la profondeur silencieuse d'un regard vivant, celui debout, toujours dans l'impassibilité sereine, tel l'aigle majestueux, répons des circonstances, des drames et des joies, des soupirs, des désirs, dont les marques profanes nous s'enseignent, toujours affrontant ce monde dans une forge étonnante, la voyant, aux galops furieux de la barbarie agitée, expression de l'ardeur, consumant leurs rites aux marches des sillons fondant ce monde, afin de conserver les magnifiques rivages de nos terres et de nos Océans souverains, de nos mers sublimées.

Patrimoine de nos chants, de nos forêts abyssales, de nos plaines ravies, de nos vallons égayés, de nos montagnes aux cimes éternelles, vaste chant et vaste floralies aux senteurs mordorées, aux feux de camp louvoyés dont le crépitement des brindilles ondule sous le vent de moiteurs surannées aux premiers rayons du soleil en majesté éclairant l'horizon, ici, là, plus loin, dans le souffle de notre langue de jouvence, d'éternelle renommée aux Olympe des frissons, des pierreries en alcôve, de ces lacs d'ambre et de lumière forçant les saisons, miels du passant, aux escales messagères, de volonté les signes par les temps façonnant le vivant.

Advenant une moisson, dont l'infinie sérénité veille, inoubliable, le levant d'oriflammes par toutes voies signifiées, propices aux prouesses, aux clameurs adulées et aux rêves frontaliers, aux souches victorieuses, enseignées, toutes de la promesse héritée de la paix rayonnante, prospérant et devisant entre les Peuples des échanges fructueux, hâlant de paysages clairs les votifs enfantements de verbes en éventail enchantant les nuits aux plénitudes des contes sous la nue, là dans l'alizé de l'enfance écoutant la parole et ses fresques, retenant, messager, alors que descend l'onde heureuse de la nuit étoilée, le recueil des jours anciens, de ceux à naître dans le dépassement du soi, dans l'honneur, la probité, l'humilité mais aussi l'assise impériale ne se commettant triviale.

Ainsi aux sens aiguisant les domaines de l'esprit enchantés de toute splendeur ne se méconnaissant mais s'estimant, se reflétant, s'initiant, pour marquer la mémoire de l'ineffable vertu prononcée, ainsi dans l'azur alors que les têtes blondes s'endorment pour voyager les féeries nuptiales, celles leur faisant rencontrer le bonheur, la joie, la lumière, l'intrépidité, l'innocence, la lutte, pour la Vie, en la Vie, en sa magnificence, ses latitudes, œuvrant la félicité des mondes, des créations majeures au souffle dont les assemblent, animent,

obligent, le sentiment souverain à une promesse, celle de l'accomplissement non pour soi-même mais pour autrui.
Dont le firmament s'adresse aux vivants, et non à ceux ayant fermé le livre de la Vie, par leurs actions de destruction, leur empire de confusion semblant vouloir régner, que tout un chacun peut isoler, réduire, diminuer jusqu'à ce qu'il n'en reste rien, par l'exemple civilisateur.

Cet exemple incomparable né du fruit de la volition nuptiale trouvant sa résonance dans les racines profondes de nos pentes, de nos forces, de nos croyances, de l'admirable lien parachevé par nos cathédrales et nos églises avec le Divin consacré par son Fils qui fut l'exemple le plus admirable par excellence, chassant la moisissure des temples, ordonnant la charité et le don de la puissance, cet exemple qu'aucune de nos racines ne doit oublier, cette splendeur en nous consacrée déterminant notre volonté, notre regard d'aigle souverain que les passants ne peuvent détruire, car inscrit dans nos gènes, immuable horizon perçant les lagunes de l'espoir comme du désespoir pour les porter au-delà de la vacuité et les honorer d'un répons sanctifié, celui de notre éternité par-delà les épreuves des temps.

Celles qui furent, celles qui sont, et celles qui viendront, fenaisons de notre témérité, de notre vaillance, de notre pouvoir de nous hisser par-delà les miasmes, les scories, jalonnant nos portes de vivant, se fermant devant ces incongruités, pour naître les inaliénables pouvoirs de notre autorité confirmant leur destitution, le temple ne pouvant se couvrir de la morbidité des esprits illuminés par leur atrophie, ainsi, alors que le Verbe s'élance dans l'Éternité pour féconder l'azur et par sa majesté décimer cette déréliction qui est une injure à la Vie et qui sera détruite par la Vie...

Épithéliales ondes de la nue

Épithéliales ondes de la nue, aux moissons des algues sans repos, s'en viennent dans des explosions de couleurs qu'enchantent anachorètes les vertus majeures tressées de silences apaisés, de paroles inscrites, là, portuaires de la dimension d'un élan serein perlant la rosée d'un matin de nacre, dont le sourire dévoile, dans la parousie des bonheurs, tels des voiles sous le vent, le chant dans sa perfection, dans cette luminosité des regards éveillés aux rives des émaux, aux larmes du corail, à l'enfantement de règnes visités, dont les parfums imprègnent les moiteurs de la vie de danses sous les cieux, ébrouées d'étoiles chavirant de festins, de jeux d'ombre et de lumière, dans une féerie de parousies libres d'âges par les temps, assistant des créations divines aux méticulosités précieuses, aux écharpes chamarrées de schistes et d'agates, de quartz et d'émeraudes.

Enivrante passementerie d'ivoire aux temples sacrés forgeant un moment de grâce et de perfection, d'azur et de mouvance, dont la litanie des buccinateurs émonde le souffle par un refrain assistant à la parturition des fleuves, des parterres des mousses et des laves, où des flammes blondes s'épanchent des cris de romarins allant dans la luxure la torpeur des émanations des sens, là, ici, plus loin, révélant ces Êtres dressés, des vivants aux yeux flamboyant, des vivants aux cils se répondant, et d'autres déjà dans les nuées inventant le firmament, l'aurore d'un serment, et la vêture d'un entendement, clameurs du nourrisson, de l'amant versatile, de la beauté comme du rayonnement des formes désignées, laissant l'informe aux tempêtes des abysses des grottes pourpres où les élytres combattent, pour d'un navire gréer le monde en son exploit.

Haute vague de stances jointes au logis des Peuples, fécondant les plaines à Midi, les monts d'opales à Minuit, dans un sursaut de rites participant à l'élévation la plus pure, la plus dense, la plus forte sur cette rive, l'élévation Humaine, aux cités inscrites, aux lagunes ouvertes, diaphanes et surannées, aux livres écrits par la fenaison éblouie par mille et mille chants souverains, abritant des sérails et des invitations d'Éden, des floralies d'améthystes et des enfantements bucoliques, dont la marche se gravit dans la fertilité exondée, dans ces flux et ces reflux des vagues sans mystères d'adages à l'éventail bruissant s'effleurant, s'accouplant et se prononçant, initiant à la faune un serment, comprenant du minéral la souche prise, magnifiant, persévérance, le granit d'un pétale des roses ramifiant de nocturnes allégeances à la beauté souveraine, dont le nom seul est une exaltation, une promesse, un délice des sens unifiant toute gloire comme toute victoire.

Apprentissage par-delà la vacuité des songes où les oiseaux lyres sont hymnes d'allégories dont les architectonies devisent, imprègnent, témoignent, de l'Histoire de renom, de ses vagues tutélaires, de ses ressacs oublieux, de ses sablières germinations avides, de ses souffles dantesques orientant un vide sans absence de mannes sans repos, où la Vie bruit ses intimes perfections, ses sources aux adamantines constellations, enseignant les lendemains à naître, prospérer, et délivrer, délivrance de la pesanteur aux nuées des étoiles en nombre saillissant l'infini de leurs joyaux dont les cristaux de mondes en essaims parlent de la joie, de la luminosité des cieux, de la grandeur des forces, de la beauté chavirant la Vie dans sa majesté, aux cales d'exhalaisons fertiles, aux cales bruissant les étoffes et les vivres éperviers, mais aussi les casques, les glaives et les boucliers d'onyx.

Démarche de commerces enlisés, démarche de guerres éternisés, de ces vecteurs essaimant le pillage, le viol , la mort et ses linceuls fécondés par l'atrophie du vivant replié sur le minéral et ses sels sans partage, délaissé par les voies égrenées de l'hiver glorieux au printemps savoureux, par la maïeutique de l'Humain aux forges épousées allant de l'horizon le lys serment des vagues azuréennes dans de fastes alluvions, ici, là, préambules des algues en moissons, celles répondant, celles participant, aux fières cités des ambres de la nue, aux fastes allégories des nefs en écrins, aux voilures enceintes de sylves et de fêtes, de voix ambrées aux muscs de terroirs, aux voix sans clameurs mais aux rythmes efflorescents des rimes ne s'effeuillant dont le couchant ne s'absente, alors que dans le ruissellement des mondes vagit le sens de la destinée qui ne se couche, mais bien vivante marche le dessein des heures, des jours et des nuits.

Dans la plénitude du serment d'Être en voie d'épanouissement de la voie souveraine et altière, voyant des cils ouverts sur les cieux la splendeur d'un hymne Solaire se vouer à la pénétration des ondes, à l'ascension du Verbe, déjà, dans la maîtrise, à l'exfoliation d'un terme, étant lui-même renaissance des mystères prononcés et révélés par les espaces majestueux configurés, ordonnés dans une composition magnifiée s'adressant à la perception pour la nantir d'un devenir, d'un état de permanence inscrit devant féconder dans l'astre séjour sa parousie, afin d'advenir des chants l'écume de la symphonie distillant ses ramures par toutes floraisons des univers.

Ici, là, plus loin, dans les embellies de la compréhension, dans les adjonctions des essors, dans la pluviosité des efforts, dans l'adresse des parcours en sillons, toutes forces du vivant renaissant à la Vie ne naviguant éplorée, mais prenant en main son destin souverain, par l'incarnation du Chant, l'incarnation de l'hymne sans équivoque se déterminant dans une joie souveraine, non de l'uniformité mais de la multiplicité, cette farandole de couleurs aux passementeries d'ivoire et de jade, cette expression tutélaire du Vivant marchant vers son avenir dans l'assemblée des Êtres de ces temps à venir n'oubliant la promesse de la Vie, son apprentissage, ses courses, et la raison de ses mobiles, pour les hisser vers l'Éternité ou bien les voir se fondre à nouveau dans la minéralité la plus sombre, ainsi de par ces vastes flamboyances qui nous sont communes mesures et que nous devons œuvrer pour advenir la pérennité de ces lendemains à naître et prospérer...

Sarin
***

Pièce en trois actes de Vincent Thierry
Texte sous © Patinet Thierri 2013

(Pour toute utilisation, quelle qu'elle soit, il convient d'en demander l'autorisation et les conditions à l'auteur, via mail tpatinet@wanadoo.fr)

Il est bien entendu que cette œuvre de fiction ne correspond à aucun personnage ayant existé ou pouvant exister, ni dans le passé, ni dans le présent, ni dans le futur, la pièce se jouant sur la planète Raté dans la Galaxie du Sarin.

***

Préambule.

La pièce se passe à huis clos, il y a là le Président Tulipe, le Ministre des affaires étrangères Falus, le Premier Ministre, Eho, le Ministre de l'intérieur Yagoda, Le représentant des services secrets, le Général Tank, et ses aides de camp, le Colonel Missile et le Capitaine Clairon, enfin la secrétaire personnelle de Tulipe, Mélinou.

Chacun s'affaire, le brouhaha des voix s'estompe, car le Colonel Vainqueur fait son apparition avec une masse imposante de documents qu'il a du mal à porter, et lentement, afin de ne pas faire tomber ses liasses, distribue près des protagonistes.

Les mains enfin libres, se servant d'un moniteur de rétro vision, il s'installe à son pupitre, attendant les ordres du Président pour initier la discussion top secret qui va se dérouler sous nos yeux.

Rappelons que la Patrie, Lénini, aimerait obtenir le Protectorat d'une Nation qui est en guerre contre le terrorisme, la Risie, que défend avec vaillance son Président le Chat hasard.

***
Acte I
***

Scène 1

Tulipe

Foutre de faisan et poil de pélican, cessez de parler un peu afin que nous écoutions Vainqueur, qui gouverne ici, enfin !

Falus

Oh Monsieur Le Président, mais c'est vous, et nous faisons tout ce qui est en notre pouvoir pour que cela reste.

Tulipe

Cela reste ?

Falus

Oui, nous cherchons partout des terres sur lesquelles vous serez Roi, si un jour, malheureusement Lénini ne voulait plus de vous.

Eho

Mais voyons Falus, ce n'est pas bientôt fini, notre Président n'est pas prêt de partir, on se contrefout des sondages d'opinion, l'opinion c'est nous !

Yagoda

Nous y veillons !

Tulipe

Messieurs silence ! Vainqueur, venez-en au fait !

Vainqueur

Monsieur le Président, Messieurs les Ministres, Mon Général, comme vous le savez, nous avons comme nous l'avons fait depuis des décennies dans d'autres Pays, introduits en Risie tous les éléments de nos troupes étrangères formés par nos services secrets afin d'y semer une belle pagaille permettant de déstabiliser cette Nation. Le problème auquel nous nous heurtons aujourd'hui, c'est que loin de faire l'unanimité comme pour les autres Nations, nous nous heurtons à l'Oursie, et à la Chinie qui ne veulent en aucun cas que nous triomphons de cette gouvernance naturelle en Risie afin d'y implanter notre Protectorat pour hisser ainsi l'Isbouie au premier rang des Nations de l'Orient.

Tulipe

Mais je ne comprends pas ! Nous avons la bombe nucléaire, et pourrions la faire-valoir près de l'Oursie et la Chinie ?

Tank

Monsieur le Président, sauf votre respect, c'est une arme de dissuasion, et non d'utilisation, et que ferions-nous d'une terre lavée à l'uranium ?

Tulipe

Ah bon, pourtant j'avais bien envie d'essayer, je voudrais jouer comme en Amériquie avec les petits boutons, vous savez, les drones qui, pshitt, éliminent les terroristes. Mon homologue le fait régulièrement et cela lui fait du bien, moi je crois que cela me ferait du bien, et rappelez-vous ! Je suis un Roi au Malou !

Tank

Monsieur le Président, on ne peut jouer impunément avec le feu, et puis pensez à toutes nos troupes qui sont en Risie ! Vous ne voulez pas les vitrifier ?

Tulipe

Non... Euh... Non.

Yagoda

Moi j'aimerais bien, de bons drones contre ces manifestations qui dérangent nos plans, humm...

Falus

Oui, mais tout cela n'arrange pas nos affaires. Pour l'instant, à part la livraison des armes à nos tueurs, nous n'avançons pas d'un pouce, et la Risie sous les ordres de son Président le Chat Hasard, reprends du terrain...

Tulipe

Bon, bon, alors que nous reste-t-il pour nous sortir de cette impasse ?

Falus

La guerre, Monsieur le Président, une bonne guerre dans laquelle nous entraînerons tous les pays de la Ropa. Ils ne diront rien, je vous le promets, nous les tenons par les intérêts, et puis quelle bonne aubaine que de voir l'armée de la Ropa en action, sans l'aide de quiconque, une bonne guerre !

Tank

Monsieur le Ministre, vous oubliez que nous ne sommes pas en guerre avec la Risie.

Falus

Ah oui, c'est vrai, je l'avais oublié.

Eho

Tout cela ne nous mène à rien. Monsieur le Président, je ne sais pas très bien où vous voulez aller, mais je crois que nous sommes devant un écueil.

Tulipe

Mais foutre de faisan et poil de pélican, vous êtes là pourquoi ? J'ai réussi à être le roi du Malou ! Je veux être le roi de la Risie ! Pensez les délices de l'Orient pour ma chère et bien aimée. Seriez-vous des incapables ! Mon nom doit rester dans l'Histoire !

Yagoda

Si je peux me permettre, Monsieur le Président, je ne sais pas si le Peuple de notre Pays sera d'accord avec votre prétention, noblement justifiée.

Tulipe

Mais le Peuple, le Peuple, on n'en a rien à foutre, et puis c'est votre boulot Yagoda de le museler, de l'enfermer, de le goulaguer, moi j'ai autre chose à faire que de m'occuper de cette souche sans intérêt. Non, moi, je dois avoir ma bonne gue guerre comme mon prédécesseur, Causie ! Mélinou, apportez-nous du thé et du café, car nous ne sommes pas sortis de l'auberge avec cette bande d'incapables !

Scène II

« On goûte, le Président a une serviette autour du cou et s'empiffre, tout un chacun essaie de suivre son rythme, mais n'y parviens pas. »

Tulipe

Vous voyez pourquoi je suis le Président ! Vous n'êtes pas capable de manger aussi vite que moi !

Falus

Oui Monsieur le Président, comme vous êtes beau et grand dans cet art de déguster !

Yagoda

Vous êtes le phénix de cette Assemblée, je vous l'assure...

Eho

Je suis en admiration...

Tank (à ses subordonnés en aparté)

Regardez-moi cela ! Ils sont complètement cinglés ces mecs-là qui veulent nous diriger, ils ne pensent qu'à bouffer pendant qu'on se creuse la tête pour leur servir sur un plateau une solution...

Missile

Mon Général je suis d'accord, et dire qu'on va crever pour ces langoustes !

Clairon

J'ai bien une petite idée, moi, pour se sortir de cette pétaudière.

Tank

Ah Bon ?

Missile

Laquelle Clairon ?

Clairon

Eh bien, lorsque j'étais en mission en Risie, j'ai vu les terroristes, nos alliés utiliser du gaz sarin pour tuer les catholiques, les musulmans qui ne voulaient pas les suivre. Et le gouvernement de la Risie dispose d'un stock impressionnant de ce gaz, il serait peut-être judicieux de dire qu'il l'utilise contre notre armée de terroriste ?

Missile

Et comment comptez-vous faire pour faire accroire cela ?

Clairon

Mon Colonel, c'est enfantin, deux trois journalistes à notre solde, une mise en scène dans les studios de l'Atarie, et le tour est joué, de bons gros plans sur des « victimes », entre parenthèses, elles nous coûtent chères les victimes ! Au moins avec les terroristes c'est plus simple de bons gros plans sanglants quand ils abattent les enfants, les femmes, les hommes, les vieillards, quand ils les violent, les découpent en morceaux et les bouffent ! Mais cela, il ne faut pas le montrer non de Dieu, les victimes ce sont les pauvres résistants !

Missile

Vous allez exposer cela au Président, je suis sûr que cela va l'intéresser, ce d'autant plus que l'Amériquie a dit qu'elle entrerait en conflit avec la Risie si elle utilisait le sarin. Vous êtes un bon ! Clairon, je vais voir si je peux vous décorer pour cette sympathique pensée, qu'en pensez-vous mon Général ?

Tank

Cela dépendra du Président qui vient de finir de manger.

« Mélinou dessert, le Président émet sa satisfaction d'avoir bien mangé, les Ministres se courbent devant la manifestation de son contentement, les militaires pestent dans leur coin. »

Tulipe

Ah ! C'était bien bon, vous avez aimé n'est-ce pas ?

En chœur

Oui Monsieur le Président...

Tulipe

Par le cul de ma jument, avez-vous trouvé ce qui plaît à mon Palais ? Ce n'est pas le tout de manger comme des porcines, il faut aussi des actes !

Yagoda

Moi, je vous invite à commettre un bel attentat en se servant de l'extrême droite, via le drapeau de la Risie, là en pleine capitale ! Que d'émotions, que de sang, que de bidoches éventrées ! Alors je pourrais, sur vos instructions enchaîner tout ce qui respire pour suivre votre position.

Falus

Oh là, un peu rapide, cela voudrait dire que nous ne maîtrisons pas le terrorisme chez nous !

Eho

Est-ce que cela est si important ? Il nous faut rameuter les foules derrière nous, et rien ne vaut une bonne déstabilisation pour organiser la guerre, mais les Amériquis nous suivront-ils et que feront les Oursis et les Chinis ?

Tulipe

Les Niponis, non...

Eho

Mais non les Chinis, vous avez déjà oublié, il ne faut pas les confondre.

Tulipe

Beh... Bon allons un attentat, pourquoi pas, mais ma popularité ?

Falus

Elle va grimper, grimper, vous allez être celui qui va museler les mouvements de droite, il ne restera plus que nous, pardons, vous, je vous l'assure !

Yagoda

Et comme cela, je pourrai battre à coups de trique tous vos opposants, de bonnes balles dans la nuque et pour celles et ceux qui n'aiment pas, hum, un bon asile psychiatrique pour les essais des laboratoires qui nous subventionnent, on a tout à gagner, Monsieur le Président.

Eho

Du calme, je ne tiens pas à voir la foule dans la rue.

Yagoda

Il n'y aura personne, je vous le jure, je vais les mater tous ces impudents, la guillotine, oui, il faut leur couper le sifflet à tous ces quoi déjà, traditions, je ne sais plus, mais enfin à tous ces gens qui ne vous aiment pas et qui n'ont pas voté pour vous.

Falus

Oui, oui Monsieur le Président, les autres le font régulièrement, regarder les Amériquis, les Anglouses, ils ne se privent pas d'attentats sous faux drapeau et en même temps ils testent la réactivité de leurs forces de l'ordre, de leurs armées pour mettre au pas toute cette masse d'animaux nuisibles. Les Amériquis ont même préparé des camps de concentration, des trains de prisonniers avec chaînes et bracelets en fer, il est temps de faire de même, on les parquera au Vel d'Hiv, ce sera une bonne occasion pour montrer notre dévouement à l'Isbouie, oh l'Isbouie, hum...

Tulipe

Un attentat, un attentat, mais combien de morts ? Je ne veux pas être le responsable de morts sur le territoire de Lénini ! Enfin quoi ?

Falus

Mais mon Président, tous les jours on massacre, on tronçonne, on découpe, on éparpille, on émiette, avec nos bons missiles, avec nos balles explosives, et nos balles à l'uranium appauvri, alors un de plus, un de moins, et puis il faut que l'attentat ait lieu dans le métro, comme cela ce ne seront que les pauvres qui paieront le tribut du sang, bof, pensez-vous allez cinq six cents morts, mais c'est pour la bonne cause.

Yagoda

Oh oui ! Oh oui ! Que j'envoie mes extrémistes, mes réguliers et toute l'armée de mes racailles ! Il nous faut balayer la réaction partout où elle est, ah gazer des enfants ! Ah cogner des pères de famille, des quoi, non des genres, des choses inutiles, hum, et venir vérifier dans chaque cellule l'état des criminels, et les humilier, les terroriser, les faire gémir de douleur puis de plaisir, car ils aimeront cela, car ce sont des criminels, mon Président, ils ne vous aiment pas et cela suffit !

Eho

Ah Yagoda, si vous n'existiez pas, il faudrait vous inventer, vous avez été bien éduqué par les bilders, ils ne vous ont rien épargné, ils vous ont traumatisé, vous avez dû être dépucelé bien jeune par leurs licteurs, non, ils ne vous ont pas délaissé, pas plus que les loges sournoises dont nous sommes tous issus, vous prouvez là votre dévouement à la cause de la Lénini, qui doit devenir le plus beau camp de concentration de ce monde !

Yagoda

Des barbelés, des mitrailleuses, je rêvais lorsque j'étais petit de diriger un goulag, hum quel plaisir intellectuel de subordonner les animaux !

Tulipe

Foutre de faisan et poil de pélican, tout cela devient intéressant, mais les autres Nations réagiront comment lorsque vous ferez faire sauter vos bombinettes ?

Eho

Elles applaudiront, Monsieur le Président, l'Amériquie et l'Anglouse seront partant, ils le sont toujours, pour liquider la Risie, cette petite vermine de Nation dirigée par un vrai Président, oh Pardon, Monsieur le Président...

Tulipe

Par le cul de ma jument, Eho, attention à vous, si vous continuez sur ce terrain, Yagoda serait bien capable de vous faire condamner pour crime de haute trahison et vous découper lui-même en morceaux, regardez comme il en bave d'avance...

Yagoda

Mais non Monsieur le Président, non, mais après tout, pour la cause...

Falus

La cause, notre cause, notre terre, l'Isbouie ! Que les trompettes retentissent, vite allez me chercher les philosophes qui pleurent devant les balles de sniper non pour les victimes mais pour leur peau de chagrin en appelant leur mère, afin qu'ils répandent les bonnes nouvelles la chemise au vent, que la Risie a commis un attentat sur notre sol, vite, accourez, dansez, faites chanter tous les médias !

Tulipe

Je serais donc le Président qui aura débarrassé la Lénini du terrorisme, quelle victoire, je resterai le personnage le plus important de la Lénini, que dis-je de la Terre, je serais fait Prix Nobel de la Paix !

Le Chœur

Oui Monsieur le Président...

Scène III

« Les militaires discutent entre eux, pendant que les Ministres sont en dévotion devant Tulipe qui le visage réjouit se contemple le Président de la Paix. »

Tulipe

Tank, que faites-vous, à marmotter dans votre coin avec vos petits soldats, vous n'avez rien à dire j'espère sur ce que nous préparons pour enfin lancer nos armés sur la Risie ?

Tank

Monsieur le Président, tout cela semble un peu confus. Vous savez les autres gouvernances ont déjà essayé les attentats sous faux drapeau, et cela n'a pas vraiment marché, la population n'est pas si idiote, et elle risque de se retourner contre vous.

Tulipe

Foutre de faisan et poil de pélican, de quoi me parlez-vous, du Peuple ? Qu'en ais je à faire du Peuple, Yagoda est là pour le mater, et Eho pour le noyer dans notre bonne propagande, et puis mince alors, ces bonnes lois qu'ont fait passer nos députés pour que tout un chacun se sodomise, la foule doit être bien occupée pour s'intéresser à nos petites affaires ? N'est-ce pas Eho ?

Eho

C'est-à-dire que Monsieur le Président, nous avons un petit problème. Bien sûr nous avons eu le Peuple par le bon bout en l'assignant à l'accouplement sans limite, mais nous risquons de gros problèmes avec la réforme des retraites !

Tulipe

Mais qu'est-ce que c'est que cette gouvernance, n'avais-je pas dit, d'abord l'euthanasie, pour que les choses acceptent leur suicide, comme un service rendu à la collectivité, afin de donner du travail aux exogènes ? Mais vous faites tout de travers Eho, je crois que je vais vous renvoyer en Chinie pour voir comment ils accomplissent de belles choses dans leurs camps de concentration économiques, et que vous vous en inspiriez, on meurt jeune là-bas, vous savez !

Yagoda

La trique, oui, la trique !

Eho

Yagoda, taisez-vous, vous commencez à m'insupporter. Monsieur le Président, sauf votre respect, c'est bien vous qui avez demandé qu'on utilise la carotte et le bâton ? La carotte avec le mariage des choses, le bâton avec leurs retraites, la carotte avec l'euthanasie et le bâton avec la disparition de la liberté publique, alors j'exécute, je suis responsable mais pas coupable.

Falus

C'est pour moi que vous dites cela ?

Eho

Falus vous excitez pas, tout le monde le sait que vous avez les mains pleines de sang, un peu plus un peu moins, surtout avec la Risie, et tous ces mercenaires qui découpent en morceaux les Risiens, et celui qui leur mange le cœur ! Vous avez bonne mine entre parenthèses, vous ne savez pas dompter vos troupes, ce n'est pas le tout que de vouloir la grande Isbouie, faut-il encore que tout cela se fasse proprement !

Tulipe

Du calme Messieurs, nous avons d'autres chats à fouetter...

Yagoda

À fouetter, hum...

Eho

Yagoda, taisez-vous, le Président nous parle !

Tulipe

Bon, Tank, vous me dites qu'un attentat se retournerait contre moi, avez-vous d'autres suggestions ?

Tank

Monsieur le Président, nous avons une idée, une très bonne idée que je vais laisser Missile vous exposer.

Missile

Je dirais encore plus une idée sympathique que je vais laisser Clairon vous exposer.

Clairon

Je dirais même mieux, une idée qui m'est venue lorsque j'étais en Risie, avec nos mercenaires. Ils m'ont fait un test grandeur nature du gaz sarin que nous leur avons livré par les méthodes habituelles via la Quitur. Une promenade de santé, les balles sifflaient partout, ce n'est pas un mauvais le Chat Hasard, ça gicle dans tous les coins, les loufiats tombaient comme des mouches en gueulant leur slogan. Devant cet assaut, on a tété le sarin et on l'a envoyé en infusion. Quelle beauté ! Vous savez ce que c'est le silence merveilleux loin des balles, des cris, des râles, une merveille, notre produit fonctionne superbement. Avec nos masques, bien sûr, on est allé reconnaître le terrain, chouette, des cadavres partout, et Monsieur Le Président, surtout, des chars intacts, des mitrailleuses intactes, des lance-roquettes intacts, des missiles de l'Oursie intacts ! Rien que du neuf, du beau, du pétant, je vous le dis Monsieur le Président, qu'on a raflé bien entendu. D'ailleurs on vous en a fait un film que vous pouvez voir maintenant.

Tank

Melinou, auriez-vous l'amabilité de faire passer ce film ?

Tulipe

Mélinou, remuez-vous on n'a pas que cela à faire !

Mélinou

Je fais ce que je peux, je n'ai que deux jambes et deux bras Monsieur le Président !

Tulipe

Ah bon, je n'avais pas remarqué. Dites Eho, on ne pourrait pas calibrer à quatre jambes et quatre mains dans nos recherches biogénétiques ? Ce serait beaucoup plus rapide, heu...

Eho

On va y penser Monsieur le Président, rien que pour vous?

Tulipe

Ben voyons, foutre de faisan et poil de pélican, bien sûr, que dirait ma mie ? Si elle savait...

***
Acte II
***

Scène I

« L'écran s'éteint. Mélinou range le dvd et le remet à Tank.
Le Président et les Ministres sont tous émoustillés. »

Tulipe

Vous avez vu ça ! Une guerre propre, que c'est beau, et
tous ces morts ! Voyez Falus, c'est cela que vous auriez
dû faire depuis le début, foutre de faisan et poil de
pélican ! Finalement vous n'êtes pas vraiment à la
hauteur...

Yagoda

Moi...

Tulipe

Non Yagoda, vous, c'est ici que je vous veux, et cela me
donne une très bonne idée dans les attentats, pourquoi ne
pas utiliser ce gaz ? Ce serait propre !

Yagoda

Oh oui ! Oh oui, je vais vous préparer cela avec doigté,
moi !

Tank

Monsieur le Président, sauf votre respect, nous ne vous
avons pas informé de l'existence et de l'utilisation de ce
gaz pour en faire usage sur le territoire.

Tulipe

Et pourquoi donc alors ?

Tank

Et bien pour faire croire qu'il est utilisé par la Risie et comme cela plus de problèmes, tout le monde part en guerre contre la Risie, je vous l'assure, mon Président, une bonne guerre pour vous voir devenir le Roi de la Risie.

Tulipe

Falus vous n'y avez pas pensé, vous ne vouliez pas refaire le coup de l'Amériquie comme pour l'Irakie. Vous êtes un nul, mais je vous garde, car vous allez me présenter rapidement un vrai plan à soumettre à nos alliés, avec photos à l'appui, débrouillez-vous, mais pas ce film, surtout pas ce film, il est à nous, top secret, enfermé à triple tour dans les coffres de l'État-major. Nous n'avons jamais vu cela, cela n'a jamais existé, nous hurlerons que nous ne savons pas.

Yagoda

Comptez sur moi Monsieur le Président pour taire les avis contraires, la trique, bordel de dieu !

Eho

Vous êtes vraiment inclassable Yagoda, vous avez été croisé par un agent de l'Oursie avant qu'elle se libère du communisnie, pendant la dictature du Peuple en Espagnie ?

Yagoda

Sûrement, j'aime cela, vous ne voyez pas que je ne peux mettre mes talents au service de la Lénini ! D'ailleurs je vous implore mon Président, lorsque nous aurons conquis la Risie, il faut me nommer là-bas aux services intérieurs, je vais faire une vraie boucherie, je vais gazer, arrêter, molester, torturer, l'Irakie ce ne sera rien à côté des bons camps que j'imagine !

Tulipe

On verra mon petit, mais pour l'instant on n'en est pas là. Bon, comment faire pour que le régime de la Risie soit impliqué dans le gaz sarin ?

Tank

Monsieur le Président, on peut jouer la carte du leurre, des journalistes à notre solde. On plante le décor au Tarqua, dans leur studio, et on filme à tout va avec beaucoup de nuage !

Missile

Sauf votre respect, mon Général, il n'y a pas de nuage avec le sarin.

Tank

Ah oui, vous avez raison, mais c'est encore plus simple alors ! On met des masques aux journalistes et ils visitent une armée « morte » dans les studios du Tarqua, ensuite on passe cela sur tous les médias.

Missile

Cela ne sera pas suffisant, il nous faut des échantillons !

Tulipe

Des échantillons ?

Missile

Oui, de gaz sarin prélevé sur les corps !

Tulipe

Ah bon !

Yagoda

Mais non ce n'est pas difficile, on fait crever toute une population dans un village avec notre gaz, on revêt les mâles d'uniformes de l'armée de libération, on planque les bonnes femmes, et le tour est joué !

Falus

Très bonne idée Yagoda, très bonne idée !

Tank

On pourra sûrement faire cela, au lieu de décapiter les résidents, on demandera à nos ouailles de les gazer puis de faire venir les journalistes. On prélèvera alors du gaz sur leurs corps, et ensuite avec nos échantillons, on hurlera dans tout le monde que le gaz a été utilisé par le régime de la Risie !

Tulipe

Bravo Tank, bravo, j'en trépigne de joie, enfin j'aurai ma guerre, foutre de faisan et poil de pélican, par le cul de ma jument, c'est un très bon scénario...

Scène II

Clairon

Si je peux me permettre mon Colonel, le gaz sarin d'où qu'il vienne est le même partout, alors comment échantillonner un gaz venu de la gouvernance de la Risie?

Missile

Mon Général, nous avons un petit problème, avec l'identification du gaz.

Tank

Lequel Missile ?

Missile

Et bien ils sont tous semblables ces gaz, et l'échantillon qu'on montrera pourrait venir de n'importe où.

Tank

Merde on n'avait pas pensé à cela ! Monsieur le Président, on a un problème, le gaz n'a pas de frontière...

Tulipe

On s'en arrangera, cela est opportun, on étiquettera les fioles en langue arabique, on peut faire cela non... Heu...

Falus

Mon président, ne vous inquiétez, je vais hurler dans tous les micros, me faire inviter par tous les médias à notre solde, je vais en parler au monde entier, et le répéter inlassablement, ainsi tout le monde le croira.

Yagoda

Et ceux qui ne croient pas, allez en centre de rétention ! Non, mais !

Tulipe

Eho, on ne peut pas faire en deux temps, d'abord la découverte du gaz sarin, ensuite si cela ne convainc pas, un bon attentat au gaz sarin chez nous, dans notre métro. Ah l'idée du métro que c'est bon ! Le gaz va toucher les populations qui ne peuvent se permettre de rouler en voiture, qui sont obligées de se déplacer en transport en commun, des exogènes, quelques endogènes, des mères de famille, pardon, c'est vrai des choses de famille, des enfants... On va faire pleurer dans les chaumières, et tout le Peuple se dressera pour qu'on aille attaquer l'horrible Risie, qui aura bien entendu commis cet attentat ! Vous avez quelques racailles Yagoda qui pourraient porter le chapeau ?

Yagoda

Des milliers, à mes ordres. On leur fera un chèque de cent mille euros et on les enverra paître ensuite dans des régions où on ne les retrouvera pas.

Tank

Monsieur le Ministre de l'Intérieur, vous voulez dire qu'ils ne toucheront jamais leurs cent mille euros et seront dissous dans la nature ?

Yagoda

Mais bien entendu Tank ! Vous me prenez pour un con, laisser dans le paysage des témoins, ce n'est pas mon genre !

Eho

Oui, oui, tout cela prend forme...

Falus

Oh mon Président, on pourrait peut-être faire cela au studio de Billancourtin, comme cela dès demain je pourrai faire mon discours ?

Tulipe

Bien Eho, trouvez mois deux trois journalistes, au pas immédiatement, je veux du rendement foutre de faisan et poil de pélican !

Scène II

« Cinq heures ont passé, le Président est en bras de chemise, les restes de repas sont sur la table ovale, Mélinou arrive enfin avec son film, chacun visionne et reste enchanté parce qu'il a vu. »

Tulipe

Par le cul de ma jument, cela mérite un césar, je vous le dis, merveilleux ces deux cons en train de se balader avec leur masque à gaz, les articles seront dans les journaux du soir, il faudra quand même attendre demain pour les échantillons, ensuite on pourra commencer à entraîner la Ropa dans cette guerre, ma guerre, ma guerre foutre de faisan et poil de pélican ! Vous avez donné les ordres pour les journaux, tous les journaux, il n'y en a pas un qui doit omettre cette information vitale, bordel de dieu, pas d'impers surtout !

Eho

Oui Monsieur le Président, les loufiats ont fait le nécessaire.

Tulipe

Bien... Heu...

Yagoda

Et comptez sur moi s'il y a des défilés, je gaze, je gaze !

Mélinou

Monsieur le Président, si vous me permettez...

Tulipe

Mais bien sûr mon tout-petit, que voulez-vous nous dire ?

Mélinou

Eh bien, je dois vous rappeler qu'il y a déjà eu une enquête faites par le NOU, qui a révélé que le gaz sarin était utilisé par les mercenaires étrangers qui égorgent, pillent, violent, découpent, assassinent en toute impunité...

Yagoda

Ah c'est bon cela, ah vivement que je sois là-bas...

Tulipe

Yagoda, laissez finir Mélinou.

Mélinou

Donc Monsieur le Président on n'est pas très clair dans notre situation.

Tank

Mais Mélinou, ce qui a été fait dans un temps peut l'être refait dans un autre temps, et faire en sorte par un jeu de passe-passe que l'affirmation d'hier soit une fabulation d'aujourd'hui.

Tulipe

Vous êtes compliqué Tank, expliquez-vous !

Tank

Eh bien Monsieur le Président, ce qui est vrai est faux, et ce qui est faux est vrai, voilà la formule magique, avec tout un entourage médiatique, un flou artistique, et un grand mouvement de menton pour faire passer la sauce avec autorité, tout devrait rentrer dans notre plan.

Tulipe

Eho, rappelez-moi de médailler Tank lors des prochaines réceptions, c'est un bon celui-là, on va se le garder et il devra diriger la campagne, j'insiste, contre la Risie !

Eho

Mais, Monsieur le Président, il a toutes les médailles...

Tulipe

Eh bien nommez le Maréchal foutre de faisan et poil de Pélican, d'ailleurs il ne faut rien de moins qu'un maréchal pour mener cette campagne, cela rabattra le caquet des amériquis, et des anglouses, cela, je vous le dis !

Scène III

« L'ordre de bataille est en train de se mettre en place, sur un tableau noir, Tulipe récapitule les opérations, Mélinou lui tend des craies de différentes couleurs. »

Tulipe

Bon, l'ennemi est hors de la Risie, il s'agit de tous ces politicards qui ne veulent pas partir en guerre avec moi. Opération méduse, foutre de faisan et poil de pélican, Falus, vous y allez de votre claque merde, par tous les médias, je ne vous veux en aucun cas dans votre bureau à bailler aux corneilles, vous visitez toutes les capitales, vous emmenez le branleur de philosophe avec vous, cela donnera du poids à vos mensonges, enfin à vos vérités. N'oubliez pas le NOU, par le cul de ma jument, vous y allez avec deux fioles de sarin ! Et comme la potion magique de nos petits Gaulois, vous houspillez, vous menacez, vous vous égosillez, je veux que vous n'ayez plus de voix, c'est tout de même l'opération la plus facile que de convaincre des nuls, des ringards, des assoiffés de pouvoir, de prébendiers de gitons ! Yagoda, vous devez maintenir la pression sur la populace, pas de défilés pour la Risie, vous me matez tout cela, les emprisonnez sans avocat, et vous leur lavez le cerveau, vous avez l'habitude en leur faisant signer des regrets, je veux que cela pleure dans les geôles, et vous les mettez surtout avec des sodomites en cellules, ah, non mais qui fait la loi dans ce pays ? Conjointement vous me préparez deux corniauds de racailles que vous enverrez dans notre camp d'entraînement pour terroristes, qui seront réceptionnés par Tank. Tank vous me formerez ces deux légumes au maniement du gaz, vous leur promettez monts et merveilles, vous leur trouvez des petites ou des petits suivants leurs goûts, je veux qu'ils soient prêts à l'action pour le cas où le NOU ne nous croirait pas. Et ce ne sera pas l'Amériquie ou l'Anglouse qui y rediront quelque chose, si notre opération d'attentat dans le métro se fait, bordel à cul ! Ils ont l'habitude eux ! Donc plan un le sarin au NOU, plan deux le sarin chez nous ! Mélinou, la craie rouge ! Vous êtes empotée ou quoi ? Je vais vous envoyer en Tasmanie, vous verrez là-bas, ils vous réduiront la tête à la limite de ce qui vous sert de cerveau!

Falus

Comptez sur moi Président, d'ailleurs je pars tout de suite, dès demain, je vais faire les capitales de la Ropa d'abord avant l'entrée en spectacle au NOU ! Ah mon dieu tout cela pour l'Isbouie, l'Isbouie, aie aie aie !

Eho

Du calme Falus, d'abord pour la Lénini ! D'abord pour notre Président qui doit être Roi, comme au Malou, ne l'oubliez pas.

Yagoda

Je peux m'occuper du fait qu'il suive bien les directives, si vous voulez, j'ai des gardes du corps qui sauront lui rappeler qu'il travaille en façade pour nous, je peux Monsieur le Président ?

Tulipe

Oui Yagoda, je préfère...

Falus

Mais Monsieur le Président...

Tulipe

Pas de mais, on obéit foutre de faisan et poil de pélican !

Falus

Bien Monsieur le Président, mais ces gardes du corps...

Yagoda

Quand vous direz des conneries, un petit coup de taser, et oui, et on montera le voltage jusqu'à ce que vous disiez ce qu'il faut. On va vous installer un récepteur dans la raie des fesses, vous allez voir, au début cela chatouille, après c'est l'enfer, vous préféreriez être en Afriquie avec un gros chimpanzé !

Eho

Bon, cela est acquis, mais si tout cela ne marchait pas ?

Tulipe

Il n'y a pas d'oreilles indiscrètes ici ?

Eho

Non, a priori, tout le monde est sûr, non ?

Tank

Je suis formel, mes hommes sont assermentés, et ne viendront pas dire ce qui s'est passé ici. Quand à votre gouvernance, je n'en sais rien, l'un est maqué avec la Chinie pour son aéroport, l'autre est maqué par l'Isbouie, le dernier par le Bilder qui est en train de se réunir pour nommer Lionfi comme votre successeur mon Président, alors, alors...

Tulipe

Ah les petites canailles, on fait des cachotteries à son papa, Eho, tu te tairas car je t'ai vu en loge faire tes caprices, Falus on aura des ressources sur tes modes de financement si tu parles, quand à toi Yagoda, on sait que tu es Bilder mais le maître ici c'est moi, et tu te tairas on connaît trop tes vices, le baston, le gaz, la rafle, tu dois prendre ton pied avec tout cela, mais cela pourrait bien te nuire si tu parlais trop.

Eho

Mais Monsieur le Président, si tout cela se savait, vous seriez cuit, une petite fuite et hop, à la trappe, à la trappe...

Falus

Oui, à la trappe, à la trappe !

Yagoda

Et je m'occuperai de vous, ne vous inquiétez lorsque vous serez à la trappe, des gaz d'abord, puis un sac sur la tête, de l'électricité ensuite, et un bon bain jusqu'à ce que vous avouiez tout, enfin de gros chiens bien baveux qui vous mordront les parties, hum, quel régal, à la trappe, oui, à la trappe !..

Tulipe

Ah ! Je ne suis donc pas aimé, heureusement qu'il me reste Mélinou, n'est-ce pas mon petit, vous ne me laisseriez pas tomber ?

Mélinou

Je ne sais pas, tout dépend de mon avancement, j'ai encore des traites à payer, vous pourriez débloquer quelques sous de votre caisse noir pour que je me taise...

Tank (en aparté à ses soldats)

Regardez-moi pour qui on travaille ! On nous prend vraiment pour des imbéciles, travaillez pour ces forfaits, ces parjures, qui se tiennent par la barbichette, pauvre Armée, réduite à ce déshonneur, enfin, que pouvons-nous y faire ?

Tulipe

On marmonne Tank ! Vous avez tort, vous serez Maréchal! Le sauveur de la Nation, vous verrez c'est bien d'être récompensé... heu...

***
Acte III
***

Scène unique

(La nuit est tombée, la table ovale est remplie de bouteilles et de carcasses de poulets, les ceintures sont décrantées, tout le monde fume et chante.)

Tulipe

Sarin, sarin, sarin
Tu vas être notre Vin
Afin ton doux parfum
Venir ma guerre en écrin !

Eho

Sarin, Sarin, Sarin,
À ton sein
Ma populace d'argousin
Pour la guerre sonnera le tocsin !

Falus

Isbouie au doux sarin
De miel levantin
J'irai tes chemins
Porter ton parchemin !

Yagoda

Sarin déjà t'étreint
Ma tenaille je tiens
Pour couper les mains
Des infidèles au lys teint

Tank

Sarin grouillot calotin
Nous irons dans le purin
Sortir Risie et son serin
En jouant de nos surins

Missile

Sarin par nos crottins
Des bourricots nos festins
Iront vaillants les fortins
Pour manger leurs picotins

Clairon

Sarin de pur sarrasin
Tu connaîtras le Limousin
Et ne trouvera en magasin
Que le pur jus de nos raisins

Mélanou

Sarin de bique le venin
Viendra à mon moulin
Respirer le cumin
Du plus pur vélin

Tous

Sarin, sarin, sarin
En hymne de félin
Verra Tulipe patelin
De Risie le roi tambourin

(Reprise trois fois du refrain de tous, puis baissé de
rideau, réouverture, tout le monde dort, affalé sur la table
ovale... Fermeture, réouverture et salut)

Fin

Quand

Quand le silence vous interroge et que vous ne savez où chercher, prenez conscience du ciel qui vous abreuve de lumière,
Quand la pluie des larmes amères vient comme une cascade, plongez dans l'eau de l'Océan pour reconnaître ses merveilles,
Quand le froid vous saisit et que la nuit danse ses farandoles de couleurs, ne cherchez que le lendemain à naître,
Quand le cœur sombre et chavire et vous emporte dans des îles désertes et mortifères, prenez mesure de l'horizon,
Quand l'angoisse vous ronge comme un navire en pleine mer succombant sous la bourrasque, livrez votre cœur à l'Éternité,
Quand le chant se tait remplacé par de lourdes volutes d'obsidiennes, respirez d'un souffle calme l'heure naissante,
Quand la douleur est à son comble, ne fermez la porte mais emparez-vous de ses songes pour revenir au monde en ses couleurs,
Quand l'oiseau lui-même n'a plus que mémoire de votre cri déchirant l'espace, revenez à la lumière et priez sa rédemption,
Quand tout semble disparaître dans la limite d'un point extrême, prenez mesure de l'éternel retour qui jamais ne s'estompe,
Quand le désir éteint toutes ses rampes lumineuses, ne cédez à sa complainte, prenez essor de ses contemplatives errances,
Quand l'harmonie se brise et s'éparpille comme un hymne explose, revenez à la simple expression de l'Être qui combat et vainc,
Quand l'Éden, lui-même, en son incarnat éternel vous semble désormais inaccessible, soyez l'aigle qui demeure et contemple,

Quand le ciel s'éteint, que le soleil disparaît, que la terre s'estompe, n'oubliez le chant souverain qui guide chacun de vos pas,

Quand la détresse est telle que rien ne semble luire à l'horizon, relevez ce défi de la contemplation pour renaître à l'action,

Quand votre savoir que la mort est là, dans ses atours, qui rôde, n'ayez peur, elle n'est qu'un passage vers la Lumière,

Quand tout vous semble terminé, interrompez le cours du temps, et relevez-vous comme tout Être par ce temps et par ce chant,

Quand après avoir côtoyé les abîmes, empreints de leurs vestiges, revenez à la sérénité qui convient à la Vie en la Vie et par la Vie,

Car tout est en Un et Un est en tout, et vous êtes le participe passé, présent, à venir de l'Éternité qui veille et ne juge ni ne contemple...

Nuages

Nuages aux talismans qui viennent marbrer l'oasis éphémère de fumerolles grandioses et sereines, d'ivoire le chant triomphant aux ramures épervières, et nos cils à propos en leurs fières randonnées, vague brume du cristal,

Des voix enseignes aux cargaisons des équipages, des lisses cordages aux éclisses par les mâts tressés de voilures insignes, nuages aux couleurs du safran, de la myrrhe royale et de leurs orées que Diane, en ses prouesses, visite, enamourée,

Et notre songe dans ce monde qui se magnifie, éclot, et rêve infiniment, cherchant l'éternité voilée dans un chœur souverain, foi des rêves et des songes s'en allant des roseraies aux lys horizons dont les agates transparaissent dans la nue,
Les flots dans l'aube y espaçaient leurs sèves dans de diaphanes floralies, d'un cil amazone aux courbes de l'Occident fabuleux, tels des règnes devisés, dont la source déploie un hymne enfanté par la joie et la tendresse, dans une gerbe d'amour anachorète,

L'oiseau lyre, d'un chant serein, en gravitait le firmament, et dans le souffle et par le souffle délibérait les mondes, ainsi aux âges enivrants alors que le verbe fuyait sur un alezan sauvage, pour ouvrir, mage, une ambroisie limpide,

Nectar de rose safranée mûrie d'eau douce aux vêtures accoutumées d'un langage coryphée, dont de festives agapes encourageaient les dires, les regrets, les désirs fuyants comme des rus aux vertiges sans oublis de mânes à propos de nénuphars azuréens,

Aux rives alanguies où un message feutré révélait en puissance des élytres de feu, délaissant les vagues profondes pour enchanter d'une mélopée les adventices couleurs des stances à genoux, priant, coutumes, les évanescences opiacées,
Des vignes fécondes aux transes émerveillées, dont le plaisir nous parle de l'exondation des cils où la mue de l'heure, sans regret, s'épanouit de coralliennes divinités, aux lacs d'or et de joyaux insondables que le Temple inscrit éternellement,

Tandis que sur la mer lagunaire, des orbes sous le vent aux péristyles de marbre veiné d'ocre délibéraient le sens de l'aventure humaine, ses semis de vives éloquences venant aux frontons des âges, par la pulsation des cœurs, les fruits salvateurs,

Initiant un sens merveilleux, celui de la rencontre de l'Éternité, de son apothéose et de son firmament à naître et renaître dans le jeu des facettes temporelles, dans ces espaces se croisant et s'entrecroisant dans une pure volition,

Gravitation des heures aux sillons d'efflorescences majestueuses où la source ne se corrompt mais bien au contraire dans l'ardeur se magnifie, et conquérante ouvre les portiques de la densité des axes de ces univers nous entourant,
Nous accueillant et nous perpétuant dans la divinité et ses plénitudes, loin des errances et de leurs matérialisations abruptes qui ne sont que ressources des moires aisances s'abritant, se fortifiant pour mieux sombrer dans la nuit profonde,

Alors que bruit la Lumière dans sa splendeur, astre d'un souverain désir d'écume et de force, par l'aube flux des stances ne se devisant mais s'élançant pour reconnaître la pérennité et ses agencements les plus suaves comme les plus mordorés,

Des abysses hier les cimes de ces temps nous contant oriflammes, au-delà des éclats et des vrilles de l'Esprit estompé, de l'Âme désintégrée, du Corps délité, de l'Unité

fracassée par la tourmente des âges de la mort et de leurs
sources amères et néfastes,

Ces âges qui ne seront de nos voix, ces âges qui jamais ne
paraderont leurs pauvres lichens, leurs pauvres
arbrisseaux, balayés par la tempête d'un désert, dont nul
en ce monde ne veut voir éclore ni même s'instaurer les
dérives incarnées,
Ainsi alors que s'enchantent les corolles des florales
puissances aux parfums de majesté, toutes voiles gonflées
hâlant de rives novatrices les courses des frondaisons
dans la puissance solaire naviguant l'immensité et ses
fleuves à la nacre jaillissante et fertile,

Puisatière de nos chants, puisatière de nos hymnes
venant comme les flots les rivages d'œuvres nouvelles à
voir et enchanter, aux portuaires flammes sur l'horizon
dont l'aquilon de la Vie incarne et délibère la pure
novation de l'ambre en ses écrins,

Vibrant nos Êtres en Unité, alimentant nos âges de
l'Éternité veillant à l'accomplissement, qui jamais ne cesse
d'interroger les fluviales déshérences pour leur faire
rejoindre la vitale ascension et non la déchéance morbide
qu'elles enseignent,

Dans la compassion la plus vitale, la plus ordonnée, la
plus salutaire, celle seyant au Guerrier de la Vie qui
toujours combat pour magnifier l'existence en ce lieu et
par les temps comme en d'autres lieux et par d'autres
temps,
Afin d'illuminer la splendeur dans son ascension, afin
d'initier dans l'élévation, afin de signifier dans le pouvoir
l'Art du pouvoir d'éveiller, afin de magnifier le vivant, afin
et pour toujours servir de lien inextinguible entre
l'Immanence et la Transcendance...

Sur l'horizon

Des rimes antiques aux détroits escarpés où s'enfantent les oliviers, les saisons venaient ces parfums azurés, et les cils ouverts en répondaient l'anachronique beauté, il y avait là, sans mystères des vagues, des féeries d'opales légères, des ramures vaporeuses aux senteurs exaltées, et des stances d'ébènes parfumées de soleil, agapes de nautiques délivrances que le secret écrin des vagues dessinait.

Comme une frise surannée d'eaux vives armoriées, dessein des âmes ivres s'ouvrant sur les nidifications étoilées pour porter nouvelle de moisson, tandis que sur l'océan natif couvaient des floraisons de barques adventices aux couleurs diaphanes et adulées, au chant inscrit dans la moiteur gracieuse de l'air, enrubanné de papillotes granulées s'épandant sur les terres comme une pluie de vive arborescence.

Du verbe les enfantements, visitant d'écumes blondes les promesses d'un hymne éclairé, toujours se délivrant des menaces orageuses, des éclairs contemplatifs, de la motivation de la foudre, de ces transes des jours fulgurant le renouveau des houles aux passions guerrières, que regardent, impassibles, les Circaètes, volition d'un ordre différent de celui des enfers, hissant aux mâtures des tempêtes le secret espoir de traversées fertiles.

Protecteurs de cargaisons de vie allant de rivages en rivages porter nouvelles d'alizés côtoyés et d'autres encore aux racines embellies, alors que novice se lève dans l'arôme du matin, en sa fraîcheur bienvenue, la solaire éternité de nos âges, voyant lentement se prononcer les labeurs des équipages sur le pont guidant sous le vent les nefs fières, caracolant le vertige des eaux lustrales et abyssales, mers ou océans.

Toujours de native condition pour délibérer les routes exquises ou bien décimées, d'espérances ou de chagrins, de volonté et de courage armoriés, cimes humaines éludées du commun, en plainte sans entente, toujours circonscrit dans le souci de la vie, que la Vie n'oublie, la Vie présente, passée, à venir, en son manteau d'étoiles, concaténée, afin d'offrir la pure densité de son chant au calice de l'Éternité, iridescente et nuptiale, délaissant ses vestiges pour s'ouvrir au firmament, perçu des vigies au jour radieux, aux nuits constellées.

Mémoire des âges en leurs répons dont les Temples souverains, luxueux de clameurs, de prières et de songes, vont puisatiers les nectars d'histoires ataviques du berceau d'une illumination sacrale, tandis que midi sonne et que la chaleur dévoile les fumerolles de l'éther, sous le vent léger portant à toute réflexion, à tout rêve comme à toute imagination, qu'il nous suffit d'entendre pour en percer les secrets, d'éprendre pour en suivre les perfections, de contempler pour en circonscrire les effets, ainsi alors que le Circaète déploie ses ailes et s'élance vers l'horizon...

Éphémère

Éphémère, larmes en cils, une seconde, reconnaît l'Amour et son Royaume, la parturition étonnante de l'Éternité qui veille sans jamais se lasser, voyant le temps non plus s'écouler mais s'étendre à l'infini, se replier, se délasser, se fortifier, s'imaginer, et dans la claire raison du satin des roses, et dans la divine essence des mélopées qui ne se perdent, joindre l'immensité pour en armorier le précieux pétale, azur aux yeux incarnés de rives en chemin, des rives elles-mêmes se précipitant, développant, enhardissant et prononçant la beauté du Chant.

Harmonie messagère de pistils en leurs arômes, aux fêtes à Midi, étonnant les Oiseaux lyre dont le vol embrasé de papillon éclos, ivre du printemps où furieux de l'Été, toujours en vague souveraine de lys épithéliaux composent des symphonies pour le bestiaire enfanté, aux algues à mi-chemin, dont la raison exonde propose et dispose, d'une œuvre mage l'instantanéité du règne où une demeure déploie un sort pour embellir le cœur d'horizons sans lassitude des dômes des forêts attendant les semonces de l'automne et les frimas de l'hiver, apparaissant la dévotion d'une sève ardente, composée et magistrale, fertile, sans abandon, entonnant un doux parfum de Joie, et non de peine.

En fuite devant les exhalaisons aux senteurs iodées et mystiques, où, désinence, l'abeille œuvre le miel de la saison, l'écureuil établit ses rites, et les farandoles de lièvres organisent leur survie, sous l'aube merveilleuse délivrant des cieux les nuageuses perceptions afin d'enfanter la clarté de l'Univers, le Soleil majestueux inondant de ses rayons la pulsation des sources vivantes, afflux de son Éden, ivoire et jaspe de cristaux aux fontaines de jouvences, d'opales précieuses et de voûtes ornementées de quartz veiné de marbre, livre de Temples dont les nefs lumineuses orientent le sacre de la Vie, dans une multitude de faces enivrantes enchantant les regards du cœur compris.

Initié, sans baume délivrant sa propre lumière, se joignant ainsi à l'intensité du moment souverain que rien ne peut détruire, car au-delà du temps comme de l'espace, au-delà des vacuités de l'infortune, au-delà des bourrasques comme des orages, au-delà des théurgies s'estompant devant son essence rare sans abandon, conservée par le plus pur éclat des yeux regardant, s'abreuvant, s'éployant à tire d'aile pour naître les fruits de l'ivresse, les stances de l'allégresse, les clameurs en majesté dont les danses nuptiales sont écrins de ce monde.

Sans cesse renaissants des écumes pour porter la houle dans la définition même d'une harmonie sans parade, en accord avec toute viduité de la Vie ruisselant son doux parfum, la Vie sans outrance perpétuée, développée dans les flux et les reflux des espaces comme des temps, délivrant le sel sacré orientant son vœu, la moisson des Amours dont l'hymne s'accueille, aux vents porteurs et lumineux de l'extase frontale de leurs rimes.

Voyant de l'infiniment petit comme de l'infiniment grand la densité éclose de la prestigieuse aventure du Vivant, par toutes faces, en toutes faces et dans les siècles des siècles, dans la temporalité d'un instant ne se voulant éphémère mais luminosité perpétuelle, dont le cœur suffit à battre l'émotion sereine, par le verbe transcendé s'affirmant dans l'immanence, insigne de l'Amour lui-même pérenne de toute Vie par toute Vie et en toute Vie afin de non seulement glorifier l'Éternité mais en être participe, souverain dans la Souveraineté qui jamais ne s'exclue.

Réquisitoire

Disait-il alors que les voies de la guerre s'ouvraient :

« Des rives de ce temps, le signe viendra des cœurs en floralies, l'opale des sites vertueux initiant ce monde à sa renaissance, au-delà de la promiscuité vagabonde, au-delà des anomies labiales et labellisées, au-delà des paresses noctambules qui sont la risée des univers, et le feu balaiera, immense, la nature même du délit, ce délit de la mort, inexistante, tronquant l'étole du serment pour des gloires naines, des respires incongrus, toutes failles dans la temporalité voyant l'humain broyé par le joug d'un fardeau dément, celui de l'accroire, de l'impermanence, de la fatuité comme la vanité accouplée, visant un règne où se mêlent les esclaves pour adorer leurs maîtres, clameur dans la nue des errances propices où se vend la chair au principe de sa détention monétaire, dans une dénature propre à toute démesure, instituant le viol de l'innocence se gargarisant de la détresse et des hurlements des Êtres dans un sadisme congénital né de l'atrophie la plus bestiale.

Où le sens n'a plus de sens, effacé par le souffle qui explose ses délires opiacés, dans une écume de sang, dans une écume de sueur, dans une écume puant la mort des corps et ses lubies vénéneuses, dans ce monde sans lumière dont la lumière viendra terrasser l'ignominie, car la lumière ne peut être éteinte, qu'on se le dise, et cette lumière franchira ces portiques de l'enfer, brisant ses chaînes dans un cri souverain, hâtant le précipice du néant, sans haine, conjuguant le droit universel de la Vie pour juger et déférer, ôter de la vie ces scories dont l'insolence est la déviance de tout ce que l'on peut imaginer dans la noirceur, un jugement terrible pour ces miasmes qui tels des parasites sont le cancer du vivant, prolégomènes du sida intellectuel qu'ils traînent à grand renfort de publicité, de délitement de la perception, néant qui s'avance et sera vaincu quoi qu'il en soit, tant son ombre est faisandée par toutes les bassesses, par tous les bubons cristallisant la démence.

Si visible dans le regard torve, la moue libidineuse, l'indécence putride, la tenue voûtée, métastase au prurit répugnant ayant pour désir de se hisser par la médiocrité au sommet de la médiocrité pour enfanter ses crimes, la mise en esclavage de l'humanité, la dilution dans le genre de l'homme comme de la femme, la destruction de la famille, la destruction de tout pour complaire à son profit dantesque, voyant à son comble cette race naine accumuler tant et tant que son jeu devient de ses amas, le beau jeu que celui-ci, d'une stupidité conjoignant l'égarement le moins subtil, si visible dans ses reflets, ses parterres, ses décisions, un jeu de dupe où les peuples sont les pions, la famine l'une des règles, la guerre une autre de ses règles, la dictature le méat de ces règles, un agencement construit sur le vent, ce vent de la monnaie qui n'est que le conte de l'usure, une monnaie sans étalon se multipliant à l'infini pour deviser la richesse de celles et de ceux qui en font commerce, un commerce de sang lavé dans le sang et par le sang par toute la débilité mentale qui s'accroît.

Au crétinisme additionnel, la consanguinité de facto, toutes ces morves se congratulant, hissant le mensonge comme draperie de leur crime, ce crime envers l'humanité pour lequel ils seront déférés devant les tribunaux des Peuples pour rendre compte de leur perversité dantesque, et que l'on ne pense les voir juger à la sauvette et pendus haut et court, que non, les Peuples ne feront martyrs de ces oligarques de la puanteur, ils seront tout simplement relégués, exilés, et leurs fourbes menstrues, ces politiques ridicules tout simplement écartés de tout pouvoir dans l'ignominie qui est leur maître à danser, et les homoncules des sectes qui les agitent, eux seront déchus de tout droit civique, entendu que leurs avoirs issus du viol des Peuples seront remis aux Peuples de cette terre martyre de leur insanité, ainsi ce jugement viendra où les criminels quoi qu'il en soit seront condamnés à mort, les assassins, les mercenaires, les pédophiles et les violeurs, cette armée de ces miasmes, toute cette lie humaine dont l'humanité se séparera à jamais afin que les enfants, l'avenir de ce monde, ne soient plus l'objet de la démence de leur asile de fou sévissant en chaque Nation.

Ainsi la désintégration de ce fumier suivra, le monde se trouvera régénéré, ses institutions nettoyées de la pourriture et de la lèpre des sectes, des sociétés dites de pensée, tout ce monticule devant disparaître à jamais dans la poubelle de l'Histoire, l'Histoire n'étant pas celle des sectes mais de la Vie, de ses floralies, savoir l'Humanité, ses Races, ses Peuples, ses Ethnies, et piliers de toutes civilisations, ses Nations, ses Identités, ses forces vitales nées des familles voyant unis la Femme et l'Homme pour l'éternité, dans le respect de la jeunesse comme de la vieillesse, statuant sur les degrés de l'avortement, comme sur les degrés volontaires de l'euthanasie des corps, aucune loi ne pouvant aller à l'encontre de la Vie, comme aucune loi ne pouvant aller à l'encontre de la nature de la Vie, voyant ainsi se dresser dans l'azur ce drapeau magnifique des Peuples alliés dont l'intelligence se multipliera et non se désintégrera.

Dont l'intelligence se manifestera au-delà des prédations de l'agonie et de ses licteurs, à peine un petit million de personnes de par ce monde dont les tendances sociopathes, meurtrières, ne sont plus à démontrer, racines de ce mal servant l'esclavagisme le plus pulvérulent, le plus dramatique, le plus sournois, le plus éhonté, dont les béquilles sont le mensonge et l'hypocrisie, sœurs de l'ignorance et de la propagande, telle qu'on les voit pratiquer dans cette guerre inique contre une Nation souveraine, n'ayant pour profit que la mise en esclavage de son Peuple pour asservir ses ressources primaires et surtout faire passer un pipeline permettant de concurrencer une autre Nation, et bien entendu pour préserver l'échange étalon des ventes pétrolières afin que ne se noie une monnaie qui ne vaut rien, strictement rien comme toute monnaie dans ce monde dégénéré, en proie à l'abomination de licteurs en cartels inhumains rugissant leur atrophie. Cela sera et vient... »

Disait-il en professant aux Peuples dans un seul bloc de se défaire de leurs outrages, de leurs démoniaques langueurs, de la subversion les immolant, cette usure les contrôlant, afin de renaître à la Liberté qui ne se vend pas, ne se corrompt pas, car capital génétique de notre Humanité dans ses diversités...

Éveilleurs

Veilleurs de grand nom par les sphères éclairées, nous parcourons les immensités, ces créations des esprits qui se rejoignent, s'interpellent, dans le sens de l'Harmonie se conjoignent, initiant la beauté dans une symphonie majestueuse élevant ses hymnes jusqu'au sein de l'immaculée, dans ce règne des Mondes qui ne se sursoient mais s'appartiennent.

Ainsi le Verbe fulgurant, par nos glaives foudroyants dans l'éther et ses mystères, ondes écloses qui ne se perdent, et, par les fleuves altiers, et par les monades engendrées dont le feu ardent couve nos cœurs gardant la mémoire, afin de l'offrir à la Déité Souveraine, dans un écrin bâti et bâtisseur qui s'ordonne, naît et rayonne.

Glose de ce ciel, l'aventure nous emmène, de triomphes en triomphes, de victoires en victoires, en la Vie et par la Vie et pour la Vie, dans un écrin Impérial dont les mannes sans repos sont livrées de nos parcours, de nos peines, de nos larmes aussi, dans la disparition d'alcôves prêtresses, mesures de nos vagues qui gardent l'horizon et ne désespèrent de la frugalité des portuaires dimensions qui se génèrent et se régénèrent dans une mélodie sourde attisant notre Amour Universel.

Ainsi, fringants coursiers de l'acier de l'onyx vêtus, aux pourpres citadelles, d'un corps vaillant, nous allons, et nos armures ruissellent de lumière, la lumière de nos cœurs symbiotiques allant délivrer les mondes des faces obscures, au-delà des mythes et des religions imparfaites, obstrués par l'éclair du vide, le sommeil des âmes et la torpeur de l'esprit, ainsi que l'oubli des corps.

Et nos âges sans âges dans la prononciation du Nom étincellent de clairs rivages, des oasis frontaliers aux puisatières renommées, des sources fraîches et abondantes, que des soleils torrides ne peuvent tarir, tandis que la pluie gémellaire de nos yeux délivre de la tourmente les foules assoiffées, les mendiants et les malades, par nos parcours, revivifiés, nous donnant joie d'un réconfort, celui d'"être le don et la splendeur du don.

Au levant, Chevaliers solsticiaux, ainsi allons-nous vers ce couchant où les astres se maudissent, sans comprendre un instant que la pure beauté gravite dans l'unité symbiotique majestueuse par toutes faces du Vivant, dont l'écume florilège, des espaces comme du temps, fulgure une immortalité sereine, écoute de la plénitude du sort des étoiles en nombre, à la porte flamboyante de l'Éternité nous guidant et toujours nous assignant à la compassion la plus noble qui soit, celle du don de notre Vie à la Vie éternelle...

La Vie à profusion

Félicité du chant, jouvence des hymnes, en allégories s'en viennent les frontispices de l'azur, et leurs flammes légères brûlent les serments antiques, les couronnements factices, ces horizons de l'oubli de la Vie, la Vie puissante et native, la Vie à profusion ourlant ses vastes nefs de cargaisons divines pour les déverser en rimes sur des îles secrètes, des paysages arborescent la magnificence, ici, là, sans masques tragiques, sans rites opiacés, car élevant ses vols dans la pureté infinie de son ascension comme de son devenir, contenu et contenant dans le choix du contenant délibérant ses eaux vives aux parfums de talismaniques essors, invitant l'onde aux festives mesures, aux architectonies majestueuses, ancrées dans le lacis et les entrelacs de féeries amoureuses, aux essaims sans brume.

Gloires votives, dans l'excellence du Verbe sans rareté, surgissant l'éventail du sort de la multiplicité, au seuil d'opales inscrites par les flots générés, entées de leur destin dans le dessein du seul avenir, celui de la régénérescence, après les parcours olympiens, les douves exotiques, les mânes sans repos, ces symphonies graduées se déclinant pour ordonner la cacophonie à une maïeutique révélée, allant vers le développement, l'apothéose du germe sortant du sol et s'élançant vers les cieux, dont les ramures œuvrent déjà l'éternité, dans cette rémanence fructifiée, cette ordonnance impassible alimentant toute destinée, dont la volition épouse le sein circonscrit des mondes, ces mondes éployés, se rencontrant, s'alliant, se déposant, chutant, mais toujours revenant à l'équilibre pour embraser le sort.

Loin des temps, loin des espaces, sur cette nef dont les oriflammes s'affirment, se consolent, vont aux extrêmes densités afin de s'y confronter, de s'enhardir, et dans une victoire exfoliée advenir le sens de toute aventure initiée, dont l'aura parle chacun des Êtres de la Vie, dans leurs mélopées, leur matérialisation, mais aussi leur spiritualisation ne s'effaçant, ne se tronquant, ne se déniant, mais toujours dans l'orbe se manifestant afin de déduire la prononciation de l'élévation, dont la marche amazone assigne les ferments, par de hautes volutes sacrales ne se perdant mais se conjoignant afin d'unir à l'azur la beauté, la densité, la force, la juste mesure, permettant l'affine perception, la plurale détermination.

Dessein de la victoire, voyant du corps l'arc, de l'esprit la flèche, de l'âme la cible, dans l'unité symbiotique circonscrits, unité rassemblant et ne disloquant, multipliant la splendeur et non n'additionnant la laideur, œuvre en l'œuvre ne se désenchantant, ne se marginalisant, ne s'effeuillant, mais bien au contraire vivifiant l'étonnant voyage de toute régénération, dont l'intime sillon du chant plane au-dessus des eaux, abreuve par le jeu des correspondances les dimensions jointes, composées et déterminées, dans un règne sans reniement, celui de l'Éternité, celui du couronnement, celui de l'ineffable, en marches sans repos, dans la quiétude des temps, dans la flamboyance des œuvres, là, dans ce lieu sans lieu, là dans cet espace se pliant et se repliant comme un éventail généré, lorsque le puisatier enchantement est répons des cils de l'univers dont l'allégorie cristalline parfait la vague souveraine, enivrant de paysages en paysages les faces démultipliées de la diamantaire alcôve.

Dont le ciel, témoin, partage les étoiles innombrables dans leur théurgie inhérente, aube du chant, aube délibérant les fastes de vestales armoriées dans les temples de granit bleu aux splendeurs d'écumes, tant de larmes abyssales en leurs écrins moirés de songes et de rêves éperdus, tant et tant de contes en leur alizé que nos histoires ne peuvent contenir, et pourtant ramures, hauts faits de victoire, dont les ornementations fractales devisent, iridescents la plénitude des verbes qui furent cimes des pentes de toute vie, furent-elles les plus humbles comme les plus éveillées, devisant les règnes d'alors, par les tempêtes et les bourrasques levant leurs glaives d'or, alors que leurs lourds tambours de bronze sonnaient des rassemblements épiques, fondant les avenirs, ceux dont les bruissements de l'Histoire enchantent le vaste préau de lumière aux ondes de beauté, aspirant à la légitimité des mondes, déterminant des croyances les entrelacements de toutes ramifications vivantes.

Leur écume, essaim de claire parure, vive arborescence sous la brume des atrophies rôdant dans des lamentations enrichies du venin de la matière, leur apothéose, hurlant et frémissant, vagabonde de pestilence, naviguant en eau trouble pour cacher leur laideur, cette source de fiel à jamais dérisoire attitude face au levant ne craignant ses opprobres, tout de compassion, humiliant cette horreur dressée déjà disparaissant dans le gouffre incommensurable des équinoxes larvaires devant la lumière, la pure beauté ne se vendant aux prostitués des ténèbres, ainsi, alors que les vents se lèvent, porteurs de moissons de houles et de perles rares, de pluies d'Éden et d'éclaircies joyeuses où s'enfantent les rêves, souffles gigantesques abreuvant des empires, lyres de l'horizon de gravures nouvelles essaimant les cohortes vivantes pour affermir les règnes et en destituer les lèpres affairées dans un bruissement de fange, ouvrant ainsi à la Vie, sa portée, son envergure, et son azur, par-delà les mélopées anachroniques des pleureuses sabbatiques...

Icare productivité

Le manuscrit nous est venu tel que nous le livrons aux lectrices et lecteurs attentifs.

« R: Vous nous avez réunis pour nous informer du sens relatif qui dispose. Pourriez-vous nous en dire plus ?

Thot : J'aborderai successivement les principaux problèmes qui sont mantisses de la dilution de votre état de Vie dans la matérialité la plus abrupte et la plus délétère, source de toutes les dysfonctions qui résident dans le vortex de votre interdépendance Humaine. Tout d'abord je vous parlerai des rives de l'illusion qui vous subordonnent à des croyances insipides, ensuite des forces qui entretiennent ce but elles-mêmes concaténation de la force brute de l'atrophie humaine, après du moteur de ce conditionnement, enfin des actions à mener pour terrasser cette hydre aux multiples têtes et multiples visages qui veulent façonner la désintégration de la Vie sur votre espace de Vie.

R : Aborderez-vous les forces contraires qui décimeront cette aporie que nous vivons et des alliances probables qui seront mises en œuvre où préexistent à cette renaissance ?

Thot : Le sujet n'est pas celui-ci, restons symbiotiques et tout d'abord initions les phasmes qui couvrent la réalité du Vivant en votre espace. Je n'ai pas à vous le rappeler tout ce qui est en haut est ce qui est en bas et inversement, donc il faut bien considérer le corps social de l'Humanité comme un corps Humain, avec ses fonctions, ses degrés d'équilibre, ses maladies, ses microbes, sa symphonie qui peut devenir cacophonie aux remparts des illusions qui anéantissent ses fonctions vitales et particulières.

R : Le corps social Humain, pourriez-vous rappeler les arcanes de cet archétype pour celles et ceux qui n'étaient présents lors de notre précédent colloque ?

Thot : Merci pour votre question. Elle me permet de dessiner ce que chacun doit maîtriser afin de façonner le devenir, l'élévation de l'Humain, donc l'élévation de la Vie dans la compréhension de l'existence qui ne se limite au voile de l'illusion mais embrase l'unité la plus exaltante qui existe.

Le corps social Humain est interdépendance, et dans ses racines multipliées, et dans ses forces initiées, les Races Humaines qui en leurs Ethnies et leurs acquis ressemblants ont forgé les cellules de l'oikouménè Humain, savoir les Peuples, qui ont eux-mêmes forgé les Nations, pierres d'œuvre de l'unité de la sphère en leur multiplicité, leurs particularités, dont les pôles culturels se multiplient et non ne s'additionnent, dans le respect multilatéral de l'Identité Humaine qui va de l'Humanité, en passant par les Races Humaines, les Peuples Humains, les Ethnies Humaines, jusqu'à l'Être Humain qui est action de cette parousie ou bien destruction de cette parousie, suivant les degrés de son unité atteinte ou non.

Le corps social Humain est donc là sous nos yeux, forgé des cellules, que sont les Être Humains, des ensembles de cellules que sont leurs Peuples, et par définition leurs Nations, des organes que sont les fonctions communes des Être Humains qui se vivent en harmonie ou bien en aporie, initiant l'économie, la satisfaction des besoins primaires, la nourriture, l'air, l'eau, la liberté de s'exprimer, de circuler, de s'associer, la satisfaction des besoins secondaires, la culture, l'altérité, la compassion, la satisfaction des besoins trinitaires, la spiritualité, le don et la défense du vivant, enfin la satisfaction quaternaire, qui est celle de l'implantation d'un Ordre salutaire permettant de naître l'Ordre et la Sécurité pour l'ensemble de ces besoins, par le respect multivoque, entre les différents invariants existants, le tout innervé par la puissance de l'élévation, de l'homéostasie nécessaire aux grandes lois de l'équilibre qui ne sont issues de lois humaines mais des lois naturelles. Cela est-il compris ?

R : Cette formalisation vivante trouve ses arcanes dans la graduation énergétique déployée ?

Thot : Très bien, ceci est la question dans laquelle se trouve toute itération du processus vivant dans les microcosmes représentés par l'osmose de la matière et de l'énergie et dont l'énergie doit après expérience se dissocier par construction symbiotique.

Vous le comprenez, toute création est énergétique et résultante de l'Énergie déployée tant par le corps Humain, en ce lieu, que par le corps social Humain, toujours en ce lieu, afin de parvenir à la réalisation de la transcendance nécessaire à l'évolution de la Vie en ce lieu qu'elle prédestine afin de se régénérer. Comprenez que tout l'espace-temps est champ électromagnétique, que chaque atome est champ de conduction électromagnétique, et que de leur valeur dépend la pérennité de la transformation nécessaire à l'accomplissement de l'essor de la Vie.

En substance nous pouvons déterminer que le corps social Humain est le champ électromagnétique conditionné, par addition, soustraction, multiplication, des champs électromagnétiques propres à chaque individualité de la Vie, qui est en fonction de ses degrés, assomption ou bien déclin suivant la rémanence formelle qu'il induit tant au niveau individuel que collectif, chaque pensée, chaque acte, déterminants le devenir, de par chaque Être comme de par l'ensemble des Êtres en leur champ qui n'est qu'un champ parmi les innombrables univers qui se côtoient au sein de l'aventure vivante, qui n'est qu'une forme parmi les formes engendrées afin d'advenir la régénération parfaite du tout. Ainsi en fonction de cette réalité dynamique pouvons-nous déterminer les critères qui permettent dans le cadre de la nature fonctionnelle de tendre vers l'assomption et désigner les goulots d'étranglement qui ne permettent pas tant à l'unité qu'au généré de franchir le seuil où transcendance et immanence se rencontrent afin de dépasser le seuil de la nature ultime, cette nature oscillant entre la matière brute et la reconnaissance implicite de sa destinée souveraine.

R : Où l'on pressent ici que le corps de l'Humain est lui-même le corps de l'Humanité, n'est-ce pas ?

Thot : Tout à fait, comprenez bien que votre véhicule terrestre est le même que le véhicule de l'Humanité et inversement, ainsi en est-il par toutes les galaxies et leurs planètes, ainsi en est-il parmi tous les univers engendrés, ainsi en est-il et en sera-t-il dans l'Éternité, car inscrit en chaque gène qui fixe vos apparences, en votre ADN lui-même qui est la marque de votre élévation.

Vous êtes un champ électromagnétique en pouvoir de compréhension de toutes forces, dès l'instant où vous reconnaissez vos caractéristiques et vous voyez bien, car toutes maladies quelles qu'elles soient sont existantes, qu'une perturbation quelconque de votre champ électromagnétique peut vous faire glisser vers leurs méfaits. On notera que toute maladie individuelle peut être soignée par module scalaire, qui aujourd'hui, n'est utilisé que pour certaines strates de vos civilisations pour leur seul profit, mais vous pourrez changer cela, ne vous en inquiétez.

Et comme on peut soigner les maladies de l'individu par des modules scalaires qui réajustent l'équilibre électromagnétique de chacune de vos cellules y compris de votre ADN, le corps social Humain peut être soigné par ce module scalaire propre à l'expression, la force de volonté opérationnelle de la voix et du dire, la densité de la pensée en action que rien ne peut arrêter car libre du fardeau des contraintes aliénantes liées en surface au désir comme au plaisir, formes dégénérées par excellence de la condition Humaine qui enlisent dans la matérialité la plus brute.

R : En fait on a la solution en nous-mêmes ?

Tau : Exact. Il n'y a pas de solution en dehors de vous-même, en dehors du champ électromagnétique que vous innervez dans le cadre du corps social Humain. Ce champ électromagnétique a très bien été compris et circonscrit par les typologies de civilisations qui se sont succédées ou bien ont vécu en commun sur votre petite planète, voyant ici les aberrations se conjuguer aux aberrations, pour vous voir ce jour lié à l'entreprise de destruction de votre forme de Vie la plus radicale qui ait été mise en œuvre par l'atrophie, où l'atrophie est un champ dont la résonance est inverse de celle qu'un Être Humain normalement constitué et non idéologiquement soumis, est capable de mettre en œuvre naturellement dans le cadre des univers qui nous entourent.

La solution est en vous-même en prenant conscience de votre réalité, au-delà des images d'Épinal, des contes pour adultes, de la propagande la plus insolente, au-delà de la bêtise institutionnalisée, de la bestialité dominante. L'Être Humain est un champ électromagnétique capable de correspondre sans contrôle avec l'ensemble des univers, avec le cosmos, avec autrui en ses différentes formes à travers les espaces comme par les temps qui ne sont que des quantas qui servent de tremplins vers des connaissances nominales qui irisent toutes formes de la Vie dans l'Absolu.

La mise en veille et plus simplement la lobotomisation de cette faculté vous fera comprendre le degré en dessous de zéro que vous vivez actuellement dans vos Nations devenues les sables mouvants d'une pieuvre tentaculaire cherchant à vous contrôler, à vous enrôler et à vous obliger à l'abîme et en aucun cas à aucune cime.

R : Une matrice donc inverse ?

Thot : Plus qu'une matrice, un ensemble de matrices dont les interrelations dérivent la subordination et l'accomplissement du néant au profit d'entités ayant fondé leurs empires sur ce néant qui voit la Vie brisée, larvaire, inféodée, décapitée, jusqu'au cœur même de vos cités qui ne sont plus que dévotion de la lie et de ses arcanes, un corps social atrophié vivant dans la virtualité aux exhalaisons putrides le renvoyant à celui d'un butut vide de conscience qui ne se ploie et ne se déploie que pour complaire au fouet qui le dirige, un fouet qu'il réclame à tout instant, inconscient de sa force fantastique qu'il pourrait mettre en œuvre pour fouler à terre toutes les immondices qui manient ce fouet

R : L'individu étant esclave, l'Humanité ne peut donc qu'être esclave.

Thot : L'Énergie qui ne se concatène est volatile, de fait pour régner sur des esclaves, il faut bien entendu que cette énergie se dissipe. Voici l'art de l'illusion qui vient à point et dans laquelle depuis bien des millénaires vous vous complaisez sans vous rendre compte un seul instant que le grand jeu de la Vie est dévié par des centrales d'énergies négatives, en leurs desseins comme en leurs assouvissements purement matériels, qui brisent l'élan de l'Être Humain, des Peuples, des Races, de l'Humanité pour leur seul profit. Raisonnons tout simplement d'une manière scalaire en vertu de l'unité harmonieuse que doit déployer le corps social Humain en ses Énergies.

La résultante est abyssale de monstruosité, voyant le parjure, le mensonge, la propagande, les appendices d'une politique généralisée vampiriste, apportant famine, guerre, paupérisme, aux fins de servir la difformité électromagnétique et ses féaux. Car au regard de cette difformité des champs, on ne peut être qu'outré devant tant d'abîmes, tant de déraison, tant de folie ordinaire, où la bestialité sous toutes ses formes s'enchante. Le scanner des sociétés Humaines de ce jour, est empreint d'une dérive qui n'est, je vous rassure, qu'une contraction temporelle où la Vie combat afin de reformuler sa destinée et non sa désintégration. Cependant pour qu'elle combatte d'une manière plus opérationnelle faut-il aller plus loin pour comprendre les fondements qui caractérisent cette fuite vers le néant.

R : Ces fondements sont pièges énergétiques ?

Thot : Exact, ici nous allons donc passer en revue les éléments que nous révèle notre analyse scalaire. Le premier des maux est lié aux expressions des civilisations créées par les empreintes primitives, matérialistes et spiritualistes, dont fort heureusement l'unité symbiotique, permet de sortir la tête de l'eau de l'Humanité. Ce mal est né de l'interprétation initiée par un sur moi, entraînant un déséquilibre tropique, de l'unité systémique de l'Être Humain, en ses principes invariants le Corps, l'Esprit, l'Âme.

Nous assistons dans le cadre primitif à l'axe corps Âme qui est régression de l'esprit au profit de la barbarie, dans le cadre matérialiste à l'axe corps esprit qui est projection de l'Âme au profit de la barbarie, enfin dans le cadre spiritualiste à l'axe esprit Âme qui est projection du corps au profit de la barbarie.

Le dénominateur commun de ces défauts d'unité symbiotique entre les invariants de l'Être, se révèle donc les pièges destinant les énergies à leur servage le plus total par dissonance éducative permettant l'asservissement de l'Humain, et donc du corps social Humain, la résonance individuelle de l'Être Humain étant atrophiée par ces sur moi, et donc la résonance du corps social humain étant de même anémiée.

Ces pièges énergétiques dans ce jour se voient en dessous de la ligne énergétique naturelle, fondant par addition la désintégration de la réalité humaine, donc de sa résonance électromagnétique dans le néant le plus glauque que l'imagination peut dévoiler. Ces pièges énergétiques comme chacun peut le voir, se révèlent, au niveau des primitifs par un appât du gain matériel sans finalité, au niveau des matérialistes par l'invention d'une culture du non-être caractérisé par une chose qui n'a de valeur qu'économique ou sexuelle, au niveau des spiritualistes par l'addiction à la matérialité la plus stérile en invention d'une glorification du dénuement de tout un chacun pour la désinence du factice et de ses oripeaux.

Cette typologie détermine pour l'asservissement, comme nous venons de le dire la barbarie, une barbarie envers les corps, matérielle, une barbarie envers les esprits, intellectuelle, une barbarie envers les âmes, spirituelle.

La barbarie matérielle trouve ses limites dans l'esclavage et dans le consentement à l'esclavagisme, où l'on voit le non-Être se réfugier dans le giron de pseudos pouvoirs qu'il croit avoir élu, alors qu'ils sont imposés, allant jusqu'à accepter leur disparition par avortement, euthanasie, disparition jusqu'au nom même de leurs racines.

La barbarie intellectuelle est circonscrite dans la négation de toutes formes historiques tendant vers l'épanouissement des individus, et du corps social, tel qu'on l'a vu dans les sociétés de types impériales et royales, en s'appuyant sur le mensonge, sur la délation, sur le pourrissement du langage, la force de dérision de la beauté et de la grandeur, de la splendeur et de l'honneur, de l'unité du vivant, qui doivent être considérés comme résidus de la boue par le mélange, le métissage, l'arborescence de la division des cultures.

La barbarie spirituelle réside dans la défense d'ordres dévoués à l'appât du gain et de ses serviles demeures, cherchant ainsi par eugénisme et malthusianisme à protéger ses intérêts, en liquidant massivement le pouvoir électromagnétique dont est capable un ensemble d'Êtres Humains comme des Peuples par exemple ou bien des conglomérats de Peuples.

Ces barbaries parfaitement complémentaires les unes les autres dans leurs abstractions fondent aujourd'hui une forme inverse de civilisation qui se voudrait globale qui s'est enfantée par des massacres conditionnés dès 1645 de votre Ère, par une révolution anglaise née du Protestantisme, initié par le Judaïsme afin de détruire l'Église Catholique, honorant le Christ Roi, exemple s'il en fut de plus noble sur votre Terre de la Voie s'ouvrant à la Voie.

Ces massacres ne se comptent plus depuis 1645, révolution Anglaise, 1789, révolution Française, dix-neuf nième siècle, essor du nihilisme portée de reconquêtes criminelles, vingtième siècle, suffisance de la barbarie, déclenchant une guerre mondiale pour anéantir l'intelligence humaine, initiant une révolution Russe allant provoquer le massacre de soixante millions de personnes, une révolution Chinoise provoquant en nombre le même massacre, des révolutions éparses provoquant l'assassinat de trente millions de personnes à travers le monde, instituant une deuxième guerre mondiale décapitant l'intelligence européenne, voyant le massacre de dizaines de millions d'Êtres Humains dont six millions de personnes de confession juive, pour voir s'instaurer les prémisses d'une dictature mondiale sur votre petite planète.

Une dictature qui depuis 1945, malgré quelques secousses, épouse les mêmes idéologies meurtrières du passé, dans une addition épouvantable, celle du communisme et du national-socialisme, dont l'étiquette est celle du mondial socialisme désormais.

Un mondial socialisme répugnant voyant l'Humanité de nouveau massacrée afin d'attraire sa vitalité soit par génocide comme au Darfour, au Congo, soit par l'intermédiaire de guerres fabriquées de toutes pièces afin d'abstraire aux Peuples soumis leurs matières premières.

La barbarie ici a ancré son drapeau d'une manière inimaginable, s'aidant de tous les instruments de propagande à son service, radio, télévision, cinéma, journalisme, maisons d'éditions de livres ou de presse, totalement soumis à son diktat de servage.

Le scanner scalaire de votre état est d'une évidence frappante, une crête, une seule crête au-dessus de la vague alors que dans une progression naturelle cette crête devrait être dôme, tremplin vers le devenir de la réalité Humaine qui n'est pas celle de la matière brute mais de l'élévation spirituelle la plus marquante, comme il en est par les milliards et les milliards de planètes habitées de ces systèmes galactiques qui sont en phase avec la Vie et le Vivant et qui ne recherchent en aucun cas votre côtoiement, hors des strates à votre ressemblance qui s'immiscent dans les pouvoirs dans la léthargie la plus complète de l'Humanité, qui ne voit pas que sont déjà conquises la Lune et Mars par l'Humanité, et que s'apprête à être conquise Jupiter, non pour le profit de l'Humanité, mais pour le profit de la barbarie qui gère et ne veut en aucun cas que l'Humanité, aveugle, sourde et muette, en bénéficie.

R : Quelle déperdition d'énergie !

Thot : Oui, une déperdition d'énergie qui se mesure dans les abysses, une déperdition folle dont les chromatiques sont symbole d'une cacophonie sans finalité, issue de la nucléarisation, de l'acculturation dont la propagande est inouïe, voyant chacun consentir à ce qui n'est pas la Vie dans ses ramifications, consentant à l'avortement, consentant à l'euthanasie, consentant à la destruction des racines humaines par un métissage forcé, une civilisation de la mort qui enfante la mort et enchante la mort, une civilisation barbare où seul compte l'avoir matériel, où les chiens de guerre naissent du nihilisme le plus abject, où la famine est instrument de gouvernance, où la déficience humaine est règne, dans un parjure dont l'outrance est démesure.

Une violence sans contre-pouvoir qui sème la terreur et engendre la terreur, le crime, et se cache derrière des lois pour travestir ses crimes dantesques. Le constat est amer, mais il ne suffit de constater faut-il maintenant délier les nœuds qui ne permettent de naître la fluidité énergétique nécessaire à l'accomplissement du Vivant en ce lieu.

Et là, que d'abîmes, que de déshérences, que de parjures, que de délitements de la conscience Humaine, un aréopage instrumentalisant sa propre folie, cette folie du gain, cette folie de la vanité, cette folie de tous les vices qui concatènent toute la pourriture qu'a pu engendrer l'humanité, qui dans son asservissement le plus total, est aveugle de cette errance qui se protège et qu'il convient de définir et destituer de tous les pouvoirs afin que l'Humanité vive enfin, renaisse à la pure destinée de son sens, qui n'est pas celui de se prosterner à des dieux qui n'ont de noms que ceux que leur donne ceux qui veulent immobiliser l'aventure humaine et la réduire dans le néant, pour leur seul profit.

R : Vous allez nous parler des sociétés discrètes, sinon secrètes ?

Thot : La barbarie pour pouvoir régner a besoin de sa garde rapprochée, et nonobstant sa garde rapprochée ses vecteurs qui disséminent la propagande nécessaire à l'acculturation du ou des Peuples qu'elle cherche à asservir.

Ainsi de tout temps les primitifs, les matérialistes et les spiritualistes ont-ils pour régner fait l'invention de sectes dont les membres se sentent des élus alors qu'ils ne sont qu'esclaves, pour faire valoir dans la lumière leurs ordres les plus signifiants.

A contrario le monopole de l'invisibilité n'est pas le fait de ces sectes, l'équilibre des forces étant une des lois naturelles de la Vie. La distorsion existante entre cet équilibre est aujourd'hui rendue au maximum sur votre planète, assignant un non-retour, une inversion électromagnétique telle qu'il est temps de renverser cette force négative qui vous submerge et vous mène droit à la désintégration.

Observons donc la pyramide négative qui essaie de forcer le mouvement vers la désintégration de toutes les capacités Humaines.

À l'origine un Peuple barbare, les Khazars qui de tout temps ont guerroyé initiant un empire entre la Volga et l'Oural, la Mer Noire et la Mer Caspienne, lieu de passage obligé des caravanes se dirigeant vers l'Asie. Ce Peuple d'origine de ce que vous appelez la Turquie lors de l'avancée impériale des Russes d'origine Scandinave qui avaient pour fief Kiev, a été battu, et dès lors s'est disséminé dans toute l'Europe et une partie de la Méditerranée afin de poursuivre ses objectifs de conquêtes. À l'appui de cette conquête silencieuse, il s'est fait le défenseur de l'usure, de ce que vous appelez les intérêts qui ne sont ni plus ni moins que ce que vous appelez un racket des populations.

Chassés dans votre Moyen Âge et plus récemment au dix-huitième siècle de toute Nation au regard de leur escroquerie manifeste advenant le paupérisme des Peuples, ils se sont cantonnés après de multiples tractations dans les Pays de l'Est de l'Europe et une partie de la Russie, continuant ici leurs prévarications les plus dévastatrices.

Pour œuvrer dans la tranquillité de leur soif de pouvoir sans partage, ils ont traduit leurs actions et surtout leur défense, par l'intermédiaire de sociétés secrètes, Roses Croix, tout d'abord, Franc Maçonnerie ensuite, et diverses sociétés au clinquant attirant les vaniteux et les serviles. Leur but poursuivi étant de détruire tout ce qui pouvait s'opposer à eux, les trônes, les gouvernements, les religions, ils ont commencé leur anathème envers la religion Catholique, leur pire ennemi, car du Christianisme l'Église, ce Christ Roi immolé par leurs frères en Judée, Voie de la Lumière menant à la Lumière, qui ne pouvait complaire à leur dessein, voyant en leur sein la Vierge Marie traitée de pute, et le Christ lui-même de minable, par leurs écrits de l'époque, retrouvés par les Templiers.

Ces Templiers qui fondèrent un ordre monastique guerrier défendant le faible et l'opprimé sous la Croix du Christ, symbole de leur défense du Christianisme et non pas de l'Église de Pierre qui se trouvait entre les mains déjà de familles usuraires et perverses. Image du réel, cet Ordre devint l'un des principaux banquiers de l'Europe, prêtant sans intérêt, ce qui ne pouvait que nuire aux prêteurs usuriers qui, par l'intermédiaire d'un Roi Français et d'un Pape sans consistances sinon celles d'être tenus par leurs emprunts près des Usuriers, ont mis fin à cet Ordre dans le sang et le parjure.

Durant des siècles et sous couvert de différentes sociétés dont les Illuminés de Bavière, l'une de leur création, ils parcoururent ce dessein de pouvoir sans partage, initiant la révolution Anglaise en implantant une dérivée de leur Religion le Protestantisme, éradiquant le Christianisme de l'Angleterre au profit de l'adoration de leur Dieu El Schaddaï, un ange déchu comme il en existe tant, ne vivant que pour la mort, dont la Bible dans l'ancien Testament conte les crimes de sang, livres de Moïse à Esther, où on peut dénombrer plus de soixante-dix massacres et génocides, sans compter les crimes, les pillages, les viols, l'inceste, la pédophilie et autres atrocités commis en son nom. Ces méfaits traduiront les principes du Talmud, le livre de la Loi des Khasars, où il n'y a aucune place pour celles et ceux qui ne se convertissent à leur Religion, traités de goys, de sous-humain qu'il convient d'attraire.

El Shaddaï, plus simplement décrit comme Satan dans sa désignation profane, n'a donc rien à voir avec Dieu, ou l'Absolu, son Fils, le Christ, et la Vierge qui l'a enfanté. Bien au contraire le Christ est la Voie souveraine qui mène à l'accomplissement, source de don, de beauté et de bonté qu'exècrent les Khazars qui n'ont d'autres buts que l'asservissement Humain et sa mise en esclavage à son service. On comprendra dès lors la rencontre des contraires qui vont s'affronter jusqu'à ce jour, en oubliant pour les défenseurs de Satan, que le Christianisme n'a pas besoin d'Église pour s'exprimer, et que leur volonté de destruction ne peut que s'écrouler, car ils ne pourront jamais combattre les milliards d'Êtres Humains ayant embrassé cette Foi.

1645 donc, sonne le glas et la mise en esclavage de l'Angleterre qui désormais dans les rets des Khazars va devenir la force dominatrice de votre petit monde, en asservissant par la force, le fer, le sang, la drogue dont il est le principal importateur, via l'empire créé en violentant toutes les règles humaines, au nom d'un protestantisme qui n'est que le déguisement de la religion khazar aux fins de la cacher au réel.

Profanation donc, destitution de tout ce qui existe, les révolutions engendrées et financés par les banquiers Khazars n'auront de cesse que de voir les Nations courber l'échine devant leur pourvoir usuraire. Partout où ils agissent la terreur s'instaure, ils se servent toujours d'un tiers pour faire valoir le casus belli qu'ils occasionnent, finançant les deux partis ennemis, un tiers dont le visage rayonnant est celui qui vient calmer les guerres comme les révolutions.

C'est un des rôles de leurs sociétés dites secrètes qui agissent dans l'ombre des Institutions, traçant la route de l'esclavagisme le plus dantesque que votre planète ait connu. À l'œuvre sont-ils aux fins de déclencher les deux guerres mondiales que vous avez subies, la première au motif que l'Allemagne s'industrialisait trop à leur goût, et qu'il fallait réduire l'intelligence humaine à sa plus simple expression dans le cœur de votre Europe qui pensait encore.

Ce massacre avait aussi un autre but, l'écrasement de la dynastie des Tsars en Russie, et la destruction de toutes les structures de sa gouvernance afin d'implanter le plus grand camp de concentration du monde, qui après épuration de 60 millions de Russes dans des conditions atroces, famines, pénuries organisées, goulag, travail forcé, s'est désormais écroulé, comme cela se devait. Finançant cette horreur sans nom, ils placèrent leurs féaux sur tous les marchepieds du pouvoir voyant leur Peuple détenir 90% des pouvoirs en toutes strates de la société qu'ils ont appelée communisme, une erreur critique volée à un Révolutionnaire Français, Hebert.

Cette idéologie dite marxiste qui n'en porte que le nom le manifeste du parti communiste ayant été écrit par la société secrète, la Cause des Justes sur les idées de Hébert, va par la suite provoquer l'assassinat de cent cinquante millions de personnes à travers le monde.

Profanation donc, les tables gigognes se mettent en place où sont infiltrées, telles celles mise en œuvre par Cecil Rhodes en Angleterre, la Table Ronde invisible et le RIIA visible, dont le pendant est le CFR aux États-Unis, allié à la Trilatérale, tandis qu'en Europe se crée le Bilderberg.

Auparavant une deuxième guerre mondiale éclatait sous les auspices des Khazars qui après avoir réduit au silence les États Unis en créant la FED, dont ils détiennent toujours à ce jour la majorité absolue, aux fins de créer une enclave dans le monde Musulman et ainsi maîtriser les ressources potentielles des Pays Arabes. Pour cela finançant Russes et Allemand, ils ont joué comme ils savent si bien le faire entre les différents partis, ce qui a été facile puisque les conditions de l'armistice de 1918 furent une honte à l'Humanité qui ne pouvait que dégénérer par la naissance d'un nouveau conflit.

Ils investirent les Loges Vril et Thulé, comme ils l'avaient fait pour la Franc Maçonnerie à l'aide de leur bras armé, les Illuminés de Bavière, aux fins de naître une position contraire à leurs intérêts, le national-socialisme qui est comme le communisme une de leurs créations avec le socialisme et aujourd'hui le mondial socialisme. Théorie de la Race, cette idéologie a été exacerbée afin surtout que le terme Race disparaisse à jamais de votre Terre, première erreur des Khazars qui n'ont pas compris qu'au-dessus d'eux existent des Lois Naturelles qui ne se circonscrivent pas à leur vision des choses.

La résultante eut pour effet le désir de voir naître un nouvel ordre mondial dont les nationaux-socialistes seraient les maîtres, et pour cela la mise en servage et en esclavage de tout ce qui n'était de leur parti, les personnes de confession Juive, qui n'avaient pas assez d'argent pour se réfugier aux États Unis ou ailleurs, les homosexuels, les handicapés, et bien entendu tous les opposants pour qui la hache a fonctionné sans relâche, ainsi que les résistants qui viendront en nombre grossir le travail forcé jusqu'à la mort par scorbut, pendaison, fusillade, gazage, le tout de la même manière que leurs petits frères en socialisme, les communistes qui, profitant de l'aubaine, ont commencé leur œuvre de dépopulation de ce qu'ils considéraient stériles, notamment l'intelligentsia Polonaise, qui avait bien entendu le tort d'être Catholique.

Cette guerre destructrice permit la naissance de la Nation d'Israël, et corrélativement la mise en esclavage idéologique de l'Humanité dans une tripartition, communiste, libérale, socialiste, toutes idéologies entre les mêmes mains. La Chine pendant ce temps, vouée au communisme allait elle aussi se lancer dans la dépopulation forcée, par famine, par camps de rééducations, par assassinat collectif, notamment des Tibétains, dont la Religion est une offense à Satan, occasionnant ainsi le supplice de 60 millions des siens.

Le seul sens de ces dérives est la mise à mort de l'humain. l'Europe comme le reste des Pays du monde subiront cette extermination par révolutions induites, portant sur trente millions de victimes, n'ayant d'autres buts pour les Khazars que de découper désormais les zones d'influence en trois partis, donc de réduire les Nations à de simples régions incluses dans cette tripartition factice, s'opposant?

En aucun cas car financée par les Khazars qui lentement mais sûrement dans une guerre silencieuse mettaient la main sur chacune des Nations en usant et abusant de leur arme de fait, l'usure, cette usure voyant naître l'ONU, garante du servage, le FMI, garante des prêts de l'usure, et ne prêtant que sous condition de servage, l'OMC, garante de la distribution de tous types de produits y compris les drogues les plus dures afin d'affaiblir les populations, encourageant les complexes industriels notamment de distribution de graines, polluées par opération génétique aux fins de rendre malades les populations, l'OMS, garante de l'eugénisme généralisé par des vaccins basés sur des produits létaux, obligatoires pour les populations, par l'invention d'une chimiothérapie n'ayant pour simple but que d'accélérer la prolifération des métastases, par l'invention et le soutien de produits pharmaceutiques cancérigènes, mortels pour les populations, l'Unesco, chargé de la propagande, dans le mensonge absolu de la réalité, initiant la déstructuration des familles, des Être Humains pour les vouer au genre, à la masturbation obligatoire dès l'âge de quatre ans, individuelle et collective, une marchandise économique et sexuelle destinée à l'euthanasie en fonction des flux et des reflux économiques régulés par les Khazars qui à chaque instant peuvent commettre le paupérisme en chaque Nation en retirant leurs prêts, asséchant ainsi la source vive économique de chaque Nation, qui pour la plupart ayant perdu le contrôle de leur monnaie, sont désormais les esclaves dociles de leurs maîtres, enfin le Club de Rome garant de l'application de l'eugénisme global de l'humanité, organisme de la propagande des khazars.

Vous le voyez si l'on parle sociétés secrètes, ces sociétés en nombre et par nombre ne sont rien, car elles sont guidées par ce qui est invisible au commun des mortels, un appétit dévorant de pouvoir, sans lois et sans limites, lié aux Khazars qui dans l'ombre la plus docile manipulent les uns les autres afin de créer leur « ordre » mondial qui ne sera que celui de la mise en esclavage de votre Humanité, devenue la boue dont se serviront ces idolâtres afin, et uniquement afin de flatter leur vanité, leur avoir, leur déraison la plus anti- naturelle qui soit.

À tel point qu'ils ont failli faire éclater une troisième guerre mondiale, au motif de ce Pays que l'on nomme la Syrie qui se bat contre les fantômes formés par certains

Peuples d'Occident, dont ils n'ont plus la maîtrise, qui cherchent à imposer un Islam radical dans tous les Pays d'Afrique du Nord, y compris maintenant dans les pays d'Europe, cet islamisme servant parfaitement les buts des Khazars qui pour imposer leur dictature mondiale doivent effacer le nom du Christianisme, but qui voit une immigration massive scléroser les Peuples Européens, soumis à une pression idéologique et une propagande de servitude telles que ces Nations n'en ont jamais connu, avilissant la mémoire historique de leurs Peuples, réduisant au silence leur culture, accélérant l'illettrisme, le paupérisme, aux fins de noyer dans l'abîme toute velléité des individus comme des masses de contrarier leur plan, instaurant même dans ce que vous appelez la « communauté européenne » la peine de mort pour celles et ceux qui envisageraient de se révolter contre la mise à sac de leurs Nations, par des banques créées de toutes pièces qui ne sont que les jouets utiles des Khazars.

Parler du comité des trois cent, des mille, des treize, des trente-trois etc, est sans intérêt car dans la pyramide, les uns les autres ne sont que les esclaves de ces « invisibles » qui désormais sont en pleine lumière, voyant pas plus de trois cents familles dans l'Humanité s'approprier toute la réalité en la confondant dans la virtualité la plus boueuse et la plus glauque aux fins de mieux l'asservir et s'en servir comme esclave.

Comme on dit sur cette planète, grattez le vernis, les apparences, et vous verrez le réel dans sa trivialité la plus épouvantable, dans sa vanité la plus homérique, dans son attitude la plus nocive, couverte du sang humain comme personne ne l'a été de par votre monde, un univers de dépravés où l'inceste comme la pédophilie sont des constantes, où le crime rituel envers les Être Humains ne connaît pas de trêve, où la folie en germe atrophie toute altérité comme toute compassion.

L'exemple typique de cette atrophie purulente est celui de cette Nation que vous nommez la France. Regardez là, analysez là, elle est enchaînée dans tous les pouvoirs à l'hydre maçonnique déviant, maire, conseillers départementaux, régionaux, députés, sénateurs, gouvernance, justice, police, grands corps de l'État, tout est gangrené par cette hydre. Les Françaises et les Français forment un Peuple d'Élite qui désormais est réduit au servage le plus violent, le plus insidieux, le plus trompeur, le plus machiavélique que l'humain ait pu générer à ce jour, se servant de Janus, vous savez ce double visage, pour imposer son autarcie oligarchique esclave de l'usure.

Toute attitude allant à l'encontre de son système de mort est immédiatement l'objet d'une propagande inverse tendant à l'annihiler sous les coups de ce qui s'appelle dans cette Nation, l'antisémitisme, qui ne peut être utilisé que pour les Peuples d'origine sémitique, soit cinq pour cent de la population de confession juive et les Peuples Arabes en général, et qui est employé systématiquement contre toutes celles et tous ceux qui mettent en évidence la soumission aux Khazars de leur Peuple, le racisme, autre face qui ne concerne en aucun cas la France qui compte dans ses rangs des populations parfaitement intégrées qui ont servi avec leurs mains comme avec leur sang les intérêts de la France, quelle que soit leur couleur, racisme inventé de toutes pièces aux fins de déchaîner des hordes nihilistes qui sont les chiens de guerre d'un pouvoir mondial socialiste, qui, à genoux devant ses maîtres en ses différentes sociétés secrètes, prend ses ordres et obéit aux Khazars.

L'ignorance dans laquelle est tenu le Peuple de France, la propagande qu'il subit depuis 1945, l'apologie des idéologies communistes et sionistes, conclue à une génuflexion, une autoflagellation qui est la plus putride que le monde connaît, voyant la Liberté dans cette Nation muselée par celles et ceux qui ne s'appartiennent pas, au nom des haillons d'une démocratie qui n'en est pas une mais le règne de communautarismes minoritaires qui contraignent jusqu'au nom de l'Être Humain pour le ranger dans le genre, qui contraignent dès l'âge de deux ans les enfants à s'inscrire dans la propagande la plus mensongère que l'Humanité ait vécue depuis la révolution culturelle Chinoise, une éducéation et une rééducation contraire à tous traités transnationaux dont se contrefiche la gouvernance installée dans sa permanence de bien pensance et de repentance, initiée par les loges dans lesquelles elle est circonscrite et enchaînée.

Ce Pays est résonance de toute la contraction temporelle que subit votre courbe d'évolution. Une honte pour l'Humanité, une honte pour son rayonnement et sa grandeur, La voyant le fait ainsi d'arrestations arbitraires, de mises au cachot, d'interdiction de circuler, d'interdiction de penser, d'interdiction de se défendre contre les hordes nihilistes que le pouvoir protège et paie, bientôt, d'après ce que nous entendons, désormais soumise au vol et au pillage consacrés par des hordes ne méritant pas cinq ans de prison, tout cela dans une enveloppe dont le désir est de voir s'y instaurer la pédophilie par les non-être qui sont insinués dans tous les pouvoirs, pédophilie qui consacre l'enchaînement de celles et de ceux qui la pratiquent et qui servent si bien les intérêts des Khazars, le vice, la prostitution, le crime, le génocide étant leurs armes favorites pour établir leur dictature universelle.

À l'échelle de votre monde, il convient d'être rassuré, car de grandes Nations se sont élargies des méfaits des Khazars et commencent à émerger de la boue dans laquelle elles étaient enfoncées, drapées dans le sang de leur Peuple martyrisé. Cela est déjà une bonne nouvelle pour cette petite terre et son humanité qui représente la Vie. La Vie qui n'a pas demandé à être l'esclave de la force brutale, de la barbarie la plus extrême, conditionnée dans un camp de concentration où l'eugénisme comme l'euthanasie seront les lois, au profit unique des Khazars qui dans l'invisible tirent les ficelles de son génocide organisé et planifié.

R : À l'encontre il convient donc d'agir, mais quelles formes d'actions ?

Thot : L'action n'est pas gesticulation, mouvement de foule dont l'intelligence diminue comme le carré de son échantillon. L'action est la mesure et surtout elle doit être individuelle, les individus n'ayant besoin de se rassembler pour se comprendre lorsqu'ils maîtrisent symbiotiquement leurs composantes.

L'action doit être ouverte et en cela non pas simplement nationale mais bien internationale à l'aide de la communication qui désormais n'est plus, sinon par les écoutes, le monopole des Khazars. Il convient que vous formiez des réseaux à travers la Planète, des réseaux d'influence garants de la liberté de l'information et de la communication, une information sur tous les actes, les faits et gestes des sectes qui poussent l'humanité vers son esclavage consenti. Il n'y a pas de lieu de l'information qui doit vous échapper, du simple fait divers, notamment de ceux portant atteinte à la personne humaine, dont on voit aujourd'hui que celles et ceux qui sont de Race caucasienne et de plus catholique sont les plus victimes, jamais dénoncés dans les médias aux ordres des Khazars, portant à l'atteinte générique des Peuples, en dénonçant les coûts exorbitants qu'amènent les immigrations massives qui ne sont là que pour détruire les Peuples en leurs coutumes, leurs racines, leur Identité, leur culture et leur spiritualité, en dénonçant toute invasion culturelle comme spirituelle tendant à défigurer la réalité historique et biogéographique des Nations, qui rappelons le seront les pierres d'œuvres de votre Empire Universel qui détrônera à jamais les garants de la perversion, de la possession.

Il convient dans l'Action, avant tout qu'elle soit culturelle, faisant venir les scientifiques comme les philosophes tus par la monstruosité qui plane au-dessus de l'Humanité comme un vautour devant la charogne encore chaude des victimes qu'elle a permise sans jamais se tacher les serres.

L'action doit donc être éducative, bataille contre l'illettrisme, bataille contre la réécriture de l'histoire par les composants de la subversion, bataille pour la restitution des idées à qui elles appartiennent, ainsi de celles de Einstein qui appartiennent au mathématicien Français Poincaré, ainsi de celles de Marx qui appartiennent à Hébert, révolutionnaire Français, etc...

La bataille que vous devez mener doit faire l'objet de consensus tant dans le domaine culturel, spirituel que politique, et faire l'objet de versement en débats dans les Assemblées constituées de chaque Nation, non les assemblées de la soldatesque des Khazars mais les Assemblées d'Êtres humains libres d'appartenance qui n'auront d'autre but que de défendre le Peuple par le Peuple et pour le Peuple, et non pour arborer cette triste trilogie, Liberté, Égalité, Fraternité, qui n'existe que pour la franc-maçonnerie inverse et en aucun cas pour les Peuples.

La bataille doit être aussi initiée dans tous les vecteurs Humains, pour défendre et faire valoir l'Humanité en composante de ses Races, de ses Peuples et de ses Ethnies, faire valoir votre petite Terre en composante de ses multipolarités et de ses Nations, afin d'advenir notamment dans cette Europe dénaturée par tout l'accouplement à la bestialité, les États-Unis d'Europe qui sera une force pour l'élévation de l'Humanité, par son Histoire dont les faits se multiplient et ne s'additionnent, par ses cultures dont les embrasements se multiplient et ne s'additionnent, par sa spiritualité Chrétienne qui n'a pas à être avilie par toute la boue de l'humanité comme on la voit actuellement représentée dans les Églises par des femmes qui ne sont que les jouets des Khazars aux fins de monter les religions les unes contre les autres.

Donc dans la face visible mettez en ordre les réseaux impersonnels qui permettront la revitalisation de cette terre asséchée par la prostitution de l'esprit au glauque et à la mort. Conjointement investissez tous les partis, toutes les associations, toutes les Ong, prenez en le pouvoir et détruisez de même les appartenances en leur sein en en prenant le pouvoir total, en les affaiblissant à un degré tel qu'ils ne puissent plus devenir des vecteurs de la subversion.

Dans l'invisible, il convient d'être clair, il faut que vous insinuiez toutes les sociétés secrètes jusqu'au plus haut niveau, afin de détruire leur cœur et en prendre le pouvoir pour, par leurs arcanes détrônés de la voie inverse, faire valoir la voie indivisible, et ici, dans ce travail qui n'est pas si monumental qu'on peut le croire, dénoncer toutes directives tendant à la mise en esclavage de l'Humanité, en fait nettoyer les écuries d'Augias jusque dans leurs toilettes, ce qui vous permettra, ici, en pouvoir de restituer la qualité attendue de ces sociétés qui désormais visibles ne seront là que pour émettre des idées et dont les membres en aucun cas ne devront appartenir à un quelconque corps de l'État, des Institutions, du pouvoir en général et ce jusqu'au plus infime.

Cela n'est qu'une marche de l'escalier à franchir, la seconde marche concerne les secteurs banque finance que vous devez investir totalement, par tous les moyens quels qu'ils soient, car en face de vous vous aurez affaire à tout ce que la lie de l'humanité compte, retorse et perverse, et il vous faudra bien employer les mêmes moyens pour reprendre le pouvoir financier et ainsi en détruire à jamais les goulots d'étranglement, ces bubons qui empêchent le corps économique de la terre de fonctionner, ponctionné est-il par l'outrance qui voit même déjà ses impétrants dévier la technique à leur seul profit, la mise en place de structures vivables tant sur Mars, qui est respirable, comme sur la Lune, qui est aussi respirable par les Être Humains, toute planète ayant par définition une atmosphère, qui dévie la médecine à leur seul et exclusif profit par utilisation de module scalaire permettant de rééquilibrer les énergies électromagnétiques de l'Être Humain, tout en initiant l'eugénisme le plus ignoble sur cette petite terre, alors que vos populations pouvaient déjà immigrer sur Mars dès les années de votre calendrier que vous nommez 1960 !

Là ne s'arrête votre travail, la troisième marche à gravir est celles des institutions Humaines, vous devez investir toutes les institutions Politiques, et détruire la subversion qui les incline, dans une guerre silencieuse faites de statisme, d'inertie, d'accomplissement, et surtout d'information sur les appartenances, dans le silence le plus total. La guerre déclarée par les Khazars à l'Humanité pour en faire son esclave sera ainsi petit à petit érodée, et la guerre que vous mènerez sera victorieuse, n'en doutez un seul instant, votre force résidant dans l'invisibilité mais surtout dans l'individualisme le plus notoire, car ce ne sont que les individualités qui permettront de détrôner le crime, la perversion et l'esclavagisme les plus répugnants que cette terre ait connu depuis que les civilisations Humaines existent.

Ne doutez de votre réussite, je le répète, il n'est nécessaire de se réunir pour se reconnaître, et cela sera votre force, une force contre laquelle aucune énergie ne peut rien, car ne touchant qu'un individu en cas de défaillance, mais en aucun cas la multitude agissant dans toutes les strates des Sociétés Humaines.

Vous verrez alors vaciller les féaux de l'usure, ne sachant qui est qui, emprisonnés dans leurs serments, ne pouvant plus discerner qui est quoi dans la fermentation des antagonismes se diluant dans l'abstraction, ce qui vous permettra dans une guerre tranquille de détruire leurs pouvoirs, jusqu'au pouvoir suprême de la finance avariée dont vous vous chargerez de remettre les fleuves en action non pour le simple plaisir de quelques individus, mais pour le bien de l'Humanité dans sa totalité, faisant apparaître alors dans les techniques les combustibles à énergie libre, les communications scalaires, les soins par modules scalaires, la possibilité pour tout un chacun de se voir conquérant de cet espace qui vous entoure, tout cela, entre autres, vous menant vers une unification symbiotique de votre planète en son Humanité, par ses Races, ses Peuples, ses Ethnies, par ses groupements de Nations, par ses Nations, qui vous permettra d'établir une gouvernance mondiale destinée au bien-être de l'Humanité et de son élévation, et non sa mise en esclavage, voyant les cultures se multiplier, voyant dans le respect multilatéral se révéler la puissance énergétique de l'Humanité en ses composantes, prête enfin à conquérir ce qui, dans le cadre de sa nature spirituelle acquise, se nomme l'Espace, qui n'est pas coordonnée de dictatures infâmes mais rayonnement de la Vie, pour la Vie et par la Vie.

R : Bel avenir qu'il nous faut mettre en œuvre.

Thot : N'ayez la moindre inquiétude, vous y parviendrez, l'Humanité n'a pas six mille ans mais compte des milliards d'années et ses civilisations les unes les autres se sont construites non par le néant ni dans le néant mais dans la prospérité de l'Énergie souveraine qui la guide, comme elle guide chaque Être Humain.

Des Étoiles l'Être Humain est venu et repartira vers les Étoiles, en condition des vies, naissances, et disparition des étoiles dont la durée d'existence est d'environ dix milliards d'années. Et ce ne sont les contractions temporelles qu'ont vécues les Être Humains qui les ont vus baisser les bras, qui doivent vous empêcher de prendre à pleine main les problèmes causés par la désorientation de quelques atrophies pour les obérer afin de convenir à l'évolution naturelle de la Vie.

L'Être Humain n'est pas seul ni dans son univers ni dans ses univers qu'il apprendra à découvrir, ainsi n'ayez la moindre crainte, vote combat sera suivi de très près et dans la mesure de vos efforts vous concrétiserez la disparition de cette contraction temporelle que vous vivez, appuyée par des vestales qui sont de l'ombre l'horreur de nos univers, et qui se servent de l'atrophie pour étendre leur pouvoir parmi les nombres innombrables.

Mais cela est une autre histoire que l'Humanité connaîtra si elle sait se sortir de la contraction dimensionnelle la dirigeant vers l'abîme. Ainsi, face à l'abîme, armez-vous du glaive et du bouclier, du heaume et de vos armures les plus fidèles qui sont les reflets de vos intelligences multipliées qui mettront fin à la tyrannie de l'abjection et de ses félons. Allez destituer Icare et son incapacité, convertissez-le à un raisonnement symbiotique avec pour simple mesure, celle de la compassion. Sa productivité verra ici sa phase terminale et libérera à jamais l'Humanité de son joug barbare. Allez... »

Ici se termine ce manuscrit qui nous a été remis par un courrier sans timbre, ni caractéristiques particulières. Nous le faisons connaître aux lectrices et aux lecteurs afin de parfaire leur culture. Il est à noter que l'original de ce manuscrit n'existe plus, il s'est dissous naturellement au bout de trois jours, comment ? Seule la science pourrait répondre...

Sagesse

Ainsi parlait ce Sage dans le Temple de la Vie :

Ainsi dans la Voie et par la Voie, allez mes sœurs et mes frères, allez ce chemin qui est de la vertu la splendeur, ne quémandez, ne glorifiez, soyez dans la simplicité, la force morale, la vérité sacrale, allez sans limite des espaces comme des temps, allez dans la gloire du Christ !

Soyez les guerriers intrépides de la Voie, par l'épée, par la flamme, défendez la Voie afin que son chemin jamais ne soit ignoré et que les forces égarées puissent trouver son chemin, car, je vous le dis, bien téméraire sera celui qui cherchera à vous destituer !

Car par le Christ vous êtes détenteurs de sa parole qui nous dit que le Fils du Père n'est pas venu porter la paix mais la guerre à tout ce qui nuit à l'ascension du Vivant, ainsi gardien de sa parole vous irez combattre la nuit et ses oripeaux, ses enfers et ses désespérances !

Car je vous le dis, il ne saurait y avoir de paix tant que ne sera pas détruit le temple de Moloch, le Temple de Baal, le Temple de Mammon, le Temple d'El Shaddaï, le Temple des marchands qui ruinent les espoirs de la Vie dans la torpeur de rets inavouables !

Ainsi prenez mesure dans la consolation qui se doit, dans la compassion qui ne se méprend, dans l'ascension qui ne se dénie, et officiez ce monde dans sa puissance, dans la splendeur de la voie du Christ Roi dont vous êtes la garde du chemin impérissable !

Guerriers, intrépides, donnant votre sang pour le sang de la Vie, car gardiens êtes-vous et dans vos remparts se réfugieront la veuve et l'orphelin, et les couronnes elles-mêmes trembleront si elles ne suivent vos augures les plus sacrées, je vous le dis en la Voie du Christ !

Car vous êtes les gardiens de la Voie du Christ et nul autre que vous, fussent-ils des religions du livre, ne peut en être ainsi, les uns l'ayant laissé crucifier, les autres ne l'appelant que prophète, les derniers reniant sa mère, la Vierge Marie, notre mère à toutes et à tous !

Prenez mesure, Ô Guerriers, ne vous laissez succomber à tout ce qui ne défend Dieu mais une image déformée par la matérialité la plus avide, une simple image de Dieu et non Dieu lui-même dont son fils le Christ Roi a montré le chemin en la Voie et par la Voie !

Soyez en toutes circonstances de pure et noble intention, soyez en compassion des religions divises car elles viendront au saint nom du Christ Roi dont vous êtes les souverains sans exil, dont vous êtes les combattants tel Saint Michel par la Voie en la Voie et pour la Voie !

Soyez tolérants mais intolérants à la tolérance initiant la Vie dans la boue et ses supplices, hissez les couleurs du Christ Roi et sortez vos glaives pour défendre la Vie partout où elle doit être défendue, par toutes couleurs des Êtres, femme, enfant, homme, sans distinction !

Car en vérité, je vous le dis, le travail est vaste, le travail est immense par toutes mesures des œuvres édifiées, par toutes mesures des œuvres initiées, par toutes mesures des portes de ce monde qui hurle sa douleur sous les coups du nihilisme et de ses prosélytes agités comme des pantins par ce qui n'est pas humain et le sera jamais !

Dès lors ne baissez votre garde, qu'elle soit haute, courageuse, volontaire, Ô Guerriers de la Paix, sans invective, sans haine, avancez par ces chemins détroussés par les voleurs, les pillards et les violeurs de la Vie, ces hyènes en furie qui se drapent dans la vertu de la matière et de ses nombres !

Vous les trouverez en chemin et ils ne vous reconnaîtront pas, car ils sont aveugles et muets dans la stupeur des ors qui les lapident, dans l'atrophie du langage humain où ils ne cherchent leur demeure, ne la trouvant que dans le sang d'autrui et dans la férocité du chacal qui hurle après la charogne qu'ils se disputent !

Vous les trouverez dans la confusion de ce monde, dans ces esprits troublés qui ne savent quel est le chemin à prendre et suivent comme des animaux la plainte des hurleurs, de ceux qui les mènent à l'abattoir et qu'ils congratulent de leurs élytres, dans des soupirs muets qu'il vous conviendra d'éveiller !

Car le Christ, ici, est renié, car sa Voie est fermée par le six que combat le sept, dans l'impuissance du visible, gardien de l'invisible attendant le visible, vos cohortes en nombre, vos légions à perte de vue, vos assemblées prestigieuses qui ne sont artifices et splendeurs de novices !

Comprenez qu'il ne tient qu'à vous, Gardiens et meneurs, veneurs de haut renom, pour que l'Humanité sorte du gouffre et du précipice vers lequel les mènent les oublieux, les taciturnes, les ridicules, les talismans de quincailleries déversant leur puanteur nauséabonde sur toutes rives de ce temps !

De vastes fresques, de vastes chants, viendront aux lourds tambours de bronze annonçant vos victoires, car par le Christ vous serez vainqueurs, car nul ne peut vaincre le Fils de Dieu, né de la Vierge Marie, sa Mère en majesté, dans la splendeur et dans la munificence de toute ordination !

Se joindront à vous bien des racines et les racines elles-mêmes, toutes les Races de la Terre qui se respectent et dans la nature même de leur beauté multiplient la désinence de la Vie, par-delà le naufrage de leur désintégration qui est l'insanité de ces temps, et leurs Peuples par le Christ se lèveront dans un seul élan !

Et viendront aussi à vous les humbles, les estropiés, les malades, les simples d'esprit, que vous accueillerez et soignerez car toute Vie est indispensable à la Vie, vous les libérerez du carcan de l'euthanasie, cette morbidité qui est une insulte à la Vie, vous les élèverez dans la conscience du Vivant et de son éblouissant message !

Des cohortes en nombre, par toutes faces de la Terre, des légions souveraines sur toutes surfaces de la Terre, vous prendrez mesure et reconquerrez cette Terre malade de la nuit et de ses outrages, voyant face contre terre l'Humain lorsqu'il doit élever sa face vers le ciel, prendre la Voie du Christ pour reconnaître la puissance de Dieu !

Car Dieu n'a pas d'autre image en ce lieu comme en ce temps que l'Être Humain, et non cette chose qui se flagelle, ce genre qui se prosterne, cette larve vide de conscience, l'esprit nu, qui comme un automate obéit, acquiesçant à toute demande des barbares qui l'enchaînent, le spolient, le dénaturent, l'avilissent et le détruisent !

Prenez mesure du désarroi, des divisions faméliques, des remparts stériles, des autorités serviles, prenez mesure et déployez l'oriflamme du Christ par toutes voies afin de soustraire l'Être Humain à l'esclavage le plus morbide, à son chemin de croix par milliard répété pendant qu'agapes se font de son malheur tout ce qui est déshérité tant de la Terre que des Cieux !

Prenez mesure Guerriers de la Vie du déploiement constant qu'il vous faut mettre en œuvre sans jamais vous lasser, sans jamais vous décourager, sans jamais un seul instant accroire que vous ne seriez point assez fort pour renverser les idoles, fussent-elles à la ressemblance de l'Humain alors qu'elles n'en sont que dénatures !

Le bien doit surmonter le mal qui fait partie du tout, le cantonner dans ses seuls méandres où il poursuit sa route vers le néant, qui ne doit en aucun cas être l'apogée de la Vie, car l'apogée de la Vie trouvera sa constitution dans le bien, dans la nature même de la Vie que personne ne peut détruire !

Laissez aux miasmes ce qui est aux miasmes, laissez à l'agonie ce qui est à l'agonie, laissez les morts vivants s'effacer dans la mort, ils n'ont aucun intérêt pour l'avenir de l'Humain en ce lieu et en ce temps, et leurs poisseux filets en ce sens ne recueilleront ici que bien peu d'élus que vous laisserez dans leur marais putride !

La Vie est un combat par tous lieux, en tous lieux, la Vie s'élève malgré celles et ceux qui cherchent à la faire péricliter, la Vie est en la Voie, et la Voie montrée par le Christ Roi est sa monture fougueuse, sa désinence souveraine qui mène vers le Père du Christ, Dieu, l'Absolu Souverain que rien ne peut défaire !

Vous en êtes Gardiens et comprendrez qu'il n'est nécessaire de convaincre ce qui ne peut être convaincu, qu'il n'est nécessaire de combattre la lie mais la laisser dans ses ornières, et que votre exemple seulement permettra de voir de ces bourbiers renaître au vivant des Êtres hier perdus, ce jour éveillés !

Ils viendront à vous, ne les délaissez, bien au contraire faites leur voir la réalité au-delà de leur virtualité, de leurs odes factices, de leurs vanités d'éblouis, et ils seront alors vos meilleurs écuyers, si tant en devoir de racheter leurs âmes ensevelies sous la boue putride de leurs latrines débordantes d'une haine irascible !

Bien d'autres seront les féroces combattants contre lesquels vous devrez mener des guerres silencieuses, ces guerres qui ne vous verront dans l'œuvre alors que vous serez à l'œuvre, impitoyables et consciencieux afin de taire les vils gémissements de la torture qui s'impose et broie toute Vie à la surface de la Terre !

De vos chemins marquée la Terre recouvrera la Liberté, voyant sa nature ultime non se réfugier dans les litanies et les chaînes de la bêtise, de l'atrophie, et de la dérision, mais bien au contraire multiplier ses voix, qui dans leurs cycles épanouiront le devenir comme l'avenir dans l'enchantement et non sa prostitution !

Ne vous laissez impressionner par quiconque, car Chevaliers de l'Ordre Naturel, à votre combat se joindront les armées aux mains d'usurpateurs, aux mains du néant, aux mains de la barbarie, qui se trouveront seuls dans leur déréliction et leur atrophie et chercheront encore des voix dans le nihilisme qui est leur tare !

Ce nihilisme se résorbera de lui-même, la nature Humaine ne pouvant que se redresser de son naufrage, et vous verrez alors que la soif des Peuples viendra, la soif de cette unité symbiotique qui est celle de l'Ordre, de cette puissance qui n'a besoin de suffisance pour Être, qui n'a besoin de décor pour assumer sa vitalité rayonnante !

Que restera-t-il après vos victoires sur l'illusion, quelques cannibales, quelques illuminés en addiction morbide, quelques oublieux, quelques centaines qui se disperseront sous le vent de la Justice, sous le vent de la Beauté, sous le vent de l'Harmonie, sous le vent de l'Unité majestueuse qu'initia le Christ Roi en la Voie et pour la Voie !

Prenez mesure, et déployez-vous en tous lieux et par toutes strates, en toutes institutions et en toutes gouvernances, tressez vos oriflammes pour chasser à jamais les miasmes qui les emprisonnent, l'heure est venue de forger sur l'enclume le glaive de la Paix qui jamais ne doit faiblir devant les miasmes qui pullulent, car de sa puissance le gardien de l'Ordre qui demeure et ne peut tressaillir !

Ainsi parlait ce Sage regardant les légions de la Vie s'ordonner pour combattre et réduire à néant le néant maculant la Terre de sa barbarie la plus votive...

Des vagues de la Mer

Magnificence des vagues sur la Mer, et des écrins fauves, et des nocturnes amours où les sens dans l'embellie des roses safranées d'or pur s'en viennent distiller, sans chagrin, les épervières randonnées, inscrivant nos noms sur le ciel dans la clarté solaire qui s'envole, lorsque le chant s'adresse aux papillons moirés de songes et que les cygnes noirs légifèrent les lendemains à naître.

Tandis que l'onde s'apprivoise au parfum des règnes, que les saules mûrissent, dans un attentif engouement où les mousses se mirent, d'alouettes messagères aux vastes navigations des fluviales arborescences, rejoignant l'Océan, l'Océan, aux mannes hivernales déjà thuriféraires d'opiacées blondes en semis, là-bas, dans les cohortes des Îles alanguies où le soupir des houles dans la fraîcheur des matins équinoxiaux inscrit le Verbe et sa pâmoison de rêves.

Aux voix enseignes de portuaires dimensions qu'effleurent les alizés de leurs caresses vierges, natives des larmes du couchant, et des sourires espiègles de ravissantes ondines nageant l'eau claire des lagunes, dans le cristal de la beauté qui s'émerveille, dont les racines tendres affluent les nefs immaculées du rire et de la joie, essaims en tresse des lilas et des roses guerrières.

Des jacinthes et des miels d'acacia dont sont friandes les abeilles en majesté, ainsi dans les mélopées qui gravissent les monts d'opales et les vertus souveraines, que la beauté sans sommeil déploie, que le miroir des mondes enlace de ses stances épousées, ainsi la nidation des âges bruissant de serments, de veilles et d'équipages irisant ces vastes féeries d'étoiles dont nous sommes passants et mages, bâtis d'ivoire et semences de règnes...

À mon Frère Régis ⛫† 28/02/2014

La souffrance s'est tue, il n'y a plus lieu d'avoir peur, d'avoir faim, d'avoir à veiller, en ce lieu. L'univers s'accomplit, et ses portiques s'ouvrent sans limites. Présences, les Énergies accueillent, reconnaissent, dans l'amour unissent les directions à prendre, qu'un regard évalue. Fractals sont les chants, la vibration qui les porte irradie la souveraineté. Il n'y a ici que l'espace en l'Absolu divin, une féerie d'arcanes qui ne se contemplent mais ouvrent le chemin vers la douceur lumineuse du respire de cette force énergétique qui devient, authentique, laissant à l'abri dans les moissons de la terre, parents, sœurs, frères, enfants, proches et fidèles, à la conjugaison de l'avenir du microcosme.

Nous y voici, doit se dire la novation, clameur en accord de l'éternité qui veille. Il n'y a ici ni nuit, ni jour, mais la cristallisation solaire, multipliée à l'infini, parcours de l'Âme qui s'épanouit, voguant les astres et leurs membranes, les cils opalins aux fréquences reconnues et d'autres méconnues, qui sont invitation, essor, devise. Et l'Amour y est plénitude, du tout en un et du un en tout. Quelques éclairs en déciles reviennent du temps, déjà antique, comme un revenir qui se déploie, aux visages aimés et à ceux passés, en considération de la syntonie effective symbiotique qui se doit.

Passage, temps désormais imaginaire, l'espace est un appel dans la reconnaissance du tout, aux indivisibles désinences, lien de toute participation active, déjà dans les portes franchies, demeure du sillon. Éclair de la saison nouvelle, dans l'instruction secrète de la pérennité qui se doit, où l'agrégation comme le détachement ici sont écumes. D'une force à l'autre, empyrées des songes qui ne se disent, ni ne s'évoquent, mais se vivent. Tremplins vers d'autres destinées que l'accomplissement réclame, ou point d'orgue de la félicité de l'accompli, l'un comme l'autre toujours en liaison, l'un pour l'autre, hissant au plus noble essor l'aventure qui fructifie.

Aux œuvres en répons, les prières s'en viennent, douves de l'harmonie qui parle l'autorité du Chant sacré qui perdure, ici dans l'hymne même de la cohérence qui sied, tandis que s'écoule le flot des mystères conquis et que de nouveaux mystères s'éveillent. Croisement des chants dans la vibration souveraine initiant de spirales en spirales la nature féconde qui devient guide, après le témoigné, après cette escale dans le souffle qui ne se voile, distanciation dans l'effort structuré. Composition aux méandres du labyrinthe du désir le sort qui se perd où ne se perd, veillant l'inéluctable retour où la compréhension du Chant, dont l'azur toujours répond.

Qu'il n'y a lieu donc ni de peur, ni de frayeur, ni de déshérence, le climat de l'hymne retournant à l'hymne dans une architectonie sans failles, toute présence étant nécessitée, dans le cœur même du tout qui serait, sans cela, inexistant. Ainsi dans l'aube qui se lève, dès lors, que sèchent les larmes, que se taisent les cris, que se gardent les humeurs, ainsi dans ce retour qui vient, dans cette aube sans limite où viendra l'heure du choix, revenir ici ou ailleurs en correspondance de l'apprentissage du microcosme, de l'ultime perfection comme de l'ultime compréhension, conjonction de l'aventure du macrocosme. Que cela soit, et cela sera, par-delà la vacuité, par-delà l'ignorance insipide, car tel est le dessein, car tel est le destin de toute Vie. À Te revoir, Mon Frère !

Digression

Voici donc des ramures les ascensions, ces cristallisations mentales qui sont essor, incompréhension, frayeur comme terreur lorsque incomprises. Ici ne faut-il s'astreindre mais regarder avec la compassion qui sied, car toutes projections ne sont que des reflets dans le cristal qui se doit, et dans la commisération s'astreindre à un regard détaché, sans répulsion, sans concaténation, l'œuvre en sa moisson se devant d'atteindre le but de la raison et de son éminente perception.

Qu'y voir dans ces degrés, sinon la compréhension des ondes de lumière qui sont représentations qu'il convient de naturer dans le souci seul de la perfection, délaissant les prismes voyageurs, les éclairs moités de songe comme d'ivresse, afin de naître à la flamme secrète de l'illumination, cette perfection qui frappe au centre, à l'est, à l'ouest, au nord, au sud, initiant participe les couleurs les plus vives comme les plus ternes. Ce jeu d'arc-en-ciel est la mesure, et le respire lui-même, qu'il convient d'embraser dans la luminosité et non dans ses ternes ovations, afin de parcourir les stances du chant sacré qui formule la raison du surconscient qui veille.

Ici se tient la source comme une féerie à laquelle il convient d'ester et rendre compte dans la mesure sans oubli, évaluant les sources comme les continuités dans les serments qui agissent, consument, magnifient, glorifient. Leurs chants recherchent le damier mage, l'équilibre naturel, en la possession de l'œuvre, en sa gravitation comme en sa fermentation. Voici le cil et son ombre, sa pluralité exonde, mais aussi sa pure désinence, une altière définition qui convient et enlace, en laquelle et de laquelle surgit la potentialité, celle qui permettra au tout de se régénérer.

Divine essence en écrin permettant toute renaissance, de l'accompli l'espace fabuleux, de l'oublieux où du non accompli, le renouveau dans le microcosme, et parfois dans l'incarnation sublime l'héritage du tout en demeure. Il n'y a que l'équanimité pour principe afin de franchir les quatre-vingt-dix-neuf portes, quarante-neuf dans la splendeur, quarante-neuf en miroir où l'ombre mûrie pour naître à la lumière, et la dernière, dans la somptuosité qui se révèle, la porte de l'Aube dorée. Il n'y a ici de crainte, de peur comme de frayeur, qui sont des flux négatifs, mais l'assurance de la détermination qui se doit, qui se doit comme celle du lion impassible, comme celle de l'aigle azuréen, scrutant l'un l'autre la surconscience qui s'éveille.

Lâcheté, laxisme, n'y sont de mises, dans l'orientation qui se doit d'être implacable, en résonance de la vibration du chant qui ne s'estompe, mais doit en devenir se maîtriser afin de parfaire la volition. Et les nombres sont là, de décisives impétuosités pour se garder des ternes voix qui immobilisent, et dans et par cet immobilisme même doivent interpeller, dans la vision l'exsudation d'énergies fossiles et oubliées dans l'oubli le plus aphone. Et ces vagues en séjour seront de par ces nombres qui se ramifient dans les spirales démultipliées officiées, voyance des sept mondes qui ne s'isolent, empreintes de ce que l'on nomme le passé, le présent, l'avenir dans le microcosme par le microcosme ouvragé.

Ici les passages s'ouvrent des plus humbles, des plus doux, mais aussi de ceux que l'on nomme terrifiants, images de l'esprit des terres antiques qui flamboient le destin de chaque énergie qui se signifie. Pondération, mesure, détermination encore dans ce choix des apparences qui sont issues de la nécessité qui gravite, le respire y trouve son ascension ou bien sa réincarnation, suivant les modalités du vécu, non du vécu instantané, mais du vécu global dont la fréquence harmonise le dessein. Voici l'onde et l'onde comprise et prise dans cette route de la vacuité devient intensité, immensité, alors que les rencontres des énergies façonnent les lendemains à naître. Où tout un chacun demeure, un cycle de puissance, un cycle de jouvence, un cycle de compréhension, un cycle de pardon, un cycle d'imagination, stance du chant qui veille, s'ouvre et s'intensifie, épurant les miasmes comme les scories afin d'ouvrager le règne de nouveaux passages, devenir de l'espace majestueux, venir du microcosme en majesté, par volition ou couronnement, et dans l'apothéose rayonnement régénérant le tout, avant de nouveaux voyages.

Ainsi dans l'azur du verbe qui ne s'achève mais, bien au contraire, se fortifie, explorant toutes faces de la multiplicité infinie des univers qui gravitent et se perpétuent dans le tout, lors, que poussières d'étoiles les âmes délibèrent, s'éblouissent, s'unissent, se ramifient afin de signifier la Vie, par toutes faces, en toutes faces et ce dans l'éternité. Ainsi le dessein sans déshérence qui attend tout un chacun en sa capacité de compréhension, en cette fastueuse animation vibratoire qui concilie l'inconciliable, la vertu en demeure, l'équanimité pour principe, délaissant le fugace pour l'autorité du Verbe qui se doit.

Nous en sommes équipages des plus bigarrés aux plus exubérants, hâlant de rivages en rivages nos parturitions émondées, sacralisées, hissant d'écume la rencontre entre la transcendance et l'immanence afin de favoriser les vents altiers, ceux qui en spirales sans équivoques fondent, au-delà du temps comme de l'espace, la gloire de la Vie dont chacun est participe. Et nous ne dirons jamais ici, que par la multiplicité des portes, la voie du Christ est un des répons les plus favorables, en cette force et par cette cristallisation de la vague azurée scintillant une blancheur d'écume qu'il convient de suivre au regard de notre Tradition Occidentale, ce qui n'exclue aucune autre porte au regard de la somme des actes initiés de réincarnation en réincarnation.

L'Éternité qui veille

Sans errance aux marches du Palais, sommes-nous d'Arya les mystères éployés, et nos ailes survolent les paysages clairs de nos ancestrales beautés, équipages de lys frontons aux écus d'aigles de mystiques allégeances, aux montures sacrées enseignant l'aventure et l'honneur, la gloire des victoires, les paix ardentes, dans l'écume fauve et blonde de nos sites impériaux, là, ici, plus loin, de conquêtes épousées, où nos yeux verts et bleus embrassent l'horizon, d'étoiles en règne la prestance guidée de serments souverains.

Voyant aux brumes altières se féconder nos sols composés, que nos ardeurs débordent devant les esquifs sans gloire qui paradent, ces Levantins de l'histoire dont l'insolence est un crime, un parjure et une injure pour notre sang, nos lignées et nos Peuples tutélaires, témoignage de combats de haute volition, embrasant les espaces de nos cris de guerres, dans le ressac des épées, dans la violence du choc frontal, dans l'oubli de soi pour la survie de notre Race.

Ainsi dans le feu, dans la poussière, la pluie, la neige, notre sang donné, alors qu'au crépuscule les bûchers s'enflamment, emportant nos héros aux rives des fleuves des Azuras, contraints et secrets de péripéties nouvelles, de forge ciselée, que les vêtures du printemps ne suffisent, alors qu'un arc-en-ciel éblouit la sphère et ses éclairs, ainsi aux fenaisons de l'ouest, tandis que s'éclot le parfum des roses, dans le serment qui nous lie.

Ce serment de la Vie que personne ne peut altérer sous peine de se nuire à lui-même, et nos pas au Soleil de Midi, gardien originel de nos Temples sacrant la Croix sublime de la Vie éternelle, et nos marches en nos royaumes magnifiées, voyant, augures, nos mannes à propos, l'enseignement du Verbe composé, dans les nuances médiatrices de hauts faits et hauts traités qu'enfantent nos poètes, nos musiciens, nos sculpteurs et nos peintres dans le chœur du firmament dévoilant l'artiste en chaque âme de nos champs.

Épices de blondeurs semées aux éclisses des cheveux d'or se mouvant dans l'azur de nos femmes déesses de nos écrins enfantant le secret vivant de la perpétuation de notre espèce, initiant dans la théurgie des complémentaires affinités le pouvoir de la paix légendaire et assumée, jusqu'à nos frontières ouvragées, dans le Droit et par la Loi, dont les nefs irisent toute prestance de nos voix, là, ici, plus loin, dans l'harmonie de nos corporations, dans les agrès de nos défenses et dans l'ardeur de l'éducation.

Aristocrate de nos moissons sans oublis de leur force intuitive derrière l'harmonie de leur grâce, qu'ivoire le Pouvoir dans la clarté des mondes où nos têtes blondes vivent dans l'ordre comme la sécurité, que nous assurons dans l'équanimité de notre charge, dans et par le don de notre vie ici, en ce lieu, afin que se pérennise la nuptialité de nos essors, vaillance, en charge des exploits que content toutes les rives culturelles, de la simple phrase jusqu'à l'éblouissement et la mise en scène de toute viduité, distribuées par tous les alizés de notre temps.

Ainsi le Chant qui se manifeste, se répercute, s'initie, se développe, se concatène, éblouit l'Unité Vivante en marche vers son exfoliation, dessein des œuvres aux marches des palais où par le quartz reflétant leurs facettes, se tiennent les fresques de ces mondes qui se côtoient, s'interpénètrent, s'animent, et, dans les circonvolutions énergétiques qui les tressent, orientent l'éblouissant rivage essaimant la volonté, cette conscience inoubliable d'appartenir à ce qui ne peut se nommer par de pauvres mots.

Une luminosité fantastique œuvrant par-delà le temps comme l'espace l'équilibre de toute majesté, des sens compris la définition qui nous déploie dans l'azur, tels ces Aigles qui volent au plus haut des cieux, afin de scruter leur aire et la protéger de tout défi, de toute haine, de ces maux qu'il convient de vaincre pour vivre, afin d'essaimer la splendeur, là, ici, plus loin, toujours plus loin, dans ces immensités livrées à l'errance, à la sorcellerie, au cannibalisme, à la destruction, afin de parfaire la Voie dans son ascension, sa fulgurance, sa droiture, son exigence.

Qui n'est celle de la cacophonie, de la désespérance, des lamentations, qui n'est celle des jacasseries de perroquets vaniteux et surfaits, de cette ménagerie qui sue la peur, qui pue la mort des chairs, qui suinte du sang des innocents, qu'il convient de destituer de toutes ordonnances afin que le chant de la Vie puisse s'épanouir, ainsi alors que nos chœurs de guerriers de la Vie s'élancent vers l'horizon, pour enchanter les mondes et les soustraire à l'esclavagisme de toute prédation, la prédation monstrueuse, la prédation de la barbarie.

La prédation bestiale, qui végète dans les esprits lâches et fourbes, anémiés et tributaires, en provenance de ce qui ne dépasse pas la larve qui se croit déité, combat s'il en fut de plus aristocrate pour tout un chacun en nos forces qui se dédient à la survie de notre Race, celle qui enfante ce monde, debout au milieu de l'adversité, tressée et ceinte de l'oriflamme de la souveraineté qui nous est racine, conscience et détermination que rien ne fera faillir, fut-elle au milieu des ruines, ainsi lorsque se lève diamantaire, à l'est, le Soleil invincible de notre Éternité qui veille...

Comme des signes

Comme des signes s'en viennent de vastes fenaisons, les houles à propos, clameurs des âmes fécondes, de l'empyrée, lèvent leurs cristallisations, pour offrir une nef nuptiale, parcours de l'invincibilité, aux bourrasques comme aux tempêtes, d'obsidienne le nacre, de cèdre le pont en majesté, des souffles le lin mordoré des voiles tissées, nantie de cet équipage glorieux que la vie illumine, de joie, de corail, de quartz et d'or, rives parchemins semées de mines et de cimes toutes plus nobles les unes que les autres.

Assouvissant le fer comme le cuivre, les minerais rares des alluvions, dans le cil de la vertu qui se prononce, cargaison de moires et d'ivoire, de granit et de schistes, voyant d'écumes blondes les essors contraints initier les paysages les plus denses, des forêts virginales aux sables d'émeraude, des clairières agraires aux orées de frêne, des mousses chenues aux blés de senteurs safranées, estampes de fleuves incarnés dont les rubans s'éprennent comme une ode.

Passementerie du souffle naviguant, levant d'oriflamme des hymnes qui transparaissent, obéissant à la mesure de toute divinité, qui des lagunes, qui des anses, qui des sites partagés, œuvrés, manifestés aux clairs échanges qui s'évoquent, draperies de l'orient, ferronneries du couchant, pacotilles bigarrées du septentrion, faunes aussi au pelage vigoureux, hurlant la méprise du sort que d'être prisonniers sans rançons du lendemain, les yeux épiant, la racine des fossettes crispée de ne plus se savoir maître d'un avenir.

Tandis qu'en périphérie de stridentes harmonies s'affrontent, avaleurs de sabre, cracheurs de feu, diseuses de bonne aventure, danseuses exotiques aux pas charnel dont l'éloquence émousse les regards des passants, orbes en semis des nectars qui s'exposent, allant en leurs filets les pulsations des heures, les enfantements des songes, alors qu'au vent distrait, les prières des temples effeuillent la noblesse du vivant, l'accentuant à un respire calme, olympien, par-delà les répulsions comme les désirs.

Dans l'équilibre des règnes, dans la secrète harmonie qui est splendeur de toute onde qui se respecte, se transmet, s'initie parfois, se contemple toujours, ainsi dans le vent, sous le soleil de Midi, azur des flots des terres du sérail, épousant ce cycle de la féerie des âges par l'espace engrangé, visitant les citadelles de l'aube comme du crépuscule, dérivant des repos altiers les agapes surannées, où s'adressent les ombres pour clairsemer d'histoires les vagues aux aventures mystiques et profondes.

Reprises par les chœurs enseignés, aux portuaires moissons des graines et semences, fruits aux nectars d'illusion, fèves des prés aux mystères éveillés, que chante le buccinateur aux espaces des gréements officiés, de paroles mages aux perfections votives incitant les uns les autres à cette communion qui se lit dans les yeux des enfants, celle de l'appartenance, résultante dont la motricité est liée invariablement à la rémanence des racines qui ne s'oublient, se fortifient et, grandioses, énoncent des fresques de majesté, de grâce comme de certitude au déploiement natif, irisant les regards de cette étincelle matricielle qui est le feu de toute destinée.

Épure des cils éveillés qui frappe de son glaive la distorsion, afin de concaténer les énergies et les élever vers l'infini, candeur des rêves qui s'estompent voyant de fiers cavaliers franchir le Rubicon des âges pour prononcer la gloire de la victoire sur les prurits des heures sauvages et barbares, mannes sans repos des heureux présages, de ces puisatières circonstances levant des oriflammes de bravoures, et des instants magiques que pleut le ciel en son dessein qui n'est autre que le destin des Êtres au Levant.

Libérés des carcans des menstrues glauques et stupides, des trafiquants d'esclaves et de joyaux, des livres de comptes et des sérails enturbannés de pestilences ovipares, dont les fumerolles sont les inquiétudes des temps qui passent, et qu'il suffit de sombrer dans l'abîme pour retrouver le pur éclair des cimes, venue de haute passementerie de corolles enivrées au fer de lance des guerres à venir qui dissoudront dans la nue les fresques de ce monde sans lendemain, cette hydre aux cent têtes qui se couronnent lorsqu'elles ne sont que celles de quelques marchands sans devenir.

Ainsi l'écume et la forge qui se gréent tandis qu'en l'aventure se mêlent les auspices des clameurs accouplées, des cils les vertus, des actes les volitions, des chants sans amertume l'iris du renouveau qui parle et partage cette parole par tous les flots de cette terre gravitant l'espace, son sursis comme sa semonce, ainsi alors qu'épanouie se dresse vers le soleil l'incarnat de la Vie en ses splendeurs communes qu'il nous reste à engranger pour le salut des mondes et la beauté des règnes, là, ici, plus loin, déjà demain dans la rosée du matin dont les flamboyances vives sont constellations du vivant et de ses œuvres multipliées, azur d'une fraîcheur incommensurable que le temps avive de ses parfums mélodieux...

Moisson

Et comme nous descendions le fleuve impétueux, entre les falaises boisées de Myrte, nous fûmes accostés par les errants de Mandar, conduits en leur refuge de Styx, où après de multiples palabres d'un commerce de perles et d'ivoire, nous assistâmes au festin de leur maître, Esa le magnifique.

Il y avait là, enturbannées de soie d'Amarante, des filles nuptiales et des éphèbes somptueux, d'androgynes danseurs fous, chamans par leurs cris, leurs contorsions, qu'un abîme sépare de toute définition. Esa nous demanda de nous restaurer parmi ses convives, des Ouabs du désert des scythes, des illuminés de la citadelle Gramont, des vertueux initiés au soleil de Parsis.

Tout en participant à ces agapes, nous écoutions les voix, les une monocordes, les autres stridentes ou basses, conter les périls de leurs voyages à travers les marais de Dyzan, aux frontières des éclipses, et par les dunes de cristal de Saphyr. Toutes enchantaient et encensaient notre hôte qui les avait accueillis avec déférence.

On disait qu'il serait difficile de partir de son fief qui tentait toujours de convaincre les plus nobles comme les plus intelligents, les plus vifs comme les plus instruits, à ses écoles du vivant qui essaimaient sa sphère. Déjà dans le souffle qui s'érigeait, nous étions sollicités pour glorifier ce fief. Il y avait là mesure à réflexion, et nombre d'entre nous, qui du commerce, qui de la guerre de la paix, qui en son savoir, était tenté par cette aventure.

Je décidais, pour moi-même, d'aller à la rencontre de cette vie nouvelle, n'ayant d'attache quelconque, ni de Pongée, ni de Laurasie, mon Peuple, englouti par la course folle des astres, n'étant pour moi plus qu'un objet de prière. Ainsi donc je participais désormais à l'épopée qui ne laissera trace dans l'Histoire multimillénaire, que par ce chant qui est le conte d'Esa le magnifique.

Des cimes de Neptune aux vertiges de l'arctique, guerrier passant, ma communion fut une primaire certitude, voyant des calmes latitudes développées en dithyrambes processions. An de l'aube nouvelle, je marchais loin des soupirs et des larmes, qui des mères, qui des filles, voyant mesure d'une éclaircie soudaine, jusqu'aux remparts de l'Hadès.

Un vent formidable poussait nos caravanes et les animaux de traits en subissaient les assauts, tandis que, protégés par des voiles en nombre, nous espérions le jour neuf où le soleil embraserait notre sérail. La course en cet arc fut de cent lunes et plus, et le jour solaire éclaircit cette brume, voyant maîtres d'équipages en tête, chevaliers du talisman, ordre auquel j'appartenais, ouvrir les bras du monde à tout un peuple chamarré, dont les ovations résonnent encore aux sources puisatières.

Là se dressait un monolithe d'airain, érigé au viaduc des âges, portant les insignes de la splendeur d'Esa le magnifique. Permissif du levant, ses décors de marbre enseignaient le long cours des étoiles, des naines guerrières aux géantes rouges ciselées, la gravitation, et bien plus sa manipulation.

Chacun d'entre nous devait en prendre connaissance avant que d'aller, ramures, vers les multiples univers couronnant Esa. Et ses prêtres en semis, vêtus de la toge de lin à l'insigne du tétraèdre, nous éveillèrent à ce chant divin. Il y a là maintes histoires sur l'art de voyager par les temps et les espaces, inséparablement liés mais toutefois volatiles, ici ne fut retenue que leur repliement suivant les notes sacrées des sphères et de leurs horizons.

Je ne regrettais d'avoir rejoint le levant d'Esa, découvrant ses multiples facettes allant les nacres guerrières comme les ressources des sciences, dans l'apothéose des arts, et dans ce secret écrin délibérant le talent de chacun, afin d'ouvrir ce monde à sa perfection. Ce monde, que dis-je, un miracle de mondes aux citadelles en majesté, de l'ivoire, du schiste, de l'obsidienne et du corail les tours crénelées, un vertige architectural se fondant dans des natures, parfois hostiles, dont les somptuosités nous enseignaient l'humilité.

Ce fut, dans la logique de l'apprentissage des mémoires essentielles, des ornements du feu, et de la maîtrise de ses chants, de l'épopée humaine en ses branches et variétés, de leurs empires, que graduellement j'advins cénacle d'un des mondes conquis par Esa. Puis, familiarisé avec la gestion de ce monde tant en économie qu'en politique, il me fût donné la maîtrise de la neuvième flotte du tétraèdre.

En déploiement avec la myriade des vaisseaux de cette flotte, j'allais le monde des univers, découvrant mille parfums, conquérant de la Vie en la Vie et pour la Vie. Visiteur de mondes flamboyants, exquis ou hideux, trouvant ruche du Vivant pour l'agréer à son élévation, combattant la nuit et ses mystères, organisateur du jour et sa lumière, je passais les mille lunes suivantes dans ce préau du macrocosme.
Et que de ne voir, il y avait là les rêves exaltés, les songes épurés, aux floraisons vivaces, demeures solsticiales des âges qui se respectent et s'associent. En foule baignée d'encens et de myrrhe, leurs cieux irisaient de fauves brumes les faunes les plus denses, aux variétés de flores séquentielles, aux arbres aux lichens roux d'eaux limpides qui vous transportent et vous parlent de leur aventure surannée.

Étranges vagues en mémoire, au levant des houles de sulfures par les déserts ocre et spongieux, étranges de même de souffles vivants en formation marchant lentement vers la clairière de la Vie. Et des us et coutumes, tant de civilisations reconnues, que leurs styles se mêlent d'un horizon semblable, celui du destin de la Vie, couronne somptueuse aux variétés infinies se dressant en oriflamme par toutes surfaces des terres rencontrées.

Du cil la clarté de ces mondes, je fus Mentor puis nommé Consul, dire de la volition des Peuples en leur dessein, et devenu familier des rouages de l'Empire, Esa le Magnifique, conscient de mon pouvoir de décision, me fit entrer au cénacle de ses pairs afin d'ouvrir ses mondes aux floralies synergiques, et ne plus laisser mesure à une quelconque tyrannie.

J'allai de nouveau l'Espace et ses méandres aux grands ruisseaux des algues nous précipitant par-delà les temps aux règnes en accord. Là je rencontrais d'eaux vives des guerres de Titans, aux marges frontalières, là où se tressent d'autres empires en voie d'accomplissement, jeunes et dynamiques, ne connaissant encore la symbiose et se figeant uniquement dans l'osmose.

Ce furent-là de graves décisions, des sorts de multiplicité, et bien plus encore des choix terribles pour que survivent des stances des élytres les fulgurations de mondes à venir. La voie était tracée de cette correspondance que seule la dramaturgie peut correspondre, dans l'éclair de la sagesse qui se doit, dans la pesée des sorts par les espèces, loin de la gratuité d'une spontanéité agressive, loin des agitations morbides, encore plus loin des décisions hâtives.
Un apprentissage, s'il en fut, calmant les révoltes, initiant la paix et le partage, la reconnaissance du respect multilatéral, le développement de toutes ressources, un apprentissage où rien ne devait transparaître des émotions les plus vitales.

Ayant pacifié nos frontières adventices, je devais maintenant accorder nos mondes à l'aquilon de la voie sacrale, celle permettant à chacun des Êtres de reconnaître et parfaire leur exfoliation énergétique, de vivre en harmonie et correspondre par les complémentarités naturelles à la solidarité harmonique du un en tout et tout en un.

Les Sages devisaient ce sort depuis des milliards de lunes, les Mages y accédaient, quant aux Guerriers, ils en étaient le fer de lance, et au-dessus comme en dessous, nous étions là, porteur de la rémanence de nos mondes pour délivrer ce message dans le cœur du vivant.

Mesure épithéliale, ce cœur me fut donné après mes périples multiples et variés, qui durèrent ce que durent les roses, tant la tâche était considérable et que le temps disparaissait en ses orbes. La porte des neuf me fut ouverte. Je remplaçais le monarque Drachnien, dont la légende n'est plus à conter, parti vers l'énergétique persévérance. De talents en talents j'en devins le guide ce qui me fit devenir le conseil d'Esa, en sa garde rapprochée.

Et voici dans cet âge avancé, toutes les prouesses que je fis, bâtissant cette famille qui maintenant essaime les étoiles, et dont, toi, ma fille tu hériteras le message, et dont toi, mon fils, tu préserveras le message. Mais voici qu'Esa me mande pour éclairer ces mondes. Nous reprendrons notre conversation plus tard...

Rives Nouvelles

Des rives nouvelles aux stances éveillées, qu'univers les souffles abondent de forces nuptiales, ici le vœu des âges se renouvelle, se parfait et irradie, tel le songe prenant forme et dans l'idéalité souveraine enfantant la beauté, la moisson des temps éblouis de saisons victorieuses, aux horizons limpides, délaissant les rives escarpées, les roches aux embruns, les brouillards de prime jeunesse, pour vivre la densité, l'émotion, la clarté d'une éternité non plus devisée, mais resplendie.

Dans l'écume du parfum des roseraies ourlées de frais propos, dans l'enchantement et la magie des sages élégances, de ces rives de lotus azurés, pures merveilles dont les nectars sont des fleuves aux cours fertiles, initiant des îles les secrets, plages de fenaison, dans la livrée des cieux aux assauts solaires, allant d'écumes en écumes la parousie des regards qui ne se perdent, dont le chant se répercute comme une douce mélodie, dont l'œuvre éveille le chœur du vivant.

De ramures en élytres, réveillant les sortilèges de l'Amour, de rimes en rimes, de volutes en volutes, affermissant sa splendeur, destinant ses mirages sous l'ovation des oiseaux lyres aux nidations sereines, levant du frisson des vagues l'innocence immaculée d'un verbe de chatoiement, l'espace d'un firmament conjoint, absout par la mélopée mélodieuse des sources sous le vent.

Témoin de vaste noblesse comme de haute renommée, de l'incandescence du règne du partage, de la reconnaissance envers ces éclairs de la Vie, cette Vie souveraine tel un fleuve, après avoir été ru, source, naturant le destin humain vers l'océan fulgurant de la lumière, de la création en ses agencements comme en ses engagements les plus divins, à la pluviosité granitée modelée, irisant, parfaite, les fastes l'enchantement de la beauté sans éclipse.

De la splendeur toujours moisson victorieuse, mémoire s'il en fut, histoire symbolique des œuvres du Chant de la volition qui ne s'estompe, mais qui, bien au contraire, grandit, tel un hymne intarissable dont les écumes, volutes enfantées aux rimes discrètes, s'en viennent aux marches du palais.

Ainsi du jour levant

Nous parlait-il, alors que nous avancions dans ce sentier d'honneur et de grandeur, que nous parcourions avec lui:

«Ainsi du jour levant, alors que le brouillard se dissipe et que, des nuées, apparaît la majesté solaire, nous faut-il venir le combat qui se doit, dans et par l'énergie impassible, serment de l'unité tridimensionnelle qui est équilibre, posture, devise, honneur et victoire. Ici le chant ne se délite, il convient de le couronner, l'accompagner, le naturer, dans cette force que l'esprit toujours enseigne, que l'âme exulte, où le corps se guérit.

Mesure du déploiement, l'aventure par ce fleuve mène à la rencontre du possible et par ce possible à l'autorité de la permanence, au-delà des absences, des peurs, des exactes ascensions de la léthargie qui se voudrait, moqueuse de l'empire du véhicule vivant.

Il n'y a témérité plus grande, dans cette action, que celle de regarder la réalité ce qui est et non s'absoudre dans des hasards rassurants, qui ne sont que leurres des chemins vagabonds, afin de mieux augurer, dans l'impartialité le degré de cette temporalité en veille, faire en sorte qu'elle ne soit sursis, mais bien au contraire action et plénitude de l'action constructive.

Le temps est élastique, il ne se propose mais se prend et s'étend vers l'infini en modélisation de la pensée qui en établit l'envergure, la jugule, la soumet, l'abreuve et l'oriente. Il n'y a ici pas de place pour la dramaturgie, ni pour les coups de théâtre, il faut avancer dans ce sentier, sans précipitation, avec l'ardeur du guerrier, sachant que chaque sente, chaque orée, peut dérober au regard un ennemi mortel qu'il faudra vaincre pour vivre en ce lieu comme en ce temps.

En ce lieu comme en ce temps qui sont la vallée des larmes et de la douleur, qui parfois s'éclairent d'une transfiguration dans l'Amour divin de tout ce qui est, donc par nature création divine. Ainsi dans cette demeure dont chacun doit prendre mesure, dans la compassion, la miséricorde, et la foi inextinguible en son essor, la Vie, la Vie qui détermine toute autorité, toute grandeur.

La Vie si bien dévoilée par le Christ, dont le martyr du corps, a permis de se rendre compte à tout un chacun de son Éternité. Éternité souveraine ne pouvant naître que de l'accomplissement de la Vie et non sa déréliction, sa dérive, sa désintégration. Ici se noue le combat par la Vie pour la Vie et en la Vie, un combat que chacun se doit de mener dans le courage, l'abnégation, le silence, au-delà des larmes, au-delà des stridentes dysharmonies nées de la douleur intolérable pour certains, captée par d'autres, toujours lancinante.

Épure d'épreuves marquées par le feu, l'eau, la terre, le souffle, dont les cristallisations demandent l'harmonie. Ainsi de l'Histoire qui nous est demeure, voyant d'écumes s'interroger les licteurs du vivant dont les questions se répercutent à l'infini : "N'avons-nous vécu que pour cette délétère incertitude ? N'avons-nous combattu que pour cette triste servitude ?", et le sens même de ces questions trouve ici sa plénitude, qu'il n'est de vie perdue lorsque le corps s'arque boute, hissant la flèche de l'esprit vers l'âme souveraine, en leur unité tridimensionnelle que rien ne peut laisser dans le désert, que rien ne peut détruire, que rien ni personne ne peut dénaturer car de l'Ordre souverain l'ascension et la splendeur.

Ici le lien de l'Être sans errance uni à son patrimoine en son identité, en sa réalité, facette de l'univers, cristal inamovible que l'univers façonne, déploie, agrée, initie, perpétue, oblige, de signes en signes, de cils en cils jusqu'à sa féconde irisation en son sein, poussière d'étoile incontournable, poussière d'étoile impérissable.

Et nous sommes en rencontre de ces étincelants rivages par-delà les acrimonies, les délétères ovations, les masques qui se masquent dans une saison sourde pour les bâtisseurs. Ce temps reviendra, n'en doutons pas, où se tairont les tohu-bohu de l'impertinence comme de la déshérence n'ayant d'usufruit, car le corps n'est pas inusable, que la matérialité de la stupidité, de la prévarication, de tout ce qui nanifie l'espèce Humaine.

Le temps des Magiciens vient, des créateurs, des inventeurs, des faiseurs du réel que le réel déploie, ce temps est là d'une création que rien ne peut arrêter, ni les tutelles, ni les nécessités, ni les obstacles nés d'officines oniriques dithyrambiques, ces têtards vivant de la pureté d'autrui, de leur création sublime, offrant en servage les miettes qu'il convient lorsque ce tout revient aux créateurs.

Ce temps revient de se passer des usuriers de la matière, des usuriers de la pensée, et pire encore, des usuriers de la spiritualité qui n'appartient à personne mais est en tout le monde. Ce temps est donc venu, n'en déplaise, de la génération de la sixième Race, la Race de l'Esprit qui prend à l'abordage, de son sabre clair, toutes les cités sombres, engourdies par le vice et la dégénérescence, anéanties par les nains assoiffés de pouvoirs, de prébendes, traîtres et fanfarons, roturiers et pantins animés par leurs maîtres qui se cachent dans les noirs égouts de leurs idolâtres perversions.

Ce temps est venu et inscrit dans la temporalité pour surseoir à cette infamie représentée par cette contraction temporelle cherchant à dissoudre la Vie dans l'abrupte matière, qui est le fauve incarnat des nains qui sacrifient à leur atrophie.

Prenons mesure et que chacun s'incarne dans cette volonté qui n'est celle de la faiblesse mais de la force conquérante, celle qui ploiera les disciples de la bêtise, les esclaves de l'ignorance, les parterres de gémissants et de pleureurs, aux mensonges et aux lubriques obscénités, toute cette fatuité de médiocres qui s'engendrent et se perpétuent comme le chiendent ronge la terre.

N'oubliez que personne ne peut rien contre votre esprit constructeur, rien ni personne, dès lors que vous saurez garder l'esprit libre des contraintes ataviques, des propagandes stériles, des croyances subliminales, des noirceurs enfantées par le néant s'initiant vainqueur de ses créations obséquieuses. N'oubliez pas qu'égrégore vous êtes, qu'une puissance inouïe ne peut défaire car vous êtes cette puissance, sept milliards d'Êtres Humains conscients contre tout juste une dizaine de millions d'inconscients qui pourrissent le temps comme l'espace de leurs buboniques errances.

Vous êtes l'avenir, l'avenir de l'Humain qui se dresse vers les cieux et non s'agenouille devant la décrépitude, les ressorts psychologiques de la dépendance à tout ce qui n'est rien et ne représente rien, surtout lorsqu'il fait appel au nom souverain de Dieu qui est l'Absolu et n'a besoin de sérail pour se faire reconnaître, car il est en vous, et c'est à vous de vous hisser vers lui et non à lui de descendre à vous, car il est en vous et par vous reconnaissable vous montre la Voie, comme il le fait en chaque Être Humain, pour les uns sourds et muets, pour les autres éveillés.

Prenez mesure et ne laissez l'insolence et l'impertinence vous subjuguer, prenez mesure et en toute action soyez compassion pour chacun, car chacun est vous, et vous êtes chacun, ne l'oubliez jamais. Ici se tient la Voie du Guerrier de l'Esprit que tout un chacun doit naître en lui, forge de l'irrésistible ascension du vivant qu'il vous suffit de naître en vous pour transfigurer ce monde.

Un monde clos ce jour par la lâcheté, des croyances inouïes dans un paradis en notre lieu, des croyances insipides dans le néant et ses turpitudes, dans la noirâtre obsession de la matérialité, dans ces fresques qui se pâment avec à peine quelques millénaires d'existence, alors que notre Terre compte quatre milliards cinq cents millions d'années, et que des centaines de milliers de civilisations l'ont habité, depuis des centaines et des centaines de millions d'années, tant par l'espèce Humaine que d'autres espèces par les espaces intersidéraux.

Un monde clos où la jouissance bestiale est désormais demeure et qui se targue d'être civilisée alors qu'elle enfante la barbarie la plus ignoble, pour le plaisir du gain, de l'usure, de cette répugnance avide voyant des milliards d'Êtres privés de pain, des milliards d'Êtres esclaves de potentats et de seigneurs de la guerre, déguisés sous les haillons d'une démocratie inexistante, les uns les autres au service de Moloch, le dieu de toutes les bassesses, de toutes les humiliations, le dieu fardé de l'horreur et de son limon, un dieu inexistant délivré par des esprits poisseux qui s'enchantent de son règne, et l'épanouissent dans le sang d'autrui, un sang qui coule comme des fleuves, et non comme des ruisseaux, un sang jaillit des Êtres de ce temps.

Qui sont devenus des objets de consommations, des larves amères que l'on presse jusqu'à la lie avant de les euthanasier, après que les avoir rendus malades par la chimie et ses composants que l'imperméable dénature déverse dans les cieux sans compter, au nom du mensonge le plus bestial qui puisse exister, un pseudo-réchauffement planétaire induit par l'activité humaine, aux fins de pressurer les économies des faibles et des opprimés.

Un monde de mensonges qui s'équilibre dans le mensonge où l'action elle-même est un mensonge, car s'inscrivant dans le leurre, le phasme, l'utile sentimentalité, cherchant le point de rupture permettant à tout un chacun d'admettre le postulat qu'elle enfante, requiert puis combat pour parvenir à ses fins, ainsi ce monde régnant par le chaos, alors qu'il lui est possible de régner par la compétence, l'altruisme et la grandeur, l'honneur et le respect inconditionnel des cent mille floralies humaines qui l'habitent.

Il y a là mesure de vaste combat qui s'adresse aux générations à venir, la lutte contre le sordide, la bestialité et ses féaux, il y a là mesure déjà dans nos générations présentes de se battre pour l'avenir qui se doit harmonieux et non pour cette cacophonie gigantesque où se pressent des nids de vipères, des nids de scorpions, des nids de vautours, des nids de hyènes, des nids de chacals, dont la pestilence apporte la mort physique et ses fardeaux, leviers aux nombres infiniment restreints qui se cachent dans leurs loges noires, dans leurs arrières cours faméliques, dans ces sérails de la puanteur enrichie, dans ces dédales infects où couvent la folie et ses menstrues, dans le sein même de la croyance en sa désinence frontale lorsqu'elle n'est que fécale.

La Race de l'Esprit saura conquérir et dévaster ces lugubres acharnements de ces folies qui s'empressent, de cette atrophie rayonnante d'une noirceur sidérale, ce n'est qu'une question de discernement, qu'une question d'insinuation, qu'une question de prise du pouvoir en chaque cellule de cette taupinière assoiffée de prébendes, de ce nid de guêpes qui se prélasse sur l'ignorance pour couver ses œuvres répugnantes.

Prenez mesure et allez ce monde, insinuant tout pouvoir pour le conquérir, car le pouvoir n'appartient à personne, ne l'oubliez jamais, il appartient à la force de l'Esprit, à la force seule qui est le vecteur de l'énergie impérissable qui est en chaque Être Humain et que chaque Être Humain doit correspondre, rien ne doit vous arrêter, rien ne doit vous faire surseoir à la volonté souveraine qui est en vous, et en aucun cas la verroterie qui est le panache des Rastignac, des dictateurs aux petits pieds, de ces couards de la Vie qui se réfugient dans les affres de ce qu'ils appellent la mort qu'ils distribuent à volonté, n'épargnant personne, et surtout pas les Peuples qui doivent subir leurs lois illicites faites pour masquer leurs crimes, masquer leur débauche, masquer leur licence, masquer la ruine intellectuelle dont ils sont les flagrants orateurs, des miasmes qui se voudraient au pinacle alors qu'ils se baignent dans l'ordure.

Prenez mesure et fécondez l'univers, la Terre n'étant qu'un tremplin et non une fin, notre Terre qui ne sera plus là dans quatre milliards cinq cents millions d'années, alors que notre Soleil devenu géante rouge s'affaissera pour devenir une naine blanche puis un pulsar, une écriture pour l'infinie variété des temps comme des espaces qui sont appel de notre sixième Race qui est et vient.

La Terre n'est pas la cour de récréation des cancres et des nuls, des avides et des féroces, des menteurs et des propagandistes, la Terre est un éclair de lumière dont nous sommes parties, qui deviendra, comme chacun d'entre nous après sa transformation physique, Énergie pure, en voie de rencontre avec son Créateur, l'Absolu souverain. Il ne tient qu'à nous d'en prendre conscience et d'évacuer dans le silence l'impermanence et la débilité de notre temps, dont les arènes de la folie se veulent triomphe, où le sang versé ne compte pas, voyant, tels les malades mentaux devenus des Empereurs Romains léguer leur Empire à un cheval, et bien pire brûler, leur ville.

Ces petits joueurs qui ne se réfugient que dans l'atrophie ont fait leur temps, comme leurs régimes obsolètes et suffocants, prenant leurs ordres près des usuriers, menant à l'esclavage les Peuples en troupeaux pour mieux s'en servir comme objet de leur jouissance dépravée. La puanteur qui se dégage de leurs rameaux consanguins et stridents, sonne leur glas irrémédiablement, car comme toujours la nature se sépare de ce qui n'est pas constructeur, car nuisible à son expansion.

Il ne s'agit ici de les voir réduits à ce qu'ils nous réduisent, mais bien au contraire les laisser dans leur boue qu'ils contemplent et gémissent. Le monde se fera sans leurs litanies, leurs mots d'ordre, leurs mensonges, leur terrorisme impuni, leur propagande faites pour des débiles mentaux. Dans le cadre de la Liberté de l'Esprit, convient-il de les réduire à leur plus simple expression, qui n'est en aucun cas celle de la capacité mais de la médiocrité, et ne plus imposer leurs féaux dans une quelconque élection, quelle qu'elle soit, pour rendre enfin sa Liberté à la Démocratie souillée, fumier devenu depuis l'arraisonnement de son nom par la bestialité et ses esclaves.

Et si ceci est vrai dans le domaine politique, où l'Art de diriger la Cité, cela est d'autant plus vrai dans les domaines de la Culture et de la Spiritualité, qui ne doivent plus être soumis à la pensée unique de l'inanité et ses correspondances, en chaque lieu qu'ils soient des Arts, où l'étron est devenu l'objet du beau, qu'ils soient philosophiques, où la philosophie se réduit à un seul terme, celui de l'obéissance à la monstruosité, qu'ils soient scientifiques, où la science se réduit au mensonge pour agréer la propagande politique.

Ainsi en chaque lieu où l'Humain se rencontre, où l'Humain est source de pouvoir faut-il déraciner les pouvoirs visqueux, corrompus et délétères, pour les remplacer par le Pouvoir de la création comme de la créativité, le pouvoir de la critique et de l'ennoblissement de la beauté qui n'est cette sous merde que l'on nomme l'art moderne qui est le respire même des civilisations décadentes et corrompues que nous vivons, somme toute rendre à l'harmonie sa réalité souillée par la puanteur des prébendes physiques, numéraires et corporelles que l'on ressent dans chaque institution, où se pâment des caciques impuissants à toutes créations qui osent dicter et formater les découvertes à leur orifice le plus sordide, fut-il buccal ou anal.

N'oublions pas que la cacophonie ne peut être engendrée que par l'atrophie, et qu'il convient pour naître à l'harmonie de destituer la cacophonie pour la remplacer par soit, une mélodie, à titre individuel, et une symphonie, à titre collectif. N'oubliez jamais non plus que nous sommes complémentaires les uns des autres, et que cette force n'est pas reconnue par l'atrophie qui ainsi, peut diviser les uns des autres afin de mieux régner.

L'égalité n'existe qu'en droits et en aucun cas entre les Êtres Humains, ce qui fait leur force, une force que rien ni personne ne peut arrêter, car dans et par la complémentarité, chacun peut comprendre qu'en se destinant à une action harmonieuse, il n'y a nécessité ici de se réunir pour œuvrer, il n'y ici nécessité d'appartenir à un quelconque parti ou à une quelconque religion, pour œuvrer à la pure Nécessité qui est celle de mener à la transcendance chaque Être Humain en lui permettant de s'élever et non croupir dans la fange à laquelle nous destine l'atrophie.

Que chacun prenne mesure, nous en reparlerons... »

Ainsi, alors que la nuit tombait, que les étoiles en nombre nous apparaissaient, et que le chant des faunes s'ébruitait pour de ses ramures nous envelopper d'un sommeil profond, avant que de nous faire naître au matin souverain qu'éclairerait le soleil fabuleux...

Essaims de racines claires

Des sens aux rimes émerveillées qu'essaims de racines claires assignent portuaires de maritimes essences, allions-nous de règnes en règnes les vagues en semis d'ébène et nos rêves, ciselés d'opium et de féeriques cités, s'en venaient, triomphants en majesté aux portiques somptueux de lacs d'émeraudes et de schistes, qu'univers le chant législateur officiait.

Et nos cœurs d'écumes blondes, sans dépits des safrans forgeant de diamantaires rives esseulées, hissions-nous nos drapeaux de soie sur ces frontons divins, parlant d'étonnants mirages, des îles sans absence, des prononciations votives, des concaténations magnifiées, toutes en l'azur de nos hymnes dont les répons gréaient de voiles hautes les cils des cieux messagers.

Qu'amour amazone le souffle dévoilait de prairies ensemencées de blés mûrs et divins, tableaux aux arabesques de fruits lourds et pourpres de citadelles de moisson abritant la palpitation des chœurs, puissances de ce zénith coulant comme le sable entre nos doigts saluant solaire ces mondes lovés, déployés, dans ces immensités où nos corps s'émerveillaient, où nos âmes créaient, où notre devenir souriait.

Là, aux roseraies de l'ouest, ici aux lys de l'est, plus loin aux camélias du sud, plus proche aux menthes claires du nord, enfin aux rives centrales ourlées d'anémones vertueuses, calices de nos sources, tandis qu'anachorètes, les voix épervières allaient porter nouvelle de nos retours dans ces plaines de jouvence du verbe aux mélodies allant et venant éperviers la souveraineté, faucons l'ardeur, circaètes la splendeur, voguant d'écumes en écumes la beauté nuptiale de nos contes éblouis.

Préaux de flores aux exhalaisons embaumant le sort, ses vagues, ses danses, ses frissons, ses clameurs, habits de soieries d'aubes vestales et de crépuscules indigo, parcourus de nymphes androgynes, d'éphèbes miroir l'effeuillage de naïades épousées, au renouveau d'ambre de flots conquérants d'énamoures corolles aux galops fougueux dont le regard correspond l'enchantement majestueux.

Ivresse des fraîcheurs matinales, des densités solaires, des agrès sabliers aux temples initiés ruisselant d'eaux vives les marches du palais souverain, site aux parures domaniales de tours crénelées rehaussées de porphyre et de jade, de murailles envoûtées de quartz aux veines bleues, en lacis, unifiant quatre portes en majesté aux lourds ponts-levis parquetés de marbre sauvage, où nos pas, comme ceux de l'éternité s'inscrivaient, sépales des algues du levant en mémoire de l'orient fidèle.

Ainsi, en cette claire densité aux marches déployées, nos cœurs s'enfantaient, ruisselaient les sillons de nos sources et de nos règnes, partageant cette offrande ultime de nos sourires et de nos stances, avant que chacun dans l'immanence s'enchante dans la magnificence des cieux et de leurs arborescents pétales éclos, dans un hymne merveilleux que seul le hiérophante reconnaît, dans l'Éden, dans ce lieu qu'épouse le lys talisman de toute viduité, l'Amour souverain...

Fresques

Des signes éveillés constellent les fresques septentrionales, où l'oiseau, voyageur de grand renom, trouve ses vents porteurs. Il y a là mémoire sublimée des apparences, des lacis entrelacés de quartz et d'onyx, et dans la plénitude d'un matin d'été, le rire cristallin des enfants. Pure beauté aux cils émerveillés voguant d'ondes en ondes les respires safranés, parcours, de rives en fêtes des aubes tressées, dont navigateur, l'Aigle, en sérénité, est gouvernail.

Navigateur à l'image des passants de ces fleuves concaténés, se soulevant pour officier la splendeur d'une monade attitrée, souveraine, dont chaque orbe est reconnaissance. Aux portes franchies enseignées, se dévoilant, s'ouvrant sur les multiples mondes de nos lieux, de nos convictions, de nos fratries, bouleversante rencontre, ici, là, dans la raison de la sphère, dans l'horizon de ses degrés, qui sont autant de portes vers d'autres univers, qui eux-mêmes en leur condition identique ouvrent autant de portes, et ainsi de suite, à l'infini.

Portes démultipliées, portes en nombre, de palissandre ou bien de chênes burinés, ouvragées, dessinant des vagues myosotis aux nefs de cristal qui attendent nos passages, sous le regard souverain des lauriers. Lauriers d'une conquête, d'une victoire, d'une gloire achevée, lauriers en mystères et en prémisses arpentant les ponts sauvages et graves, attendant l'éclair de l'esprit qui vient.

Cet éclair fabuleux voyant les nombres s'unifier, se multiplier dans l'égrégore manifesté, ouvrageant des cathédrales, des cités olympiennes et de portuaires dimensions ouvertes sur les étoiles amarrées, où se charrient de cales pansues les étoffes moirées d'Altaïr, les iris quantiques de Vega, les robots multiformes d'Orion, et les épices de Calypso, et tant d'autres en frénésie dont les alcôves empliront leur suavité au sommeil des clartés.

Ainsi par les chants exposés, ramifiés d'élancements gravifiques de rêves consternants et chatoyants, de souffles de houles sans repos aux nervures des Univers, transcendant ce levant des étoiles blondes qui, telles des arcs-en-ciel, délivrent, sans rupture leurs messagers d'oriflammes. Sans brumes, aux sources des opales, dans la bruyante harmonie dressée et faste, sans repos, faisant entendre le son, le son unique correspondant de la transcendance sa rencontre avec l'immanence.

Pour des fiançailles énamourées dont nous sommes moissons, livres d'avant-veille en chrysalide, attendant l'éveil et la transformation par les hymnes fondant l'éternité, ouvrant dans l'azur ces passages sereins sans balbutiements, aux vêtures vécues, ici et là, dans le potentiel des degrés des mondes initiés au déploiement vigoureux formalisé par l'astre de la reconnaissance éblouie, dont l'Âme aux ailes safranées, l'Esprit circonscrit dans sa méthode sans oubli, le Corps conçu, développe dans une irradiation somptueuse.

De pure noblesse par la persévérance de la compréhension des fugaces renommées des splendeurs passées, dans l'ouverture fractale de ces mondes azurés, où le vœu s'élance, mage en ses essors, sage en ses essaims, pour aller vers les immensités de la plénitude comme de l'assomption. Où il fait rencontre de toute divinité, de toute conscience comme de toute énergie, les unes les autres œuvrant la Vie dans son couronnement.

Dont d'incommensurables talents ourdissent la destinée, par la nécessité, conduite de rayons purs à la clarté symbolique et vivante des temps infinis, dont la concaténation permet leur repliement et leur adéquation aux nécessaires allégories enfantées et enchantées par l'apothéose, vivant au-delà des temps comme des espaces la pluralité exonde de la création, dont chacun ici devient solidaire de toute luminosité.

Y voir des parfums et des aubes transcendées, aristocrates de paroles se contant et affermissant, aux actes de bravoure et aux odes florales, une force mesurée et accomplie qui accomplit sous le regard Impérial, libérant tous feux dans un grandiose artifice mesurant les capacités, les engendrant, et les assimilant afin d'ouvrir les horizons du vivant, les culminer, les dessiner, les destiner, ne laissant rien au hasard, mais œuvrant à la nécessité.

Tandis qu'un sourire éclaire ce monde, dont les navigations de rites se poursuivent, délibérant les songes, contemplant et agissant dans la cécité oublieuse afin de la régénérer et la comprendre dans ces clartés sublimes où le regard conjoint, sans jamais se lasser, sans jamais s'incliner, sans jamais détourner sa vue de toute face qui viendra et œuvrera au-delà de la vanité, au-delà de la précarité, au-delà de l'atrophie, afin d'éclairer à son tour ici où dans un autre monde, où déjà dans ce monde, le dessein puisatier de l'Éternité qui veille...

Et des lys aventures

Et des lys aventures aux promontoires des rives ensoleillées, parfumées de myrtes et de safran, allions-nous les mers ancestrales, les Océans antiques, à la recherche des vagues amazones, de celles qui sont le fruit des chœurs que les astres mobilisent pour nous faire reconnaître la vaillance et la force, la secrète victoire de nos armures sur le sol de nos chants, et d'éclipses les humeurs des moments pour, vestales, annoncer les degrés des orbes qui soufflaient de vifs élans aux émois de nos âmes constellées d'eaux vives.

Nous parcourions ce cil de l'aventure des écrins, et l'humus des flots vigoureux annonçait ses parcours pour nos âges que le solstice d'été dévoilait, des parcours souverains que les élytres à genoux ne pouvaient contempler, tant leurs stances élevaient nos cœurs aux puissances déifiées, que nous pressentions, que nous enlevions dans le nectar d'un pouvoir accordé qui nous hissait aux cimes de leurs splendeurs comme de leurs majestés, il y avait là les transes d'un instant et les couleurs d'une florale demeure, les passementeries d'un hiver finissant, aux ciselures de cristal, et les émaux d'un printemps divin.

Danse de cohortes azurées que les hymnes tissaient d'une joie commune, reprise par le souci des algues en semis évertuant leurs houles en sérail, tandis qu'à l'unisson des songes, les mystères révélés s'enchantaient dans un préau de tutélaire abnégation, livrant sépales les moissons de l'ardeur conquérante, désirée, incarnée, rayonnante, que les nefs gréaient de leurs voilures argentées, sous les offices de capitaineries donnant la tonalité majeure d'une marche officiante.

Drapée de diaphanes éloquences irisant de portuaires dimensions, par-delà les houles en assauts, aux fières étraves élançant au levant leurs ramures impériales, où nos yeux se baignaient pour mieux se destiner en leur horizon olympien, là, ici, plus loin, par de stellaires ovations incarnant la parole mage délivrant les étendards sacrés à tout un chacun en sa mesure, en son pouvoir de déploiement, en sa capacité signifiante, au-delà des fastes et des préciosités, au-delà des coutumes et des lois voulant le frontispice l'allégorie d'un charme,.

Toute viduité en ces lieux ne pouvant être comprise et naturée que par la composition souveraine, et non par la désinence d'une génération, ainsi et dans le feu et par le feu, ainsi et dans l'eau et par l'eau, ainsi et dans la terre et par la terre, ainsi et dans le vent et par le vent, dans la concaténation des flammes devisant le sort de chacun d'entre nous, en ses illuminations comme en ses raisons, en ses adventices déploiements comme en ses firmaments.

Où notre mesure s'éblouissait par les souffles de l'azur, allait, portée des règnes, les stances évertuées, affirmées et autorisées, enseignant les mille écheveaux de l'action comme de la contemplation, égrenant les parturitions des mondes en états, au-delà du conte suranné, forgeant un devenir distillant des horizons matures après les précipices des ondes, les moires incertitudes et les clameurs adulées, feu d'un serment souverain qui n'accepte sa plénitude mais se déploie afin d'enfanter le Verbe du Vivant, en ses rêves comme en ses songes, dans cette demeure certaine dont l'orbe n'atteint les superfétatoires exils.

Et notre chant correspondait cet ouvrage à la mesure démiurgique, efforçant les cils à une vision sublime ne s'étoffant de passementeries délétères et de voilages inquiets, afin de parfaire le sort et ses essaims glorieux, œuvre de l'Histoire sans oubli, tant de fresques aux paysages victorieux s'élançant ce jour comme des principes, voyant qu'il n'est de conquête que celle de l'éblouissement et non de ses dénatures.

Qui, frises de l'Orient, s'accumulent perdition de tout devenir des Peuples et de leur couronnement, tandis qu'enseigne le sillon révèle la fertilité et par ses atours une force titanesque ne s'amenuisant mais se fortifiant de l'essence même de la vitalité agissant afin d'affermir le ciel dans cet espace de matière spirituelle ramifiée où se voient des temples égarés, où s'engluent les adventices connaissances, tourments d'âges iniques reflétés par une pérennité instaurant des divisions exclues se multipliant d'ordres sans talents, animant cette fournaise devenue, dont les menstrues dévoilent les imperfections des rimes.

Mânes sans repos, combattues en leurs alluvions, leur profusion, vomissure des croyances aux altercations mimées qui ne sont que les racines du même feu de paille dont l'hypocrisie surgit le néant dantesque et ridicule, vanité de naïve incandescence qui n'est que nature même de ce contenu aride et mielleux transparaissant où s'ébaudissant des souches anémiées et prostrées de la Vie, des floralies souillées par la purulence d'un venin brandissant sa convoitise.

Aspirant tout ce que l'intelligence construit pour l'amenuiser, la faire disparaître dans le fumier et l'immondice grouillant se réjouissant de sa permanence, lentement érodée, car de fatuité, d'apostat, de traîtrise et de félonie, allant vers l'abîme et ses souillures, ses horizons défaits, cette bouille infecte sans couleur, sans odeur, sans apparence, sinon celle de la flétrissure qu'elle enchante.

Horizon de ce détournement auquel on assiste dans les assises de cette petite terre se refermant sur elle-même afin de mieux supporter cette déréliction qui posait, venin disparu depuis des millénaires contre lequel nous allions combattre afin d'attraire la beauté par les univers engendrés, et non complaire à la bestialité qui augurait, ainsi alors que nous partions, sachant éponyme notre retour incertain, mais notre avenir comblé par la lutte que nous entreprenions pour la Vie, par la Vie, en la Vie...

Règnes souverains

Clameur des rives exondes, délivrant des fruits d'Olympe les essors de la nature aux joies acclimatées, s'en vient aux rubis des âges, constellant de passementeries d'ivoire les règnes souverains, ouvrant sur le large la condition vivante des Assemblées, vastes sous le frais soleil, moirées d'écharpes de vestales aux escales tissées de l'Occident fabuleux, gorgées de rives natives que l'azur parle et triomphe.

Essaims des roseraies de l'Ouest conquérant, au pavois diamantaire éclos de vagues à midi, de vents sacrés et d'eaux douces aux vertus nuptiales, asymptote des lourds tambours de bronze aux reliefs étourdissants, se frayant un passage par les plaines aux blondeurs des blés safranées pour ramener au sillon les éternels retardataires, les pelages aux pieds ailés, les ambres aux flèches épervières, et d'autres encore, que les sages devisent dans les alluvions des fleuves antiques.

Aux parloirs des temples d'écume et de jade, là où se rêvent les parfums lustrés des sèves amantes, sous le voile à peine né de diaphanes incantations, vertu des lys sevrages, aux ordalies contemplatives et aux sérails onctueux accueillant les Azuras, ainsi alors que le coryphée entonne de sa voix claire et limpide les événements des temps passés, des gloires adventices, des caducées de l'été glorieux aux semailles hivernées, des vanités aussi et des gloires passagères.

Témoin intègre de toute novation comme de toute résurgence dans la poussière des mondes qui reverdiront, et la phrase ici se recueille, le cœur de l'Empire s'incline, les Sages se concentrent, les Mages devisent, il n'y a plus d'an nouveau que l'an neuf qui vient, où s'enseigne l'écrin du dire, lors aux promontoires alentour et dans la vallée nichée, exposant toute voie de l'horizon, pour cette année, hier, sans guerre ni convoitise, sans avarice ni ladrerie, pour cette année venue, pleine de promesse, sans réfutation, devant la cartographie du chant présent.

Épanoui et irradiant le dessein de parcours antiques au sevrage des éclairs, dans la témérité couvant l'honneur, dans cet esprit souverain qui, non seulement contemple, mais agit avec la retenue comme la fermeté se devant, voyant des heures nouvelles au front d'or diamantaire le Verbe sur toutes terres conquises, le verbe comme un talisman, portée de tous par l'unicité de complémentaires écrins, de solidaires altérités, de reconnaissances révélées par l'empathie.

Toutes voies en la Voie sereine dont les guerriers témoignent, armés du glaive et du bouclier d'airain, gardiens des frontières inaliénables des Peuples en écrin, de ces gestalts fabuleux où l'histoire du sang enseigne, voyant qu'il n'est de terroir comme de racines que ceux du droit du sang et en aucun cas du sol, le sang versé, accompli, naissant les sublimes identités participes, flux d'une rémanence multipliée, se fortifiant aux flots des grèves ancestrales, aux demeures prairial, aux forêts multimillénaires enseignant, aux montagnes souveraines, aux fleuves et aux sources sa fondation de vivant.

Ainsi au cœur de victoires sans exclusion dont la vaillance du Verbe encore et toujours fertilise le savoir, dessinant sur l'horizon de vastes cultures ne devant rien à l'emprunt mais tout au souffle de la rémanence fortifiée, enrichie, développée, hissant au sommet une écume convoitée par des Peuples consumés par le commerce qui de l'ivoire, qui de l'or, qui de denrées rares ou abstraites, combattus et relégués par le vent d'Ouest, le vent souverain étreignant l'âme conquérante, l'esprit aiguisé, le corps fortifié par la prononciation de l'an neuf.

Alors que les buccinateurs entonnent leur chant d'azur, voyant se disperser ce temps qui reviendra, dans la joie légitime de voir les pouvoirs nés de leur sang assigner l'ordre en préservent la sécurité de tous, ainsi aux frondaisons à venir alors que se dresse par d'autres temps le combat titanesque qui verra s'affronter la Vie contre le parasitisme du nomadisme, en chaque Nation, par chaque Peuple ouvragé, dont la victoire déterminera le retour du vivant à sa réalité souveraine, mais cela est une autre histoire...

Incandescence

Des Âmes bien nées aux sursis éclairés, nous viennent des talismans les épures graduées des systémiques grandeurs, de celles qui ne perdurent sans honneur, mais dans l'éloquence profonde sont honneur de la Vie par la Vie et en la Vie, sur un chemin ne se dérobant, dans une ascension sans oubli, dans ce creuset symbolique forçant le temps comme l'espace afin d'ouvrir les mondes à leur apogée, par l'efficience d'une terminologie sans failles dont les cristallisations enfantent les univers, les développent et les affirment au-delà des ténébreuses orientations où le vide respire.

Ce vide semblant broyer toute existence au profit du néant, complainte des gémissants, de ces hordes en lambris dont les atrophies sont de monstrueux bubons caressant la barbarie et la sauvagerie, l'incapacité des Êtres à se dresser de toute leur énergie à la rencontre de leur éternité, tournant en rond dans des tours d'ivoire aux calices sans éclats, des cloaques sans nombres où ils se conjoignent pour mieux se morfondre, pleurer et sans cesse s'astreindre dans leur ignominie de ne pas vouloir surpasser ce temps comme ces espaces les liant dans une glu stérile et désœuvrée.

Dont les enfantements sont de pauvres prurits aux consonances de tous les heurs et malheurs composant leurs pauvres éloquences, liées à la matérialité la plus stupide, non celle de la reconnaissance d'une viduité précise de la matière mais d'une mortalité définitive de toute matérialité, inconsistance de l'incandescence étincelant chaque Être, dans et par la force créative, capable de mouvoir les mondes, les mondes de la matière et du spirituel.

Dont la majesté ouvre l'Esprit à la splendeur de toute création, de toute devise de la création, celle qui ne se sépare ni de l'immanence, ni de la transcendance, celle que tout un chacun en chaque poussière d'étoile compose, témoigne, délibère et satisfait dans la splendeur et non dans la hideur, dans ce dépassement de ces caractéristiques atrophiées qui sont les valeurs des mondes de la stérilité, des mondes qu'il convient de dépasser par chacun afin d'ouvrir non seulement son cœur à la définition splendide de la Vie mais officier à la pure grandeur.

Par la rencontre de sa propre transcendance avec l'immanence, ne relevant d'une simple vision, mais de la vision souveraine ne s'abaissant devant la poussière gémissante, dérobée, recherchant l'alcôve de la poussière pour mener tout un chacun à l'inversion de cette prouesse, une prouesse téméraire, une prouesse volontaire, une prouesse incandescente que chacun doit mettre en pratique afin de sortir de l'affligeante déficience de siècles statiques honorés.

Siècles dont nous vivons les marasmes, les contingences, les contes à dormir debout, les mensonges, les hystéries fussent-elles individuelles ou collectives, tous arque boutés aux fins de réduire la potentialité de la Vie et la plier à la faillite de son avenir, en leurs lieux, tronqué, balayé, miné par des calvaires imposés, des adorations déicides, dont le prisme de nos histoires reflète les clameurs aiguillées par la prostration, la flagellation, la culpabilisation, les mythes inscrits de remparts protégeant une médiocrité atavique au pouvoir marqué par le sang de la Vie, si petit pouvoir ne pouvant que disparaître à l'aune de la révélation de l'Être à son destin, dans cette indivisibilité fondant le tout en un et le un en tout, dissolvant sa bestialité comprise afin de laisser place à la Vie dans sa plénitude et son ascension...

Le manifeste

C'était inscrit sur la pierre, lu lors de cette visite sur cette petite Terre, dans cette lointaine banlieue de la Galaxie mère, Mais lisons ce rescrit :

« Les ténèbres sont inscrites sur notre petite terre depuis trois mille ans, voyant de tribales orientations s'initier parure du Verbe lorsqu'elles n'en sont que contrefaçon outrancière. Cette paranoïa en puissance depuis ces jours, gonflée d'un orgueil démesuré, n'a plus eu de cesse que de martyriser les Êtres Humains dans sa croyance ineffable élective. Ne nous leurrons, elle est la modélisation systémique d'une tentative de civilisation spiritualiste qui a avorté dans le magma boueux d'un matérialisme grossier, dont les vagues sont le conte des soubresauts d'une histoire malmenée par son errance et ses cristallisations.

Il n'y a de doute sur sa tentative de mettre en règle tous les fruits de la terre à son service, de par les stances de ses livres imaginaires ruisselant du sang des innocents, dans une complainte ne cessant dans ce jour, où semble triompher sa déréliction la plus profonde. Les heures noires et de sinistre mémoire sont ses caducées. On y voit poindre ici tout le travers de sa destinée qui n'est plus invisible, mais bien témoignée de par ses actes ignobles, vertus de la racaille l'intégrant.

Prenant les armes contre l'Humanité pour l'asservir, en contemplation de ses écrits, avance furieuse de maléfices ourdissant des guerres sans répits, contre le Pouvoir naturel, contre la croyance Christique, qui avait évacué sa prétention ridicule de ressembler à Dieu, au sien peut-être, mais en aucun cas à Dieu Souverain, dont , pour parler simplement, chacun d'entre nous, nous, les Êtres Humains, est partie.

Les siècles suivent, voyant cette sphère faire de l'entrisme, de l'insinuation en toutes gouvernances, stigmatisant les uns les autres afin qu'ils se combattent et se détruisent afin d'en récupérer les titres, œuvres noires de ses agents corrupteurs, ses agents espions, ses agents s'infiltrant dans toutes les ramures en soudoyant tout un chacun en pouvoir, prébende de ses instincts, par le sexe et par l'argent. À l'Est comme à l'Ouest, au Nord comme au Sud, voyant ces sauterelles belliqueuses initier la tuerie de tout ce qui n'appartient à leur secte barbare, issue des ténèbres.

Des ténèbres réclamant le sang des nouveau-nés, des ténèbres réclamant les massacres pour prospérer. Et cet alitement à la bestialité y fait fortune, déguisant dans l'hypocrisie la plus perverse son avance implacable. Une avance effrayante où tout un chacun de ce Peuple doit rendre compte, y compris de son intimité, la déviance aux ordres et aux lois subordonnées de cet état dans les états étant punie de mort, non seulement du délinquant mais de certains membres de sa famille.

Voici l'enfer qui s'avance au nom des invectives de son Dieu, qui n'a rien de Dieu mais tout de l'ange déchu par excellence, un Dieu hostile à l'Humanité qui n'appartient qu'à la bestialité, voyant tout être esclave pour la parure de son éternité, un animal que ce Peuple a le droit de voler, de violer et bien entendu de tuer aux loisirs de la dépravation qui le conditionne. Le faux ici s'argumente comme vrai, voyant se prendre dans la toile de cette errance les plus brave comme les plus glorieux, voyant aussi lâchement assassinés ces détracteurs, envoyés aux fosses de l'oubli, décimés de la surface de la terre.

Pour prospérer, nonobstant les individus écartés, cette dérive en puissance organise dans la division, des guerres destructrices, alimentées par les idéologies de son invention quand ce ne sont pas les religions. On verra ainsi naître de son sein, tous les avatars lui permettant de briser la Voie Christique, qui avec celle de Bouddha, est la seule Voie permettant l'élévation de l'Humain à son potentiel de transcendance.

232

Les religions croupions sont son enseigne, reptation de leurs lois et de leurs enseignements, délirantes perversions des âmes dans leurs temples réduits au strict minimum croyant assurer leur lendemain, lorsque leurs actes vont à l'inverse de la Voie, tous empreints de l'esclavagisme leur tenant lieu d'avoir. Sans mystère, ce Peuple enseigne, dans l'incrédibilité la plus totale, l'artifice d'être mal aimé que la terre entière pourchasse en fonction de sa confession et en aucun cas en fonction de ses actes. Naît sous ce joug l'annonciation de son triomphe, les guerres se suivent prononçant la mise à mort des pauvres de sa Confession, au nom d'une idéologie qu'elle finance, comme elle subventionne son antithèse.

L'horreur est à son comble aux millénaires de l'épopée humaine en ce jour contrefaite, imposant sa marque de fabrique : les ismes, ces tares qui interrogent, culpabilisent, flagellent au nom d'histoires réécrites par une barbarie qui glose. Dans tous les pouvoirs de leurs hybrides associations, sectes et sociétés dites de pensées, leur verbe dans sa hideur témoigne, cherchant à réduire tout un chacun en esclavage à leur paranoïa délirante.

Et les esclaves, à leurs pieds, sont là, vendus aux votes de la Nation, comme des marques de savonnettes, dans l'ignorance de leurs appartenances de Peuples endoctrinés par une propagande asservissante. Et ces esclaves s'éblouissent des idéologies putrides ayant occasionné une révolution sans nom en Angleterre, suivie d'une autre en France, de deux guerres mondiales, et de ces sommets ridicules de pseudos élite à la solde, petits pieds de ce manifeste universel dominateur et usurpateur de toutes volontés des Peuples.

Nous y voici ce jour dans cette horreur systémique régnant dans notre France, implantant une dictature nazie communiste de haut vol, ce mondial socialisme qui est le tablier des lâches et des corrompus, des veules et des félons, de tout ce grimoire enrôlé dans les loges, les basses loges, les hautes loges, d'une franc-maçonnerie avariée, insinuée par ce manifeste qui s'institue règne. La désintégration est ici à son sommet, perlant par ethnies composées l'alliance irréversible s'abattant sur l'Occident.

Initiant dans la démesure le sacrifice des « animaux », notamment en Syrie, en Libye, en Ukraine, et dans tous ces pays d'Afrique voyant leur étendard brisé par un crépuscule dantesque où s'affrontent les uns les autres pour labourer le cimetière de leur déperdition. Ce manifeste est là dans sa permanence et son insidieuse guerre silencieuse, voyant corrompus et gitons, prébendiers et gangsters, violeurs et assassins, le servir sans failles, dans une barbarie éhontée enchaînant dans ses prismes ce que furent hier les Peuples Indo Européens, nouveaux esclaves de cette tyrannie, la tyrannie de la paranoïa aiguë.

Ce monde est en déliquescence sous ce joug, mais ce monde a connu bien d'autres viols de l'esprit, de l'Âme et du corps, et sera renvoyé à ses chères études de spoliation, n'en doutons un seul instant, car dictature et tyrannie ont toujours été combattues, et rien ni personne ne pourra faire en sorte qu'elles ne soient combattues. Les armes pour destituer cette oligarchie machiavélique sont les armes de la Démocratie la plus pure, qui dans sa juste demeure ne saura accueillir aux pouvoirs quels qu'ils soient cette cohorte de la nuit qui voudrait nous rendre esclave à son service... »

Nous rendîmes compte de ce rescrit au Parlement de nos essaims, qui condamnèrent sévèrement cet espace sans avenir s'il restait ainsi sous le joug de l'anachronisme le plus virulent. Aucune décision à son encontre sinon une surveillance accrue afin que par la Galaxie ne se propage cette plaie idéologique.

À ma Mère † 10/05/2015

Limpidité, force, beauté, voici les définitions parfaites qui conviennent à ma Mère.

Limpidité dans sa Vie ascétique et dirais-je monastique, dominance d'une intelligence extrême, force de caractère immense pour faire face à ce que réserve la Vie sur cette terre, beauté, une beauté du cœur qui jamais n'a défailli.

Nous lui devons ces traits dans le cadre de nos propres vies terrestres, bases solides pour nous déterminer et évoluer dans l'aventure que nous traversons, et qui, par nécessité, nous mènera là où elle est, dans l'Éternité.

Nous pourrions discourir à l'infini sur sa personne, mais la sobriété s'impose pour écouter nos cœurs qui sont de ses racines et de sa lumière, et qui s'imposent dans la simplicité pour lui rendre hommage à ce qu'elle fut ici, à ce qu'elle sera au-delà du temps comme de l'espace, tendre attentionnée de la Vie dans son fleuve impassible fertilisant l'avenir et sa magnificence au cœur même de l'Absolu souverain.

Hommage donc.

Des masques

Signes antiques aux marches du palais, des exondes appariements les chants s'en viennent pour offrir à la nue la diversité des mondes, l'empyrée profond des nectars opalins et des pousses aux blés blonds de textures divines, clameurs sous le vent, ce vent d'Ouest, ramure de perles rares et de cargaisons devisées, par les limbes extrêmes, découvrant la profondeur des aires, ces nids secrets du conte des parures de l'Orient, aux étoffes de coloris cendrés, aux épices suaves émérites, safrans des âmes contant nocturne des magiques errances par-delà les vestibules des esprits endormis, des anachorètes pluviosités domaniales enfantées par l'épreuve comme le courage.

Dans l'opiacé de l'action déferlant ses drapeaux, ses écussons d'or et d'argent, et ses montures haletantes figeant l'instant pour d'un symbole s'éprouver, voyant la multitude s'engouffrer pour bâtir, œuvrer à la régénérescence des terres oubliées comme des peuples oublieux, nonchalants et tristes, prosternés et en refuge par l'oubli, cet oubli insipide voyant briller dans leurs yeux la convoitise de se réjouir et de jouir encore comme des femelles alanguies devant l'ardeur du conquérant.

Il fut un temps pour tout cela aux ramures des soleils en larmes et des étoiles en songes, de beaux ouvrages nacrés d'ondes sévères et de nectars souverains ouvrant les portes des espaces infinis, voyant des ondes les sondes s'élever pour parcourir l'immensité en une fraction de seconde, délibérant la nue et ses somptuosités, dans ce sursis de l'heure comme de l'espace où se rejoignent les pures énergies apprivoisant l'intensité, la beauté, la splendeur, par-delà les naufrages des esquifs revenus de la temporalité, où devisent les Sages.

Dans le cœur même de l'Éternité pour y voir de sereines déterminations, encouragées par la pluie des cils éveillés, regardant au-delà du narcissisme béat servant une biologie d'apparat desservant toute viduité énergétique, toujours plus loin, au-delà des sépales mortifiés, enlaidis, confondus dans la laideur de la matérialité édulcorée par la lie ne cherchant à créer plus haut, plus vaste, les confluents mystiques de l'apogée, dessein pour lequel il convient toute valeur, tout honneur, dans l'enchantement, dans ce pétale de floraison novatrice semant le chant pour ouvrir au Verbe sa fonction.

Tandis que, bateleur, l'ouvrage se parfait, irisant des novations affines le cristal de la roche renvoyant par ses multiples facettes l'élégance du vœu, ce vœu né avant toute naissance, de voir la création se hisser vers son Créateur, et non s'étouffer dans la pierre et la poussière, dans ce vernis de vanité absurde et dangereuse, cosmopolite de génocides invités par un culte de mort promettant le renouvellement de lois ignobles, parjures de toute Vie, parjures de tout avenir, ivresses de profondeurs renégates où la bestialité est de rigueur, où, zoophiles, les éructations s'y prononcent, dans des élans entichés de décrets, dans des chrysalides sombres où le pue terrasse, dans l'abondance de la nocturne désinence.

Fruit des athées et des miroirs se contemplant, souche dégénérée s'accomplissant dans la veulerie, le mélange des genres, la pourriture miasmatique, devenue leur Légion d'honneur, luxure de ces choses se lamentant, de ces choses criant au viol de la démocratie comme de la République, alors qu'ils en sont les ennemis les plus perfides, des tares exultant une volubilité expressive de la permanence de leurs œillères dévouées à la matière la plus brutale, la plus déglutie, la plus sauvage, voulant tout un chacun sous le joug de leurs semonces naissant le bestiaire de la barbarie immonde réjouie, leur maîtresse dont ils sont les valets généreux.

Brutes épaisses aux visions redondantes maniant l'hypocrisie et le mensonge, éructant pour les autres ce qu'ils devraient mettre en œuvre dans leur propre nature, emplie d'immondices, au gruau de traîtrise, aux maux incommensurables dont ils font subir les horreurs à une humanité en déclin, vilipendée, anémiée, en flagellation, et pire encore redemandant le fouet pour se sacrifier à cette puanteur voulant la voir esclave de son forfait, cette scarification des ténèbres voilant la Terre, cette chose ne représentant rien aux yeux du Vivant se respectant.

Cette chose dont le seul pouvoir est tenu par cette matière spongieuse qu'est l'avoir, car l'avoir ici compte bien plus que l'intelligence, et pour cet avoir les sages médusés regardent avec quelle circonvolution, avec quelle reptation ces choses s'élancent pour en obtenir le levain, dans une attitude ignoble, en dessous de ce que la bête promeut, le Loup n'égorgeant pas son adversaire soumis et le laissant vaquer à ses habitudes, ces choses-là bien au contraire s'en servant comme d'un levier pour détruire les uns les autres dans une cataracte infecte ne méritant même par le mépris, mais l'indifférence la plus parfaite, tant leur abjection est le moteur de la haine qu'il porte en eux, se reniant, reniant la vie, usurpateurs par excellence suant la compromission larvaire.

Les singes, bien plus intelligents, ne s'abaissent à cette prosternation, les animaux en général protègent le groupe et ne se laissent aller, comme de pâles marionnettes, au déni des floralies les portant, leurs racines ne pouvant s'inscrire dans cette engeance dont le fumier dérive de sentes en sentes pour de sa moisissure inscrire son souffle, un souffle que personne de vivant ne peut respirer tant il est l'acide même détruisant la Vie, un souffle déployé dont la mystique est complainte de la mort, son abîme, sa théurgie, son maître à penser.

Cette boue est là et parade, ne construit rien, détruit tout, l'Humanité, les Races Humaines, les Peuples, les Ethnies, pour se complaire dans une fange stérile où l'Esprit doit se taire pour prospérer, où l'Esprit doit s'agenouiller et embrasser les maléfiques fientes issues des cerveaux malades régissant le bien parler, où on ne voit au-delà du mot, le mot se dissipant, aspiré par le vide, traduisant une onomatopée glauque et sordide, voyant des enfants en mouroir de leur langue se prostituer à cette avidité, ne sachant ni lire, ni écrire, ni même compter, se hisser vers le drapeau de la haine péripatéticienne qui régit, ou croit régir, car elle ne régit rien, sinon que son ombre, incapable d'aller vers la Lumière, une incapacité phénoménale aboutissant à la médiocrité la plus sublime, cette médiocrité suintant partout, couronnée, introduite, jouissant de son insalubrité la plus dimensionnelle.

Fange parmi la fange ignorant celles et ceux qui feront le monde lorsqu'elle aura disparu de la surface de la Terre, anéantie par sa gargantuesque et filiforme débilité, nature même de cet ingrédient en voie de disparition, au verbe douteux, à l'anatomie ridicule, au faciès rayonnant la bêtise, au rictus déformé par la haine de tout ce qui existe, se prenant pour la grenouille voulant devenir plus grosse que le bœuf, asexué profond dont le nectar est la soumission de la Femme, une Femme ce jour anéantie par le grotesque, le fard, réduite, comme l'homme d'ailleurs, au genre dans la dénature la plus profonde, où se dresse le culte de l'étron et de ses commettants, dans une orgie désacralisant tout ce qui existe.

Pauvre genre devenu de ces genres en parodie, n'ayant plus aucun courage, sinon celui d'ouvrir leurs reins au plus offrant, à ces mandarins se gorgeant de l'enfance, la dépeçant, la martyrisant et la tuant dans des messes cannibales ne disant par leur nom, ignobles personnages sans limite dans leur désir de mort, dans leur pouvoir grotesque s'imaginant des dieux alors que ce ne sont que des roturiers se servant des prostituées de l'esprit pour faire faire table rase de ce monde afin d'implanter leur désordre mondial, pépiement de toute la gente en avoir, se réunissant, s'approuvant, se cachant pour décider pour autrui, petits nains, car les nains sont glorieux, instrumentalisant en croyant qu'ils sont inapparents lorsque leur visibilité est torride.

Ici, là, dans la marque de leurs éclats, de ces guerres asymétriques les tenant debout, de ces fausses guerres sous faux drapeaux éclaboussant ce monde du martyr de Peuples entiers, alliant les armes économiques aux armes silencieuses jusqu'aux armes réelles permettant de combler les déficits engendrés par leurs valets politiciens, ténèbres de cette Terre, laissant égorger et dépecer des centaines de milliers d'innocents parce qu'ils sont de la Foi du Christ Roi, laissant détruire les monuments de l'Histoire Humaine pour se complaire dans l'abstraction, dans la délirante perception les voulant maîtres d'une «république» universelle, apothéose de la dictature universelle qui sera leur tombeau.

Car oublieux de la vitalité intrinsèque des Peuples, ne leur devant rien, strictement rien, qui lentement s'éveille et destituera à jamais leur désir de mort sur cette petite Terre, car oublieux que un est en tout, et tout est en un, et qu'ils ne représentent rien par rapport à la quantité, strictement rien, sinon que leurs fantasmes, leur haine de soi et des autres, folies de ce temps qui lui-même n'est rien par rapport à l'Éternité, et dont la frange insipide se dissoudra comme elle est venue, car contraire à l'Ordre naturel, cet Ordre Naturel que les Sages inscrivent dans la temporalité, veilleurs impassibles attendant l'Été propice.

Où la conscience de la quantité déploiera ses oriflammes pour remettre de l'ordre dans cette poubelle inscrite comme bréviaire alors qu'elle n'est que dégénérescence et accouplement de la dégénérescence la plus triviale que la terre ait connue, ainsi vogue le Chant par les nefs qui mesurent, sans altérer les faits et la geste, portant l'immensité ou bien la désintégration, portant soupir ou bien joie de cette destinée universelle qui effacera l'ombre de l'ombre afin que la Vie resplendisse par toute Vie, et ne soit linceul de son somptueux rivage, ainsi, tandis que se lèvent les vents solaires pour démasquer l'inutilité, la vacuité, la sous bestialité qui ne sont de l'Ordre du Vivant mais bien à leur opposé, et éveiller le Verbe afin qu'il terrasse les moisissures qui cherchent à l'endeuiller...

Combat pour la survie

Alors que se prononçaient dans la folie les désinences du viol systémique de nos Peuples, l'augure révélait ce chant inscrit dans la pierre des lendemains à naître :

« Aux mânes qui respirent les chants divins des astres sous la nue, se tient le lieu de nos épopées fabuleuses, iris de la pulsion des jours et des nuits, voyant de trophées les victoires assumées sur la barbarie et ses souches byzantines, dans un grand feu de guerre marchant aux frontières des empires qui se respectent, là par l'Orient comme l'Occident, dans la fêlure brisée des ordonnances écloses, dans la miasmatique errance des larves qui paraissent, brutes épaisses ne sachant vivre la Vie et pourvoyant ainsi la mort comme démesure de leurs croyances animiques, croyances s'il en fût de sauvagerie et d'épouvante, d'esclavagisme et de torture, croyances inouïes que cherchait leur race à imposer au Chœur souverain de notre existence.

Et s'il en fut dans l'histoire de règnes des plus brutaux, maculant le sol de la Vie, dans la faconde belliqueuse de la folie les animant, ivoire dans nos souches, nos villes, nos temples, nos couronnes, comme une ramure de sauterelles cherchant à mettre en friche la beauté, pour la remplacer par la laideur, cherchant à mettre à bas notre croyance en l'Éternité pour imposer la soumission, cherchant à profaner nos tombeaux pour les remplacer par les hydres de la pestilence, cherchant à combler leur vide maladif par l'usure et le profit de nos économies, cherchant par tous les moyens à réduire notre existence à la leur.

Cette nuit profane couvant dans son âme les incarnations de la démence, celle leur faisant accroire une élection quelconque au nom de leur Déité, au nom de leurs avoirs, au nom de leur délire maniaque les poussant vers les dérives les plus ignobles comme les plus grotesques, ainsi dans la terreur leur acquis, leur luxure, leur démesure, ainsi alors que lentement se tressait sur ce qui failli devenir la ruine de nos chants, l'espoir de la renaissance civilisatrice, voyant des armées en nombre se masser sur chaque terroir pour taire à jamais cette outrance barbare, des armées vaillantes, telles celles des croisées d'autrefois, de ces Templiers respectant l'adversité mais ne laissant apparaître aucune faille dans son éradication, voyant les chocs se densifier, où personne ne pouvait plus désormais s'isoler car il s'agissait désormais d'une question de vie et de mort pour les Peuples Indo Européens.

Soit ils se soumettaient, soit ils annonçaient de vastes victoires sur l'ombre, sur la plaie de cet univers que l'on ne nomme pas, car n'ayant aucun intérêt pour la Vie, cette Vie fertilisant nos terres, cette Vie souveraine déliant les bras pour ces combats qui furent mystiques, dépassant tout ce qui avait été conjugué à ce jour, dévastant la profanation, dans des éclairs tangibles, broyant le servage et la mégalomanie des Byzantins, accentuant leur reflux vers leurs déserts, masse incroyable chassée définitivement de nos terres, laissant s'aérer nos champs et nos villes de tous les miasmes enfantés par leurs invasions successives.

Voyant enfin les Peuples s'unir sous la bannière de la liberté, chaque terre gardée, chaque mer surveillée, chaque Océan délivré, délivré de hordes pusillanimes s'accordant des droits sans devoirs, puisant sans discontinuer dans les réserves des Nations pour s'octroyer plus de puissance que les autochtones, désormais considérés comme des citoyens de troisième classe dans un apartheid répugnant permettant à ces hordes de piller, de violer, de s'installer, de se fortifier, de se livrer à tous les trafics insanes, avec la bénédiction de pouvoirs atrophiés se livrant en pâture aux capitaux effrénés circulant sur nos terres pour les anémier et les rendre à la poussière.

Pouvoirs ces jours jugés pour crimes contre l'humanité, trahison de leur Peuple respectif, pouvoirs ces jours liquéfiés voyant leurs troupes putrides déchues de tous droits civiques, objet d'une surveillance particulière afin qu'ils ne nuisent à nouveau sur cette sphère couverte de leur honte, de leur reptation, de leur peur, de leur atavisme foncier, qui est celui des jaloux, des pervers, des sodomites intellectuels, de toute cette boue se ravissant de sa propre fange, alliant la destruction des langues à la destruction de toute culture comme de toute éducation, alliant la prosternation à des lois iniques protégeant leur inféodation, leur acculturation, leur répugnante servitude.

Ainsi alors que tonnent encore les lourds canons par les terres encore sous le joug de l'imposture humaine, alors que les troupes Européennes se battent avec honneur, grandeur et courage contre la folie de ce monde, alliées avec la Russie et la Chine, pour débarrasser l'Humanité de cette infestation qui ne croît que par le crime, la luxure, le trafic de drogue, l'esclavagisme, le trafic des Êtres Humains, hommes, femmes, enfants destinés à la tuerie programmée, à la décapitation, au démembrement, et plus encore au vol de leurs organes, dans un rite sanglant trouvant ses racines dans le mal incarné, dans ce souffle rongeant cette terre, un souffle devant être anéanti afin qu'elle renaisse des cendres qui cherchaient à la couvrir au nom de l'atrophie.

Ainsi alors que reviennent des fronts les soldats glorieux de nos Terres, éprouvés et courageux, se battant contre l'horreur, la bestialité et ses entrailles démentes, vainqueurs qu'une rage n'habite, mais bien simplement une compassion pour ces Êtres sans lendemain cherchant à les réduire à néant, ainsi alors que le soleil de l'Occident se lève, pure incantation de nos terres, de nos Peuples, de notre Identité formelle qui n'a rien de cette férocité qui dans l'hypocrisie se fait chemin, l'hypocrisie des faibles et des lâches qui cachent leurs défauts dans de délirantes obsessions, qui ce jour n'existent en notre sein et serviront à éclairer nos générations futures sur la présence de ce que fut la plaie de notre Univers qu'il convient de terrasser afin que la Vie soit présente et vivifiée et ne plus jamais être anémiée... »

Au silence vertueux suivant l'Esprit de ce Chant, un recueillement vint naturellement pour en éclore, loin de la détresse, les enfantements propices...

Des mondes en écho

Et comme nous visitions les aires portuaires sublimes, aux ailes éveillées des mondes qui s'enlacent, se recoupent, s'affermissent et s'irisent des clartés natales, nous prenions mesure des rives de ces temps qui entrecroisaient leurs sorts sous les injonctions de la nécessité souveraine, dont le feu divin, aux sources amantes, nageait dans une pluie ivoirine des détails somptueux, que ne peut médire le Sage dans l'obscurité des mondes, car lumière éclipsant l'inconscience s'oubliant dans les abîmes, montrant le chemin qu'il convient de gravir, par-delà les attitudes et les noctambules errances des souffrances initiées par l'atrophie et ses divinations.

Il y avait là promontoire pour les abysses et des éthers retrouvés l'ascension vers la luminosité souveraine, tant de lieux en perspective, dont il nous fallait reconnaître chaque empyrée pour ne point se perdre dans leurs labyrinthes chatoyant de couleurs infinies, au versant des âmes, bruissant un soupir, un sourire, un rire, seyant à l'équilibre magnifié, où en préaux se retrouvaient de vastes nefs aux cargaisons de rêves, partant vers la densité, l'exquise mer des horizons limpides ou chamarrées de vestales assoupies, et d'autres partants vers de cauchemardesques errances aux pitoyables vers lançant des cris dans la solitude de leurs larmes, dont nous prenions pitié, regardant leur lamentable expédition.

Ainsi dans la force et dans la joie, ne demeurerions-nous pas impassibles, mais compassion pour toutes ces faiblesses se roulant dans l'écume de leur désordre le plus venimeux, pour naître leurs houles barbares à des souffles plus nobles, par la volonté des choix harmonieux, se fidélisant et se destinant, aux faits d'armes répercutés à l'infini pour saluer, statuaire, le sort ne se conjuguant avec le vide, mais bien avec l'ardeur, la consistance, dans une volition ordonnée ne pouvant se désunir de la pureté, dont nous trouvions l'honneur des splendeurs, sur ces routes parsemées d'embûche, aux trajectoires de félicités, témoignant de rivières de certitude, des agencements incarnant la loyauté.

Envers tout un chacun, envers ce sang dont les veines de la beauté irriguent la pure novation, loin des immondices et de la crasse engendrés par la laideur et ses armoiries bestiales ici disparaissant dans la poussière des tombes les plus glauques comme les plus répugnantes, dans une senteur de pourriture et de marasme, une senteur sans finalité sinon celle noyant les origines, voyant se recycler les atomes les plus éperdus pour mieux leur redonner l'espoir, l'espoir de reconquête, l'espoir d'évoluer, dans la caresse de l'Immanence ne pouvant se permettre de prendre en charge la sous-bestialité décomposée.

Ainsi alors que les oriflammes parlaient sous le vent l'augure et ses mystères sacrés, pénétrant des ondes en miroir les calices de cristaux renvoyant, dans une ronde impériale menant les signes, au seuil ébloui de la majesté, dans un amour supérieur, prospérant toutes rives comme tous flots, toute matière initiée comme toute énergie sublimée, sur la route nouvelle d'essences correspondant toutes vocations, là, ici, plus loin, parmi les temps et les espaces fécondés, indéfiniment, pour œuvrer et parfaire, réveiller et signifier, dans un devoir sans allégeance, car un devoir inné ne se définit mais oriente, se délivre et dans la pâmoison des œuvres lentement mûrit l'Éternité pour en définir la teinte, la splendeur, l'efficacité, la tonalité.

Cette tonalité, mesure des lourds tambours de bronze, enivrant chaque cœur de son empreinte indélébile, le faisant voguer vers des îles sereines bruissant de mille et mille âmes, sans sursis, la régénérescence du chant devant nos yeux émerveillés, voyant en volutes se forger leur prisme symbiotique ouvrant sur des réalités profondes et vastes où bien des mondes obscurs et piètres, où l'Énergie impériale individuée, dans la source comme dans l'épanchement, dans l'abondance comme la nécessaire nature, œuvrait, ici, là, plus loin, tandis que des oiseaux diaphanes enchantaient l'éclat de ses parures de festives grandeurs à honorer, aux flamboyances écrues à renouveler, aux nectars opalins à transcender, toutes forces naviguant l'avenir de tout chant où l'incarnation ne se réduit mais se poursuit imperturbablement jusqu'à l'annonce magnifiée de l'Éternité du soi prenant consistance des dimensions acquises et des dimensions à naître pour forger l'harmonie indispensable à l'imperium de l'Absolu signifiant...

Des âmes de la pluie d'or

Des âmes de la pluie d'or nous viennent les racines claires
de la beauté et de sa préhension, il y a là sans mystères
des voies multipliées l'allégresse d'un Chant souverain
dont les flores enrubannées de parfums de myosotis,
désignent les algues à foison des sources de la Mer aux
nuptiales langueurs sur les plages mordorées de la
fraîcheur et de ses souffles, où le vent irise ses odes
souveraines, hâtant le verbe vers des îles sans repos, des
franges de terre labiales émondant des sursis pour
arraisonner le sort aux caprices des hymnes virevoltant la
puissance de diaphanes horizons.

Dont l'Aigle, Impérial, scrute l'aire, impassible devant les
agitations comme les querelles sans lendemain, voyant en
la pulsation l'essor de la Vie et de ses magnificences, aux
rameaux de la splendeur, là, dans l'incantation
providentielle des Aèdes et des Poètes, dont la symbiose
vogue, au-delà de l'instant comme de l'espace, la marche
fluviale portant vers l'immensité, l'infiniment grand,
l'Absolu majestueux, ne se conditionnant, ne
disparaissant, ne s'oubliant, devenir s'il en fut de toute
créature dans le développement d'une sève au parcours
destiné, dont les armatures guident vers la Lumière, au
chemin du calme d'une aube magnifiée, dont les oiseaux
lyres, dans des frénésies abyssales, libèrent les mondes
pour d'un écrin nuptial en parer la dimension éternelle.

Verbe d'un chaste corail où les passementeries songent,
égrènent des phrases en vocalise émerveillées enfantant,
toutes voiles gonflées, l'azur d'alizés précoces, nefs d'ivoire
et de jaspe, aux veines bleues du marbre inaltérable, de
l'obsidienne et du palissandre, aux portiques ouverts sur
la magnificence, là, ici, plus loin, toujours présente au
regard, au-delà du miroir des matrices épervières, de ces
illuminations de l'atrophie subordonnées, échouant de
lamentables gréements, agapes de coquillages dont les

soubresauts de sablières demeures dérivent toutes voies contemplatives, sans intérêt pour l'évolutive conscience ne s'entachant de leur lie.

De cette fioriture enchaînant les meutes oisives, scories attendant la plénitude sans même découvrir le sceau de l'existence, pitoyables néants qui retourneront au néant pour de nouveau graviter et s'efforcer à naître, peut-être dans les milliards et les milliards de quanta ne transigeant l'éternel renouveau, délaissant les tortures osmotiques pour embraser l'ascension symbiotique et sa raison, dans une fidélité inextinguible vêtant la conscience originelle de la surconscience.

Afin de prendre la route de la source inflexible dont le chant, mûri des racines mêmes de la densité seyant au parcours, enfante le levant aux complémentaires actions engendrant l'apogée, délivré des stériles langueurs, des opiacées rauques et sauvages, des ruts sans lendemain, des accouplements fangeux aux permissives répugnances, tout un monde au-dessus duquel se tient la Voie majeure, sourde à cet environnement factice, à ses démesures loqueteuses, à ses admissions ridicules et pernicieuses, à ses parures stupides enténébrant la beauté pour la destiner à la laideur, dont les lambeaux sont des esquifs et des roches sans mouillage.

Que la Vie dans son autorité balaiera de son avenir afin de voir naître à l'essentiel le couronnement et sa victoire, car ces bruissements sont poussières, des dithyrambes gloses en échec, une mare fétide dans laquelle se baignent les prurits des mondes, ces officiants sans devenir se lamentant dans l'acceptation de leur fange de ne voir personne de l'Âme au-dessus des eaux se complaire à leurs versatiles ignorances, à leurs glauques certitudes, à leurs inutiles bassesses.

Ainsi, alors que le chant se hisse aux promontoires de la Vie, libérant des fenaisons les moissons propices, dans la senteur parfumée des floralies éprises, à l'unisson des cœurs reflétant les prismatiques munificences de l'ordonnancement de toute créature de sa chrysalide de chair à son rayonnement sublime, énergie ouvrant leur monde à la transcendance, rencontre de l'immanence, dont la pureté est le symbole même de ce réel oublié par les hymnes stériles s'imaginant dans leur suffisance le Divin dans une cacophonie représentant bien là l'égout par excellence où nage l'infertilité en abondance...

Reconquête

Dit le Poète :

Je hâlai de péristyle les cristallines demeures, voguant sur une barque d'ivoire dont les flancs regorgeaient de nourritures moirées de songes, d'ivresse et de fortunes, mon équipage ardent scrutant l'Océan fulgurant, à la recherche de nos terres embrasées, oasis que la poupe irisait de magnificences et de splendeurs azurées, il y avait là un chant émondé livrant sa prestance devant nos yeux en majesté, aux vagues ourlées de nymphes égayées, transcendant un hymne dont le parcours infini embrasait et l'éternité et son harmonie.

Je n'avais d'autre sort que d'en pénétrer le règne, et avec moi les voix des voiles dardées délibéraient l'écume et la houle propices pour en éclore la nuptialité, dont nous fûmes en propos, sans repos au gréement des tempêtes labourant notre sol d'ébène de vestiges armoriés, ici, là, aux profondeurs issues, aux étoiles ensablées, aux devises nous contant les flux et les reflux d'hôtesses messagères, ces civilisations perdues sous les assauts de la vanité, de la fronde et de la traîtrise, toutes voies ouvertes engendrant le renouveau porté par un calice d'émeraude, là, dans l'embrasement des cieux fustigé d'éclairs sombres aux liens adventices de ténèbres et d'abîmes.

Que nous franchîmes, par la hardiesse de nos cœurs palpitants pour revenir ces rivages que le plus jeune d'entre nous perçu, ici, par-delà l'ouragan et ses transports de lames adventices, où l'indivise nue révélait une anse, téméraire d'une conséquence, comme si, invisible, un fil d'Ariane advenait notre nef en ses afflux de moiteurs de sèves, sillonnant l'espace et le temps d'une pure incantation de viduité souveraine, dont nous fûmes le cœur, abordant cette oasis et ses sources dans la calme attitude seyant à l'aristocrate détermination, hissant notre pavillon d'Éden, miroir des stances baignant autrefois les lys essaims de nos terres ancestrales, ce jour souillées et éperdues par une faune glauque aux clameurs jalouses et haineuses.

Il y avait là tout ce que la nature éblouissante peut donner, dont déjà nous partagions l'écume, notre nef appontant, chaque membre d'équipage assumant sa sûreté, avant de pénétrer plus avant sur cette terre sur laquelle nous nous installâmes, vierge essaim semblait-il, aux ramures éperdues des cartes maritimes, que nous parcourions depuis des années, où nous hissions les rythmes de notre civilisation pour dans la pluralité des cœurs et l'affinité des âmes, moissons de colonies souveraines marquant de leur qualité la noblesse d'une force composée délivrée de la mystique sordide de lois iniques résorbant l'humain à une simple larve corvéable à souhait par toute la fripouille acculturée sévissant au-delà de leur hymne nouveau.

Dont nous découvrîmes l'affront de la nocturne désinence, ici, dans la présence de quelques ilotes infantiles, dont l'excès toxique de lianes psychédéliques avait refermé à jamais la faculté de l'intelligence, nous les laissâmes sur leur aire sous condition qu'ils respectent la nôtre, ne troublions leur volonté tant la puérilité était le désir de destruction de leur panoplie à l'étrange conception de vivre, ne cherchant à s'élever, préférant se rabaisser dans des rituels décomposés dont les orgies clamaient leur pauvreté intellectuelle, dans une inintelligible constante, née de l'oubli d'être devenant le chant de mort pour chaque être humain, tant la médiocrité était leur concept et la virtualité leur demeure.

Il ne nous fallut pas dix ans pour conquérir ce terroir, la nature en ses flots grisants, mesure même de l'Être Humain sans servitude, calcinant par nos armées en lice, jusqu'au dernier satrape dont nous avions fait rencontre, voulant féconder de son hymne de terreur notre hymne vivant, dans le chant des écumes, dans l'ordre de la pure éloquence, précipitant dans l'abîme leurs mages noirs aux équipées sanglantes, théories de fauves assoiffés de sang aux terroirs usurpés, lentement dans une agonie stérile, quémandant jusqu'à notre compassion, voyant le sort jeté de leur infortune, de leur griserie comme de leur vanité.

Car ici l'Humain ne serait leur pourceau, l'humain en ses floralies, ses puissances et ses aspirations à la grandeur, au dépassement du nombrilisme, l'humain exaspéré par leur lâcheté et leur fortitude, manifestant tardive leur dévotion, leur empyrée miasmatique, tel chiendent cherchant encore à luire par la contrefaçon des valeurs les plus ultimes, car ici désormais régnaient des Êtres libres aspirant à l'élévation, à la qualification comme la capacité des pouvoirs, où aucune latrine ne déversaient le fiel d'un quelconque aréopage de belliqueux, de nocturnes, de jaloux et de haineux.

Nos terres furent lavées de ces fétides appartenances afin de faire rayonner la puissance de nos écrins, comme rayonnait désormais la puissance de chaque Terre purifiée de la pestilence avide ayant cherché, en vain, à rendre esclave nos Peuples en semis, retrouvant la composition de leur Chant à la vigueur ancestrale, ne se laissant dominer par les scories et leurs alizés, ces vents trompeurs de faune carnassière putride.

La viduité reprenait sa place, la Vie se parait de toute l'innocence hier pervertie, et le don de soi exaltait une jeunesse regardant avec écœurement ces principes voulant imposer aux vivants le parasitisme dans son impuissance, dans son désœuvrement et ses litanies, ne trouvant nulle place en notre lieu renouvelé, messager de cette lumière souveraine n'appartenant à personne mais à tous par la connaissance, intime degré de l'éblouissement, façonnant une civilisation bâtie sur l'inaltérable respect de la Vie et du Vivant en sa multiplicité.

Apaisant la faim comme la soif tant des chairs que des esprits et des âmes, dans ce sommet de la complémentarité substitué à cette chose si mal nommée l'égalité ne pouvant s'appliquer qu'aux droits et en aucun cas aux facettes multipliées du vivant, ainsi pour taire les mers des caprices aux venelles glauques, afin de hisser sur les terres les drapeaux fêtant la paix, la paix des âmes, des esprits et des corps, cette paix naturelle que rien ni personne désormais ne pourrait détruire sous peine de se détruire lui-même, la paix des Êtres Humains et des Nations, la paix souveraine légiférant le droit inaliénable des Êtres Humains à naître à leur dimension comme à leur capacité majestueuse.

Ainsi alors que le soleil se couche, veille sans limite, et que demain verra l'Universalité composer pour hisser au-delà des avatars et des contractions temporelles, l'Humanité en ses floralies, au plus vaste degré qui soit, celui de la conquête de l'immensité dressée devant ses yeux, et que jusqu'à ces derniers siècles elle ne pouvait voir, si tant courbée et en reptation devant les immondices et leurs féaux, ainsi alors que chacun s'endort dans la sécurité d'un monde qui ne doit qu'à la Vie son plus haut degré de perfection...

Ainsi dit le Poète...

Les semences du cristal

Ainsi les semences du cristal de l'horizon limpide venaient le souffle de cet esquif au-delà des étoiles où, érigé, l'empire de la médiocrité saluait la fortune de se croire Dieu en lieu et place de Dieu lui-même. Et le Sage dissertait, au milieu des cils des saisons, exilé de sa terre, de sa Race, dans ces limbes écoutant son Verbe ruisselant de larmes amères.

Ainsi était son chant hivernal dans le flux et le reflux des vagues de la Mer, bruyant ses larmes aux textures de ce monde, un monde insensé, où le nanisme régnait. Barbare à souhait dans l'informe, sa force déployée baignant dans la fange la pluralité humaine, ce jour oublieuse de sa destinée, vendue à la corruption la plus délirante qui soit.

Où le Guerrier parlait, dans la brièveté des actes, de l'élégance d'un terme, thaumaturge de renom, déployant ses légions par les terres anémiées. Par la folie, l'indécence, la décrépitude, le déshonneur, la débilité mentale prononcée, initiée par une propagande insipide et répugnante.

Ainsi était ce monde, aux antipodes des écrins étincelant par les espaces intersidéraux, notre lieu voyant sa vacuité. Fresque de guerres impitoyables, un enfer où s'agitait toute la lie de la vie bruyant de ses calices la torpeur de la terreur et de ses crimes.

Vil monde initié par l'atrophie, gardé par la reptation, la fourberie, la traîtrise, l'infamie, voyant ces hères magnifiés dans l'idolâtrie. À des dieux sans résonance, sinon celle de la matière la plus abjecte, flouée du respect inconditionnel qui lui est dû.

Et le Mage de renom, soliloquait cette infortune bâtie ce jour s'abandonnant à la soumission parfaite et la plus destructrice à la matière brute. Voyant ce que devenaient les Êtres Humains, des troupeaux sans racines ni floralies se prosternant devant la réplique nocturne de toute création, et son âme exhalait un frisson devant tant d'horreur accumulée.

Ainsi était ce monde dont le regard même témoignait, destructeur, irisé des confidences des vents, des colères des tempêtes, des puissances des ouragans. Déferlant des eaux pour laver la pourriture de ce lieu, souillé par des aveugles psychiques, des dénaturés mentaux, des malades atteints de morbidité les poussant à la destruction totale de la Vie.

Lors, Sage, Guerrier, Mage, unis vinrent affronter cette puanteur glauque se voulant règne sur ce lieu de la Terre, brisant le sceau de la Vie et des Vivants, des Espèces Humaines, des Races Humaines, des Peuples Humains, des Familles Humaines. Déferlèrent alors leurs armées, impitoyables, nettoyant de fond en comble de la boue et des immondices cette Terre majestueuse hier.

Qui le redeviendrait, les combats achevés, l'atrophie destituée, les dieux matérialistes déchus, redonnant ainsi un visage à l'Être Humain, aux Familles Humaines, aux Peuples Humains, aux Races Humaines, à l'Humanité. Tous revivifiés, délivrés des scories putrides les asservissant et les immobilisant dans la matière dévoyée.

Ainsi fut ce monde, lavé des ténèbres et des orientations visqueuses nées de l'adulation systémique de la destruction, voyant ce jour dans le concert des Nations, se dresser un Ordre Mondial Naturel n'ayant pour seule vocation que l'élévation de chaque Être Humain dans le respect inconditionnel tant des Nations que des espaces bio géo historiques constitués, initiant la plénitude multipolaire, nécessaire à l'élévation et non la désintégration au profit d'atrophies quelconques.

Jouvence d'un Été

Cales grainetières des essors du Levant, aux amphores emplies d'huile savoureuse, de coffres pleins d'émeraudes et de schistes, dont l'Agathe reflète la divine luminosité de cils en cils dans l'énamoure de sa coque ventrue de passementeries d'ivoire et de jaspe, que les marins aux âges solsticiaux gardent, dans leur armure de soleil et de scintillante écume, alors que l'aube blonde descend parmi les temples, et que les coryphées entonnent des prières de haut songe.

Vestales nues, des rimes antiques allant et venant les nuptialités devisées, celles de sources et de stances charriant des laves de frissons, où le cri des oiseaux de Mer enfante la mélopée des vents à la voile hissée hâlant l'heureux rivage à conquérir, ici, là, dans les conches dérivées où s'aventurent, dans la noblesse, les sages et leurs écrins bâtis de renommées, déjà par les prairies lactées de rêve, déjà par les présents poudrés de règne, alimentant au-delà des perceptions les nautiques présences, aux amarres tissées de portuaires élancements sous le zénith apparaissant.

Livre cours d'un Peuple accourant, une foule dense de convoitise et de curiosité mêlées, dans un embrasement de voix fulgurant les pontons d'onyx où les pavillons claquent pour présenter aux arrivants la nature des écumes foulées, ici, par l'enceinte des forteresses d'ébènes où les marchands parés d'un turban de soie font inventaire, regardent, pèsent, mesurent, jaugent de leurs regards aiguisés que rien ne peut ternir.

Devisant les valeurs, comptant et recomptant en fonction des besoins des ilotes attentifs ne cherchant à acheter le moindre produit, préférant laisser ce soin aux connaisseurs, agités, gesticulant ou affables, contemplant et marquant leur accord pour les étoffes, toutes moirées du marbre du couchant, irisées de dimensions bleutées et fauves qui seront les parures de colonnes sculptées, de portiques enseignés, et des nefs conquises, gréements de rires aux rives du regard des animaux gardant les navires, alluvions de ce continent perdu au sud, voulant ressembler aux Êtres dressés.

Fastes de féeries, de conciliabules et de tonitruantes mêlées, où chacun retrouve les travers de certains, et certains les demeures d'autres toujours à la recherche de ce qui n'existe que chez les autres, ainsi alors que le halo de midi sonne les pantagruéliques ripailles, offertes aux auberges ouvertes à tout vent, sous le respect du dépôt des armes et l'agonie de toute querelle.

Où les équipages se rencontrent, se disputent et parfois s'allient afin de conter l'aventure venant des fresques aux terres adulées là-bas, scintillant sous le Ponant, exultant la nourriture aux senteurs surannées, baignées de vins de terres olympiennes, trouvant mesure de ventres affamés, de palais assoiffés, banquetant sans silence, dans l'arrogance de chants paillards, dans la trivialité forçant au rire le plus ténu comme le plus arbitraire.
Tandis qu'au dehors les enfants s'agglutinent pour regarder ce qu'ils seront demain, marins, marins disent-ils, en regardant les yeux écarquillés, levant d'oriflamme jouant sur la berge, le sabre au clair, sous les yeux attendris des vieillards paresseux, se rappelant des heures de gloire, des heures insouciantes et d'autres terribles aux méandres des guerres déployées, aux cohortes malmenées.

Tant de souffrances pour tant d'innocence, se disent-ils, mais ces enfants ne le savent pas encore, le rêve leur tenant lieu, qu'il ne faut les désespérer sachant qu'ils sont les lendemains qui chantent, ces lendemains qui viendront de découvertes en découvertes, toutes les Îles de ce monde, et bien plus les continents signant dans la brume leurs horizons de clartés souveraines, de Terre, de Terre en moisson de la Mer et des Océans fulgurant les densités de l'œuvre à naître.

Éclairer et prospérer par toutes voies dont les sentences et épopées ne désarment, mais s'invitent à la pure jouvence d'un Été, et bien plus encore à la moisson des nuits de ces étoiles en nombre attendant d'être foulées par les pas des Êtres de ce chant, si lointaines et si proches à la fois qu'il suffit de les imaginer parsemées de terres vierges pour en éclore les saveurs et les odorantes ardeurs, demain, venant des équipages talentueux, et des armées de fenaisons, demain dans la destinée ne s'écrivant dans le statisme mais dans l'action la plus épurée et la plus noble, celle du cœur battant en harmonie avec les Univers et leurs flots incessants, ressacs de la puissance ne se déshonorant ni ne se narguant ...

Signes effeuillés

Signes effeuillés des âges de la pluie où voguent des nefs cristallines, ivoire de gemmes aux âmes légères et surannées des livres ouverts sur la densité exquise des temps concaténés, absous et dérivés dans la majesté des cieux embrasés de luminosités stellaires, où l'onde au milieu, libre de mouvement, dans une féerie se déplace, ivre de la joie des plus vastes espaces, aux clairs désirs, aux fastes épousés, des âges enfuis les souffles ruisselant de rives d'arc-en-ciels merveilleux, ici, là, puisatiers de grandes offrandes dont les soleils éblouissent un azur de feu et de lagunes.

Dans un horizon de flore et de senteurs, dans cet abandon du vide jailli de l'infini, dont le potentiel divin de chaque création, miroir des œuvres, ne s'absente mais se prolonge, au-delà des distances, des points essentiels, des géométriques circonvolutions dont les clameurs tendent vers les étoiles leurs multicolores artifices, où le fruit, dans cette divination, prieuré de haut songe et de vaste flamboyance, le fuit s'étreint et se vivifie, accélère les ambroisies et dans les orfèvreries charnelles dessine sa lumière participe, une lumière d'offrande, de beauté et de répons.

Répons au silence, répons aux cris des oiseaux lyres parcourant les plaines, aux danses des biches dans les orées où coulent des sources de passementeries joyeuses, aux règnes des végétaux dont la luxuriance perlée de gouttes de rosée délivre les enfantements, précieux, solidaires, ivres de la floraison des amours et des énamoures accomplis où chaque pas est titanesque de la vertu des mondes, de cette vertu n'immobilisant mais bien au contraire activant le sens de tout avenir.

Le sens en conscience, le sens en épithéliale oraison dont les marches d'acacias bleuis dévoilent les promesses d'une aventure nouvelle à voir, espérer, contempler, par-delà les rivages fauves, les limbes éperdues, les parcours chaotiques, les sites amers et les rêves fracassés des idoles oubliées, marchant de l'onde de fleuves en fleuves jusqu'aux racines des cimes éternelles luisant de neige immaculée, une blancheur torrentielle innervant le corps des terres d'alluvions, libérant des houles le limon d'argile et ses vespérales attentes, délibérant le sort et les congruités de ce sort dans l'élévation ne se contournant, ne se rejetant, mais bien au contraire se finalisant dans un essor prairial contre lequel toute lutte est impossible.

Car de la vie le rameau vert inscrit sur la plage des heures, fresque de plus noble et de plus adulée, fête du vent et de l'eau, de la terre et du feu, fête d'avant fête au triomphe cinglant vers la viduité la plus vive, la plus dense, témoignée par le chant dans ses parures aériennes, aux volants des saisons et de leurs festives langueurs, au plus profond des oasis, dans ces forêts aux rus impassibles où les couleurs émiettent leurs ferments, dans l'attitude même des buccinateurs dont on entend au loin sonner les lourds tambours de bronze.

Annonçant la renaissance, le jour des atours, et la nuit des diaphanes mélopées, aux amoureuses espérances, aux amours réalisés dans la splendeur spontanée de draperies écloses, aux orbes adventices, aux secrets palpitant les cœurs d'une scintillante rosée de rêves éclos, où l'abeille nidifie, puis d'un pollen s'empare pour rendre inépuisable la source des murmures aux stances incarnant la félicité.

Emprise du Levant où les circaètes, dans leur vol chamarré, développent par les falaises de craie et de marbre les frises des Océans aux lambris de douceur, dans une architectonie bravant tempête et bourrasque, car écumes de haute mer et frissons ardents de la multitude des peuples volatils enseignant par les nefs et les esquifs, ourlant les abysses insondables, de vertigineux songes aux isthmes déployés, fécondant les stratifications des ondes pour en épeler les écrits inscrits de toute éternité au levant d'étoiles blondes aux couches d'amarantes.

Levant des chrysalides fières déflorées de tresses aux couleurs myosotis, éphémères et si belles dans le talisman des prairies nuptiales, éphémères et si tendres dans la pulsation des ondes s'entrelaçant et se désignant, dans un vol épique palpitant les nuées pour en retenir et revenir les parcours les plus initiés, dans une thaumaturgie relevant de l'alchimie la plus pure, naviguant d'œuvre en œuvre l'épopée éveillée, jamais ne se fanant, afin de porter aux mondes vivants la splendeur de la veille de l'éternité, écoutant, accomplissant, ordonnant, destinant, insinuant, développant toutes forces délibérant des lendemains scintillants...

Rives en essor

Rives en essor aux tempétueuses circonvolutions des règnes, qu'ivoire la nue dantesque, blizzard de ce monde, dans la concaténation inverse des ordres délibérant des miasmes là où l'Éternité est seuil, alors que le renversement des songes permettrait d'en offrir les stances, dans un rayonnement fulgurant l'aventure de la Vie sur cette ode incarnée dont le sérail peut naître et éclore la densité des rêves, la pluralité exonde des talismaniques vertus, la préciosité de la symphonie des œuvres, sans se lasser, ni ne s'estomper.

Voyant des lys parcours l'affirmation de l'autorité naturelle sur l'autorité virtuelle confinant aux abîmes, redressant les souches pour en parfaire les racines, les ouvrir à la pérennité et non à la lie infertile semblant se vouloir le manteau glaciaire et désœuvré de l'atrophie régnante, ici aux cimes s'écartant sa volonté sans éclat, sa bassesse sans finesse, son élan involutif masquant ses tares pars la surdité, le bâillonnement des élites de la capacité pour nous offrir en pâture aux remugles de la médiocrité et de ses orbes, déployés dans l'affliction, l'incongruité, l'obséquiosité, la bêtise, l'acculturation, l'illettrisme, venant la barbarie et ses écumes de sang.

Ses flots se nourrissant de la mort alors que la Vie demande la splendeur, l'offrande de la volonté, mais ne cherchons la volonté, l'honneur, le don dans cette incapacité se voulant prédestination d'heures majestueuses, on ne trouve dans ces appâts que la farce de destins tronqués, vendus et achetés par la souillure de l'Esprit, l'oubli de l'Âme, et plus encore le déni de la réalité physique, s'inventant une philosophie, une morale, un but, la philosophie de la perversité, la morale de l'immoralité la plus tonitruante, le but glorieux d'une dictature née de la faiblesse qui retournera à la poussière devant la force de la Vie qui toujours, fut-elle malmenée, ignorée, fulgure au-delà des vanités, des traîtrises, des absences, des reniements, des abysses les plus profonds comme les plus instinctuels.

Car il n'y a pas de place pour ces difformités dans la Vie, la Vie qui est honneur, grandeur, élévation, conscience, majesté, Empire, Foi, et non délétère fonction du végétatif, de la larve et de ses troupeaux menés comme des animaux aux frontières du vide auxquels aspirent les néants gloseurs, les farfadets hurleurs, ces bestiaires accouplés et fardés, ces immondices pavanant là, ici, plus loin, dans le désert de toute viduité, s'imaginant puissance alors qu'ils ne sont qu'impuissance à comprendre le vivant, jaloux, haineux de la Vie elle-même, petits lâches ne marchant que sur deux vecteurs de la personne infinie qu'ils sont, qu'ils renient comme Judas renie le Christ, préférant le larvaire à la condition majeure du vivant.

Celle qui, transcende et aide à transcender, dans la complémentarité et par la complémentarité ouvre chaque Être Vivant à l'Éternité en tout lieu, le temps n'étant qu'un instrument sans valeur devant la puissance de la Vie déployée, dont l'oriflamme essaime les étoiles en nombre, les galaxies en chants, et les amas comme les super amas de galaxies en hymne, d'un Univers le florilège de multiples Univers se croisant, s'entrecroisant, s'alliant, se précisant, toujours, s'ouvrant à la pure beauté, à la Déité souveraine accomplie, mesure de toute destinée dont sont oubli les parasites s'inventant des mondes immobiles.

Axés sur leurs vices et la prostitution de leur âme à l'abîme et ses densités gluantes et métamorphiques où la hideur est règne, l'instinct fourvoyé le bestiaire délire, et la haine sacerdoce, toutes formes ovipares cherchant à nuire au vivant, à le détruire par toutes forces dévoyées, signes éphémères se croyant immortels alors qu'ils ne sont que temporaires, signes dont la bestialité est l'écrin, et comment cela pourrait-il en être autrement, lorsque s'affaire cette monstruosité ne cherchant en rien le devenir de la Vie mais bien au contraire sa disparition ?

Illumination de la plaie rongeant en surface ce monde où se laissent prendre dans ses filets les leurres, les ego les plus ténébreux et les plus naïfs, les plus vicieux et les plus immoraux, afin de participer à ce festin qui est le festin de leur propre ruine, de leur propre infection, de leur propre nausée, qu'ils voudraient que tout un chacun louange, alors que déjà, par-delà leur termitière répugnante, la Vie se dresse contre leurs assauts incongrus et lentement mais sûrement déploie ses oriflammes pour mettre fin à leur lie et ses débauches, à leur moisissure et ses prêtres de Thanatos, à leur désintégration qui, devant sa volonté Impériale, pliera et mordra la poussière, son élément naturel, car inexistence au sens de l'aventure de la Vie qui toujours se respecte et se fait respecter...

Des signes sous le vent

Des signes sous le vent au parcours serein, virevoltant dans l'écume des songes et dans les algues du zéphyr où la nue danse l'altière définition des mondes, éprise de la Vie et de ses tumultes, de ses ardeurs comme de ses compositions dantesques, l'œuvre dévoile dans leurs facettes exaltées, téméraires, humbles ou hautaines, toujours la voie de l'appropriation du dessein des termes et de leurs conséquences, dans le flux et le reflux des houles aux sons glorieux des Oiseaux Lyre se prononçant.

Extase du Levant aux armoiries dont les étincelles flamboient les demeures d'un astre de renouveau, d'une perfection animée dérivant la pluviosité des sacres, dans la splendeur des âges concertés, initiés, sans édulcorer leur grandeur, unies pour forcer le temps comme l'espace à un essaim de gloire de tempérance sans outrage, candeur sans naïveté, dont la beauté et l'enchantement sont Verbe de la magnificence à la récurrence divine, où se parfait dans l'horizon le signe vivant, étincelant de prairies et de forêts, de ru comme de fleuves, de mers comme d'océans, au principe de l'Éternité, dont le sérail ne se meut dans l'adventice où le déni, mais dans l'embrasement même de la perfection animant chaque Être.

Lorsqu'il se mesure avec le sens circonscrit de sa viduité, en phase des éléments de sa réalité, Corps, Esprit, Âme, dont la symbiose gravite le dessein de toute permanence, correspondance ultime menant à la pure transcendance ne s'abritant, ne se dérobant, mais inlassablement se prononçant pour offrir aux Vivants tout répons à l'aventure de sa destinée, de la destinée frappant à la porte de chacun, dont chacun doit regarder l'avenir comme le devenir, et non seulement regarder mais insérer sa force vivante dans leur flot de vigueur et non de mollesse, sans détresse, confort ou espoir, ces derniers

étant parodie voyant la lie gangrener le réel au profit de la
d'une sphère inverse de la Voie.

Une sphère de délit et de cruel naufrage sans tempérance,
se maudissant jusqu'à s'ouvrir à la haine de la Vie, une
haine pullulant dans le regard des non-être façonnés par
ses rives, des caricatures de vivants prosternés devant la
matière, couchés dans la poussière, larmoyants
s'épanchant comme des ignorants devant la force du
destin, tétanisés par la peur des incapables et des fourbes
opacifiant le rêve pour la répugnance de leur labour
bestial et sans lendemain, croisant tout un chacun dans
l'irrespect idolâtre.

Malversation éveille de la pluralité des mondes dont ils
sont parties, ce qu'ils ne veulent voir se croyant seul
détenteur de leur dessein, un dessein broyé par leurs
litanies, leur manque d'assurance à être jusqu'à se renier
dans les moisissures extrêmes, les voyant fauves reniant
leur Identité, reniant leur Race, reniant leur vitalité pour
le profit de l'irréalité la plus profane, la plus nauséeuse
qui soit, celle d'un retour à la matière brute qui n'est que
la finalité de toute valeur de la Vie, un retour non vers le
futur, mais vers l'origine, vers le néant initié qui,
ensemencé, déjà n'est plus le néant, forgé, n'est plus le
néant consacré, car dépassant le néant.

Ce que la plupart des vivants ignorent, ce que cette
majorité de vivant doit comprendre pour enfin faire face à
cette errance qui n'est que chantre de la mort et de ses
écrins, la mort de la conscience, la mort de la splendeur,
la mort de la grandeur, la mort du dépassement, la
tentative de mise à mort de la transcendance, qui au
demeurant ne peut mourir car inscrite dans les gènes de
tout un chacun, épée de Damoclès des tenants et
aboutissants de Thanatos, qui ne peuvent inscrire dans
leur destruction ce qui est indestructible sauf à se
détruire eux-mêmes dans leur totalité.

Clameur que tout un chacun doit contrer afin de les
sauver de leur empyrée, cette stance maladive rongeant
les mondes de ses miasmes, les univers de ses
moisissures, lèpre connue et reconnue se résorbant
devant les actes de bravoure régénérant le sens qu'ils ont

perdu, l'honneur qu'ils ont oublié, la grandeur qu'ils ne connaissent pas, dont les dérives seront dispersées parle grand Chant de la Vie.

Qui ne parade, ni ne s'inscrit, mais bien au contraire chevauche le firmament et écrit le Verbe d'Or pour étinceler son flot de lumière par toutes densités de son existence et de son salut, aux jardins vespéraux dont les flots denses et ourlés sont promesses de l'aube et de ses fulgurances naissant et renaissant afin de propulser son Éternité au-delà de toutes les scories, les profanations, les menstrues de la déperdition issues des larmes de la fourberie et de ses abysses venimeux, ainsi dans l'azur de l'hymne du Vivant …

Âmes éthérées

Âmes éthérées aux puisatières innocences s'en viennent de marches nobles aux alluvions des temps, délibérant des clameurs adulées, des chants retenus et des hymnes divins portant à la mémoire le flambeau de l'horizon au cil ouvert devant la nature des opiacées vrillant de leurs menstrues les aubes de la terre, fumerolles enorgueillies de larmes d'ivresses, de promontoires d'abîmes, de constellations troubles et glauques dont les limbes sont la moisissure de la matière ensemencée.

Dont la nue s'abrite, se protège, en éclosant des chrysalides d'armoiries devant leur espace concaténé, obnubilé par le ferment d'épures incertaines, aux noms en nombre disloqués par les feux de la barbarie la plus atone, la plus absconse, la plus sauvage, injuriant les vivants par des décades dont l'histoire ne s'ennoblit, car se diluant dans la prosternation à l'inexistant, à l'artifice avide englouti lui-même dans d'adventices fanges lui servant de refuge, le refuge du déni de la Vie, un déni constant aux mortelles errances, aux divinités exhalant des immondices se repaissant de la chair humaine, pour l'atrophie de ses velléités.

Il y a là l'ombrage visqueux du marais putride dévisagé, outrance en son extase, délibération en ses mensonges, déviant de la Voie pour jouir de son inversion et exposer ses principes dans une source de sang dont la parure est immonde, enchantée, œuvrée, prospérée dans des litanies sombres et pourpres régissant les tempêtes de ce monde, nées de roitelets imbus, de gorgones solidaires, aux draperies étranges où des symboles paraissent, des symboles inexistants leur éclat comme leur enfantement, extinction même de la luminosité.

Où se pavanent en leurs ors des messagers se désirant triomphe dans l'inexistence, injustes à propos, querelleurs à souhait, batailleurs en semis, agitant les larves devenues de ce qui fut l'Humain avant qu'il ne tombe dans la méprise absolu de son essence comme de sa substance, agonisant aux vestales enfantées par la nuit et ses écumes, sacrifié avant même que de naître au monde, assassiné dans le ventre de sa mère, assassiné en l'aînesse de sa consécration, assassiné en fonction des fluctuations morbides de matérialités insipides, dont la force est rempart du néant.

Être vide de conscience, obéissant comme une fourmi à l'avidité grotesque, à la tempérance visqueuse, à l'abandon de sa réalité pour le décor de la virtualité fondant ses espérances à la désintégration, et non à cette aventure fabuleuse inscrite par la Vie, dépassant toute incertitude pour plonger dans la gloire de l'inconnu afin d'en démystifier les ambres, heure sans génération par cette œuvre écrasée par la laideur, la cruauté, la vanité plurielle, la jalousie, la fétidité, la haine de ce que certains ne peuvent concevoir, la haine de la Vie.

Rictus de fanges dénudées hurlant comme les troupeaux à la mort de la beauté, car soumis à la défécation tribale d'aires qu'ils ne maîtrisent, ne comprennent, car chiendents de la réalité, cette réalité fondée sur des assises solides, force et forge des Êtres Humains, la famille, l'Ethnie, le Peuple, la Race, l'Humanité en ses multiples facettes d'un arc-en-ciel devisé, ce jour roulant dans la boue pour offrir aux licteurs le droit de le déliter de ses constantes, de ses horizons complémentaires, afin de le broyer dans la poussière et sa mystique délirante.

Une mystique naine, issue des plus vastes embrasements conjugués ce jour pour l'anéantissement du vivant, devenu chose, matière, immondice dont on tue la cognition afin que malléable il acclame sa soumission aux déjections philosophiques, spirituelles, physiques, artistiques, plus encore les convient, les adulent et dans un acte de servage prie pour elles dans une votive allégeance fêtant l'apogée du pourrissement le tarissant.

Ainsi alors qu'il lui suffit de regarder les acquis de leur mensonge pour se défaire de leurs ordures, les démystifier, les dévoiler, et par là même les reléguer à leur nature visqueuse, celle de l'incapacité à vivre, pour délaisser à jamais leur obséquieuse décérébration, et naître à la puissance du Vivant, de cette ordonnance innée ne s'entachant de la plaie innommable se voulant vertu, et dépasser son carcan afin de naître à la Voie qui jamais ne s'estompe, fut-elle embrumée par les distorsions temporelles, comme par les malversations futiles et inutiles de respires esclaves et profanés s'imaginant dans leur laideur, illuminations ....

Prière de haut songe

C'était en 2020, sur une terre embrasée, où la guerre contre l'obscurantisme faisait rage, et le chœur des guerriers entonnait ce chant :

« Splendeur de la création ne délaissez cette œuvre en mûrissement, témoignez du Verbe et développez vos prouesses dans cet azur qui nous est demeure où votre cœur palpite un horizon.

Il y a là, la houle de toutes les écumes, des liesses de floralies qui s'enchantent et ce chemin à peine né se couronnent dans la Voie essentielle que nous cherchons à correspondre.

Ne laissez la hideur comme la bestialité avoir raison de nos entendements, hissez notre course vers le zénith et sa luminosité parfaite, recueillie, accomplie, par l'ardeur qu'elle confère.

Ne voyez nos couronnes assiégées par les scories de ce monde, offrandes aux bubons grotesques se fardant de légitimité comme de respect lorsqu'elles sont l'immonde.

Gargantuesques trivialités fécondées, ovationnées par tous les perfides et les traîtres, les parjures et les félons martyrisant nos Nations au nom de leur utopie bestiale qui est crime.

Crime contre Dieu, crime contre sa Voie sacrée, crime contre l'Être Humain, crime contre les Peuples, crime contre les Races Humaines, crime contre l'humanité. Crime contre Votre Création.

Que vos légions nous aident à en paraître le terme, dans une guerre totale qui verra rendues aux enfers les cohortes de ces tueurs nés qui paradent, applaudis qu'ils sont par des larves devenues.

Que la force et la foi brillent sur chacun de nos oriflammes afin que nos armées ne défaillissent devant les termes qui se doivent de l'abomination couvrant nos Nations d'une boue saumâtre.

Car devant l'invasion de la plaie humiliant l'Humanité il n'existe d'autres chemins que celui de s'en libérer totalement et globalement, l'Humanité ne devant devenir son esclave et sa chose.

Car devant l'abjection envers l'humain dont elle fait preuve et dans ses discours et dans ses actes, cette purulence, néfaste à la Voie, doit être éliminée de la surface de nos royaumes entachés de sa boue.

En armes du Verbe devons-nous liquéfier cette errance, cet anachronisme, cette bestialité sanglante souillant nos sols en s'imaginant maîtresse alors qu'elle n'est que servilité de la haine.

Et que nos troupes se dressent contre son infection qui ronge, et que nos troupes se hissent en tous lieux pour relever le gant de son parjure, pour notre devenir comme pour notre avenir humain.

Et qu'aux accents de triomphe se dressent nos Peuples pour faire face à son invasion tribale, arborescence de l'errance et ses féaux les plus prompts comme les plus belliqueux.

Qu'ils soient jugés comme traîtres à leur Patrie et que l'opprobre soit leur châtiment clairvoyant, que leurs sectes soient dissoutes à jamais dans le néant qui leur appartient et les avilie.

Le temps de la guerre est venu, un temps orageux qui ne verra cesser le combat que par l'anéantissement total des ennemis de l'humanité, l'anéantissement de la haine bestiale.

Ô forces immaculées du règne de Dieu, donnez-nous la force héroïque dans ce combat qui s'annonce digne de celui d'Ajurna, digne de celui d'Alexandre et de nos aïeux souverains.

La terre tremble, les océans se mettent en lave, les cieux s'assombrissent, que rien ne fera tarir la Liberté, sur nos champs d'action, pour laquelle tant sont morts, tant et tant qu'ils ne sont oubli.

Car rien ni personne ne viendra tarir l'essor conquérant qui se dresse, voyant nos Peuples d'Europe se liguer contre la barbarie et la sauvagerie et les renvoyer à jamais sur leurs terres stériles et prostrées.

Ainsi alors que se lèvent nos armées sur le champ de bataille qui vient et qui verra, digne de celles de Charles Martel et de Lépante, leur victoire achevée sur l'obscurantisme. »

1917-2017

Prémonition ? Nous trouvons là un texte qui interpelle. Mais lisons :

« Nous sommes en novembre, les événements se déroulent à une vitesse extraordinaire, avec un seul mot d'ordre la contre-révolution.

Tout a commencé par la création de comités ouvriers, paysans et étudiants, délaissant le syndicalisme aux ordres, dans le cadre d'une révolte spontanée contre les mesures d'austérités d'une gouvernance élue par le viol de la cognition du Peuple de France, comme une marque de savonnette.

La grève générale a été décrétée en Octobre, une grève totale ayant pour but la restauration des acquis sociaux obtenus dans le sang par le Peuple depuis des siècles. Cette grève s'est coordonnée immédiatement, d'usines aux campagnes, de lycées en universités, par la création d'assemblées constituantes élisant les vecteurs du Peuple prononçant non seulement des souhaits mais une réalisation par la gouvernance de ses demandes signifiantes, savoir la restauration des contrats à durées indéterminées, la revalorisation des salaires, l'abandon de l'imposition sur le revenu, la restitution des articles veillant à la sécurité des employés dans le cadre du Code du travail, enfin la recherche du plein-emploi par mise en application de la préférence nationale et l'anéantissement du droit des travailleurs détachés.

Devant cette grève la gouvernance aux ordres de la finance apatride a refusé toute concession, plus encore se servant du droit subjectif dit européen tenté de faire venir des travailleurs détachés pour remplacer tant dans les campagnes que dans les usines les travailleurs en grève, et constatant son impuissance a envoyé les forces de l'ordre, et des forces militaires étrangères, notamment allemandes, pour faire rouvrir les usines.

Le conseil national de la résistance devant cet abus d'autorité a fait armer les ouvriers, les paysans et les universités. Devant cette levée de boucliers, la gouvernance a instauré la Loi martiale, et usé de sa cinquième colonne islamique pour tenter de terrasser le mouvement. Les comités se sont insurgés devant cette félonie, et ont engagé leurs forces pour tout d'abord éradiquer totalement la veulerie islamique et conjointement la barbarie de la gouvernance. L'Armée s'est jointe à ces comités, puis les forces de police, devant la criminalité organisée par la gouvernance. Paris, Lyon, Marseille et la plupart des villes secondaires ont été déclarés zones de guerre.

Au bout d'un mois les velléités gouvernementales ont été réduites à néant, quarante millions de Françaises et de Français montent sur la capitale pour l'éradiquer totalement.

Du Nord au Midi, de l'Ouest à l'Est, les comités coordonnent leur effort pour faire appliquer une justice sommaire, nettoyant de fond en comble la lèpre pourrissant l'État Français, ils investissent les Institutions et en balaient la vermine qui y grouille, les suppôts de la maçonnerie déviante qui ne sont que la colonne vertébrale de l'esclavagisme, les suppôts des sectes n'ayant pour intérêt que la mise en servage du Peuple de France, les prisons sont pleines, les condamnations à mort pour trahison, félonie, se multiplient.

La contre-révolution est en marche. Et cette contre-révolution envers l'usure et ses féaux, fait des émules, les Nations Européennes s'embrasent, les unes après les autres, trois cents millions de personnes se lèvent comme un seul homme, sur le mode des comités d'action Français, renversent leurs gouvernances, et tiennent Strasbourg sous le feu de leurs armes, l'Union dite Européenne est condamnée ainsi que tous les suppôts qui y sont commis, les commissaires politiques emprisonnés à vie, la Banque centrale Européenne détruite, et ses valets condamnés de même à la prison à vie.

La chasse aux traîtres par toutes les campagnes, par toutes les villes se poursuit, le Peuple exhalant sa colère que nul ne peut retenir. Les derniers islamistes se réfugient dans les ports pour quitter l'Europe désormais libéré des esclavagistes.

Les représentants des Nations instaurent une Europe des Nations, gardienne de l'Identité et de la souveraineté de chacun des Peuples qui la composent. États Unis, Russie, Chine, Inde et pratiquement toutes les Nations du Monde acclament cette création.

En chaque Nation, désormais ne peut prétendre au pouvoir que des Êtres libres de toute dépendance qui seront les fers de lance de la République et de la Démocratie, la loi de 1905 s'étoffe de toutes les sectes putrides quelles qu'elles soient et de la maçonnerie ainsi que de toute société tendant à s'incruster dans le pouvoir pour le pervertir.

Le bilan de deux mois de guerre en France, a permis d'éradiquer totalement les zones de non droit, de liquider la totalité des féaux de la subversion, y compris leur cinquième colonne islamique, et d'emprisonner tous les fauteurs de troubles à l'ordre naturel, francs-maçons avariés et sectes putrides, les banques ont été nationalisées, la Banque de France est seule en droit de commettre la monnaie, les frontières ont été rétablies sous la surveillance d'une garde Nationale armée, l'économie repart lentement, sur des bases nouvelles, conditionnant la règle du tiers, un tiers des bénéfices pour les actionnaires, un tiers des bénéfices pour les ouvriers et dirigeants, un tiers des bénéfices pour l'investissement, la consommation locale est désormais de règle, les grands travaux de restauration commencent, avec mise en œuvre de filières dans tous les domaines de l'entreprise, de la sidérurgie aux modélisations numériques, les campagnes comme les villes sont libérées de l'islamisme radical, la vie peut reprendre et on peut se tourner enfin vers la civilisation, non la civilisation de l'esclavagisme mais la civilisation de l'épanouissement et de la liberté d'action.

Les Françaises et les Français peuvent se regarder désormais en face, sans voir leur Histoire humiliée, sans voir leurs enfants destinés à la pauvreté ou au chômage, sans voir leurs économies dilapidées par la sédation financière imposée par quelques quarterons de banquiers avariés trônant à la City.

La contre-révolution affermit désormais l'évolution, une évolution radicale permettant tant à la Nation qu'aux Pays Européens, désormais unis par l'Europe des Nations, de traiter d'égal à égal avec les grandes puissances, et n'être plus les esclaves de rouages étrangers attisés par une finance esclavagiste.

La morale de cette histoire est que l'on ne peut continuer impunément à traiter les Peuples comme des marchandises corvéables à souhait, et qu'un jour où l'autre on récolte ce que l'on sème, et qu'il y a fort à parier que ce qui vient d'être dit risque de se produire, non pas à l'échelle littéraire, mais bien à l'échelle humaine avec tout ce que cela comporte. Ce ne sera pas faute d'avertir.

Et que ne se fassent pas d'illusions les barbares qui tiennent entre leurs quelques mains les rênes de l'esclavagisme, ce ne seront leur tentative de déstabilisation, qu'elles se manifestent par la guerre – la France dispose d'une force nucléaire, qu'ils ne l'oublient – qu'elles se manifestent par le massacre, qui changeront quoi que ce soit à leur destin sur les terres des Nations Européennes, car lorsqu'un Peuple et a fortiori l'ensemble des Peuples Européens se mettront en marche pour s'émanciper de leurs chaînes, il sera trop tard, car tous les Peuples qui ont lutté pour leur Liberté ont toujours gagné, n'en déplaise, car la force de la Vie est infiniment plus puissante que la force de la mort. »

Prémonition, l'avenir le dira.

Mort d'un Troubadour

Ce jour 9 décembre 2017, la France s'est retrouvée, la France des valeurs, la France de la beauté, de la compassion et de l'honneur, la beauté et l'élégance du souvenir, la compassion pour des Êtres qui avancent sur le chemin de la Vie dans le respect de leur croyance, l'honneur de rendre hommage à ceux dont ils sont conscience. La Vie, la Vie tout simplement a rendu grâce à l'incarnation de la Vie, dans ses houles, ses calmes, ses attitudes, ses embruns, ses flots les plus limpides comme les plus torrentueux.

La France, d'un seul cœur s'est levée pour honorer la mémoire d'un chanteur, d'un poète, d'un musicien, dans un long fleuve tranquille s'est massée pour rendre au troubadour ce qu'il lui a donné, le goût de l'amour dans ses principes, ses autorités et ses félicités. Se sont unies toutes couches de la population, des plus humbles aux plus fortunées, pour cet au revoir singulier, voyant le rassemblement du Peuple s'ordonner et se cristalliser, permettant de croire, que rien n'était encore perdu dans cette Nation en déshérence eut égard aux mobiles politiques éhontés qui la lacère et la désintègre au profit de l'esclavagisme et du néant absolu.

Ce jour, ce qu'aucun homme politique n'a jamais envisagé de faire naître, tant la bassesse de ce milieu est la reptation des sens et plus encore l'abolissement du sens, la France générationnelle est venue pour rendre un dernier hommage à celui qui l'a enchanté pour certains, qui l'a acclimaté pour d'autres, qui l'a formaté pour les derniers, dans cet absolu de la Vie qui ne s'invite de gloire mais bien plus de grâce pour féliciter le vivant et non l'anéantir, à tout le moins tenter de l'anéantir.

Le Peuple a renoué avec ses traditions dans une communion que seule la disparition de celui qui a bercé leur avenir, un croyant qui n'a jamais renié ses attaches spirituelles, a pu faire surgir au milieu du marasme de la plaie qui suppure en sa Nation, une plaie ténébreuse qui s'est, au vu de tous, commise en l'Église de la Madeleine, reniant la croix pour un simple témoignage de maçon avarié, devant le catafalque du chanteur. Cette duperie de matérialiste onirique n'est pas passée inaperçue et restera gravée dans la mémoire du Peuple de France, telle une insulte à la Vie.

La tentative de récupération politique, huée et sifflée, elle-même n'est pas passée inaperçue, et reflète bien là l'outrage et l'indécence de ses caciques ridicules dans le cadre de cette cérémonie où seul le Peuple avait une raison d'être et en aucun cas de paraître. On ne remerciera jamais assez le troubadour qui a permis de mettre en exergue et la ferveur du Peuple et la déréliction de certains pseudos politiques, tous plus ridicules les uns que les autres, devant une foi manifestée et manifeste qui ne se lie avec les ténèbres et leurs suppôts, tous ces maçons avariés qui n'auraient jamais dû pénétrer dans cette église, à tout le moins en respecter les usages, et plus particulièrement respecter les croyances du troubadour disparu, en lui accordant le signe de Croix sur son cercueil, et en aucun cas cette morgue irrespectueuse issue de la prostration matérialiste et athée qui leur tient lieu de croyance.

Contrairement au déroulé des informations qui voient là l'Union du Peuple avec de pseudos élites, tout porte à voir que cette Union n'a strictement rien à voir avec ces douteux personnages, le silence lui-même n'ayant été interrompu un seul instant lors de la cérémonie religieuse, renvoyant les matérialistes dans leurs ténèbres et unissant ce Peuple dans une Foi remarquable que ne veulent en aucun cas remarquer les pauvres erres que l'on nomme journalistes qui ne sont que des esclaves attitrés de pouvoirs iniques.

Les Poètes, les Troubadours montrent la Voie, et pour leçon que les politiques sachent que le Peuple n'est pas à acheter devant la Voie, et qu'ils feraient mieux d'en suivre le dessein, plutôt que d'aller à l'encontre, comme ils l'ont si bien ce jour démontré. La poésie, la chanson, la musique ne se récupèrent pas, car elles font partie de la Voie, n'en déplaise aux roturiers fabriqués par la matérialité la plus abrupte, pas plus que l'Amour enchanté par ce Troubadour qui restera dans le cœur du Peuple de France, alors qu'ils auront depuis bien longtemps été oubliés.

Écumes

I

Aux cimes élégantes,
Le fruit du règne
Inscris sa parenthèse,
Pour offrir à la nue
Le parfum d'un âge d'Or,
Parure sous le vent.

Où l'œuvre s'invente
Un passage immortel
Pour aduler le signe
De la pérennité éclose,
Dessein de la mesure
Qu'initie la beauté
Ses orbes et ses rites
Dans la flamboyance.

Rive de nom divin
Dans l'arborescence
D'un pétale d'amour,
Respire d'ambre Vie.

Aux clameurs étonnées
De l'onde magistrale,
Qu'Univers accompli
L'Ordre prie.

Sans repos des Âmes
En l'éclat vermeil
De la pluie sereine,
Aux marches essentielles.

Impression de mémoire
Aux candeurs sinuées
De la parousie du Verbe
Qu'enfante le silence.

Aux multitudes enfouies,
Leur servitude bannie,
Élevant le solstice
En sa parure déifiée.

Mystère atavique
De la contemplation affine,
Miroir de l'aube
Dessinant l'Action.

Ainsi le Souffle
Conquérant, fertile
Des ivoires magiques,
Oriflamme vainqueur.

II

De la nue l'aube
Qui nous vient
Ciel de la Vie,
L'onde du monde
S'y précipite,
Densité éclose,
Pluie d'ivoire au sommet
Des terres éternelles,
Dans l'affinité des cœurs
Aux serments houleux.

Solstice domanial
Des épures de l'Univers,
Des cils éveillés
Son voyage portuaire,
Aux souches
Des îles bienheureuses,
Est firmament de l'escale
Du bonheur.

Des natures fauves
L'embellie des limbes,
Où l'Aigle
En zéphyr incarne,
D'un vol lagunaire
Ses rives,
Témoignage
Des guerres ancestrales.

Que Dieu Souverain
Acclimate,
Par le flux
Des cohortes embrasées,
Dans la parousie
D'un effort conjugué,

Vestale du Souffle
Qui embrase,
La prière féconde.
Inspirant
Le respire propice,
D'un retour à la Paix
Majestueuse,
Alors que la Voie
S'éblouit
De myriades délétères,
Instances de gravité
Profane et légitime,
Où l'aube d'un serment
Apporte sa récompense.

De l'Ange
Le signe
De toute condition,
Instance des écumes
Aux floralies divines,
De l'éclair,
Rencontre du sillon,
Prélude d'un amour
Renouvelé,
Désignant des songes
Le cœur du Vivant.

Voyage miroir
De plénitude annoncée,
Île aux souffles
Magnifiés et purs,
Danse à propos
Des moiteurs enfantées,
Où resplendit
La clarté de l'énamoure,
De la beauté
Des nuptiales randonnées,
Que Véga destine
Dans l'immensité du Chant,
Plénitude de l'assomption
Des vœux épousés.

III

C'est une île souveraine,
Marque d'un sérail de beauté,
Que l'onde altière
D'une rive désaltère.

Dans la profusion des mondes,
Éclosion de rythmes vivants,
Où se tiennent le lieu et ses prouesses,
Arborescences de la beauté.

Insignes de la parousie des heures
Que la nue dessine aux âges
Porteurs de l'émotion vivante
Qu'inscrit le chant témoigné.

Du cil merveilleux,
Rare certitude
Dont l'Aigle, gardien,
Éploie la densité exquise.

Vive arborescence des chants,
Dont l'Astre en sa mesure
Détermine les souffles purs
Ainsi que les aubes majeures.

Tandis qu'au loin, féeriques,
Se tiennent les faunes alanguis,
Marchant le devenir
Et ses portiques d'avenir.

Sépales des ondes armoriées
Qu'enseigne le vivant de l'aile
Apprivoisée que l'Aigle
En demeure interpelle et précise.

Instinct de l'Être au miroir
Des mondes qui devinent l'existence
Du renouveau, au saphir diurne
De l'éternelle croyance.

De vaste promptitude l'élan
Gravitant la situation des œuvres,
Et déployant, féerique, le sort
Dans un dessein de viduité.

Chant de la nature précieuse
Déflorant l'hymen gracieux
De l'œuvre à naître éternelle
Dans le cil solaire, émerveillé.

Tandis, qu'initié du Verbe,
L'Aigle invite, messager,
Le jour vivant à paraître
Dans le secret parfum des âges.

Altière perfection des heures,
Dont les paradis de victoire
Accomplissent le destin
Des jours, en lendemain.
Novation de l'Ordre
Des mantisses de l'éveil vivant,
Forces de la joie,
Du partage et du respire.

Éclair du Vivant de libre
Appartenance au secret partagé
Qui vient par-delà le signe
Rendre hommage au firmament.

Des âmes heureuses, le plaisir
De naître jeux et féeries
Dans les souffles conquis
De l'accomplissement.

Au-delà des distances, l'azur
Pour sillon et la beauté
Pour firmament, cœur
D'ouvrage de toute perception.

Univers du cycle de jouvence,
Où le ciel se correspond,
Se fertilise, et nature
La félicité des mondes de la Vie.

Danse de la nue prestigieuse
Qu'éclot le monde en ses racines,
D'une destinée souveraine
Qu'un chant salut et ivoire.

Tandis que veille, éternel,
Le miroir de l'onde pure,
Se distille sur l'horizon
Afin d'affirmer l'énamoure
De l'Amour Éternel.

IV

C'était un jour d'hiver
Dans les lagunes du sommeil
Que l'ivoire de l'histoire
Déclamait.

Et la pluie d'Or du matin,
De ce premier jour, se levait
Pour demander aux cieux
L'avenir d'une sérénité.

Iris du destin,
De la plénitude et de son chant,
Dans la source du préau
Que l'Oiseau étonne.

Alors que, Lyre de l'horizon,
Le fruit divin d'une compagne
Délivrait sa renommée,
L'espace d'un instant.

Tendre éloquence de la beauté
Aux marches désirées,
De l'orbe de l'amour
Et de ses fastes épanchés.

Clameur des sources vives,
Adulées portuaires,
Des navires en partance
Qu'une île prononce devenir.

Des équipages moirés,
Aux ondes de l'accueil,
De la grâce
Et de la fertilité.

Isis en la nue d'Or
Aux exquises langueurs
Que la nue danse
Dans l'ivoire majestueux.

Et l'ambre sans repos
De l'Amour constellé,
Venait dispos ce parfum
De la Roseraie du Règne.

Initié du rêve
Que l'onde mesure,
Éploie et sensibilise
En la fête du premier jour.

Instance du Vivant,
De nacre et de soieries,
Dans la joie des vagues
En semence, qui s'avance.

Que l'Univers enivre
De ses lacs de jouvence,
Cristal de la nue
Qui s'offre et danse.
Des hymnes de conscience
Dans l'éventail des signes
Qui s'enchantent douves
Et offrandes majestueuses.

Alors inscrit du Temporel,
Le ciel se délivrait
Et rejoignait l'Astre
Du séjour qui s'irise.

Instinct du sort accompli
Destinant ses ramures
À la mélodie de l'œuvre
Qui attend toute promesse.

Recherche de la joie,
De l'Autre énamoure composé
Par les sortilèges
D'une Déité admirée.

Lors que d'une source
L'incarnat se tressait,
Et s'affirmait volonté
Afin d'enfanter le sort.

Distance des sillons
Que l'onde épuise,
Dans le firmament
Des roses parfumées.

Du seuil le séjour
De la gloire d'un sérail
Et la pâmoison d'un cil
Que l'Univers découvre.
Où retrouvés d'Amour,
Les cœurs espérés
Sont densité native
De la beauté reconnaissante.

Que l'Univers en source répond
Par les mille parchemins
Des féeries et de la grâce
De ses sillons magiques.

Tandis que la Vie
Dans sa perception votive
Déclame son ardeur
Et sa vitale harmonie.

Livre du chant et espoir
Du temps, dans la joie
De la portée des heures
Aux louanges précieuses.

Alors que le firmament
Se dressait enchantement,
Et que l'iris déclamait
La portée de la grandeur.

Du ciel de l'aube
La majesté des sites
Aux parcours féconds
D'illuminations extatiques.

Instance du propos
Dans l'Âme générée
D'une Unité accomplie
Aux orbes de l'Amour.

Tandis que sur l'horizon
S'ébattaient de vastes nefs,
Allant le sérail de l'acropole
Des âges retrouvés.

Distance des émaux
Dans la caresse des ondes
Que le chemin annonce
Dans la splendeur du Chant.

Aux hymnes encore,
Dans le bonheur des vagues
Qui, d'Univers en Univers,
Partage ce sens de la Vie.

V

C'était un Règne
Majeur de l'Astre,
Un séjour d'opale
Où s'en viennent
Les sirènes.

Où la pluie d'Or
Du matin s'élançait,
Fertile, vers la demeure
De l'onde majestueuse.

Caresse des jours antiques
Que pleut le serment fauve
Des azurs mystérieux
Aux pléiades de l'Univers.

Devenir d'écume
Aux roseraies des lys
Appariements de l'aube,
Où l'Être se tient debout.

Mage éloquence d'un vœu,
De nuptialité le propos,
Dans l'âge devin de l'essor
Qui éveille le désir suranné.

Alors que brille l'instant
Sacral de la beauté,
Des moissons devisées
En marche d'une promesse.

Onde en l'éther portuaire
Des heures nouvelles à voir,
Qu'inonde le serment
Des équipages tressés.

Des stances du couchant
Le myrte d'un glaïeul
Renaissant le cil fécond
Des âmes bien nées.

Des sages ivoirins,
Latitude de l'Amour,
Expressive hardiesse
Dont le cil est répond.

Aigle au rubis des âges
Guidant le serment d'Être
Par la volonté supérieure
Du levant des Ors sous le vent.

Tandis qu'initiée du rêve,
Se tenait la source dormante
Des livres effeuillés
Au marbre de l'Océan souverain.

D'un voyage le partage
Aux vagues de la mer,
Amante éployée des sources
Qui s'éploient, merveilleuses.
Dessein de volonté
Aux marches des ruisseaux,
Aux fières élégances
De moires émaux ourlés.

Tandis qu'en la vague,
La joie semence sa vertu
Aux opales dessinées
D'armures propices.

Vivante affection
Des armes de la Vie,
Aux élans somptueux
Gravitant le perfectible.

Le fleuve montrant le cœur
De l'immensité affective,
L'instance du chemin
De vivre et d'essaimer.

Alors que, prononciation,
Des rives, venait
Le chant de la rencontre
Des sépales en pétales.

D'iris floralies votives
La fécondité de l'orbe,
Ses talismans et sa gravure,
Que le monde destine d'Or.

Beauté sacrale du firmament
Aux écumes légères
Et vivantes de l'Éternité,
Qui veille toute destinée.
Des marches gravies
L'ouest firmament
Des cités éveillées
Par la fenaison des sens.

Qu'initie le songe
De l'onde aventureuse
Aux dimensions des ondes
Qui fulgurent le talisman.

Dans l'austérité du Verbe
Et de ses fluctuations
Qu'une recherche affine,
Essentielle et souveraine.

Alors que la pluie vive
Étincelait ses gemmes
Aux marches des rives
Les plus déployées.

Chemin de l'horizon
Toujours renouvelé,
Des Âmes épervières
Au secret des nuits d'hiver.

Par le Temple du vivant,
Monarque en son respire,
Déjà visiteur de l'aube,
Espace révélateur.

Navire du Vivant,
En prouesse de l'instant
Qui marque, citadelle,
La nuptiale désinence.

Appel au large du désir
De l'élan partagé,
Qui se ramifie et s'épouse
Dans la nacre de la Vie.

Du rêve parfum
Des roses enivrantes,
La caresse du Printemps
Et de son séjour innocent.

Venue des vastes plénitudes
Dans l'affirmation de vivre,
Enfin devenir salutaire
Des signes somptueux.

Joie de l'astre en ses écumes,
Ses nidations, prairial renommée,
Et ses forces densifiées
Que le nectar sanctifie.

Aux jours et aux nuits
De plaisir dans le désir
Qui s'incarne, s'effleure
Et se partage, infini.

Fête sous le vent
Dans l'azur et ses secrets,
Ses mystères contemplatifs
Et ses caresses d'opales vierges.

Nectar de l'amitié qui œuvre
La parure éclatante du vivant,
De ses âges étincelants
Qui vibrent toute promesse.

Veille d'avant-veille
Des pluies d'ivoire,
Où le cœur de l'histoire
Toujours se dresse en mémoire.

Aux plages d'améthystes
Des corolles océaniques,
Vivant parfum des algues
D'un séjour magique.

Pour toujours conjuguer
Les moissons libérées,
Sorties des houles
Naviguant l'Éternité.

Les armes sans victoire
Délaissées aux fleuves
Des randonnées solitaires
Qu'un chant gravite, éphémère.

Pour naître l'assomption,
L'accomplissement des frondaisons,
Et la vitale harmonie
Des Âmes exondées.

Danse du séjour
De la pluie d'étreinte
Aux marques de la Vie
Qui, à profusion, deviennent.

Des sens, la joie,
Du firmament le bonheur
Qui s'accomplit
Et se perdure, inaltérable.

Semis des voyages
Aux semences des ardeurs
Qui prononcent leurs états
De clameurs et de joies.

De frais partages, paysage
De l'émotion des cils
Aux ramures éternelles
Délivrant la Voie.

Dessein du Verbe accompli
Voyant des heures devenues
L'éblouissement de la nue
En ses ramures, en majesté.

Qu'une barque de cristal
Témoigne, dans la solsticiale
Appartenance de l'écume,
Vive arborescence.

Insigne des floralies
Des Âmes natives
Aux joies sereines
De la Beauté et de l'Amour.

Densité présente
Qu'initie le don
En sa clarté
Et sa puissance.

VI

Il fut un temps pour tout cela
Des mimétismes, l'Occident
Du songe porteur
D'un rameau d'olivier.

Clairière du cil, le songe
S'aventurant témoignage
Dans l'ardeur d'une mélopée
Suave et désirée.

Où l'ambre en semis disparaît
Sa moisson d'azur,
Pour porter, majestueux,
Le sillon floral.

Clameur des cils à mi-genoux
Des luminosités spatiales,
Œuvre et densité
Qui mesurent l'Éternité.

Âme de grand Nom
Et de vaste flamboiement
Aux îles éveillées
De la Sagesse, l'Empire.

Et cette Âme, fresque,
Libérait son dévolu
Aux fastes d'un nombre
Et d'un solstice en majesté.

Clameur du ciel sans repos
Qu'Isis en sa pluie d'Or
Le vierge essaim
Contemplait en l'aube nue.

Tendre levant de l'orbe
Aux marches aquatiques
Des limbes de minuit
Enfantées au zénith.

Cil de l'astre renouveau
Des florales demeures
Que l'iris fertilise
Abondance et merveille.

Nue de la parure
Diurne des faunes
Déployés dans le secret
Des règnes enivrés.

Magie des œuvres
Aux élans intrépides
Constructeurs et vifs
Qui marquent un dessein.

Danse de la Vie
D'opales légères
Aux flores en semis
En marche du palais.

Espoirs saturnales du songe
D'Hyperborée le sacre,
Aux nefs ancestrales
Qui signent un sillon.

Souffle de l'Esprit
Qui vogue le limon
Des Âmes en partage
Au Cœur qui palpite.

Dans le crépuscule
Des marches solaires
Emprise d'un sérail
Où la pluie s'éternise.

Mystère des Aigles
Qui volent vers les jouvences
De l'impénétrable secret
Des heures aquatiques.

Rencontre des signes
Aux parfums des fluviales
Arborescences qui magnifient
Le serment de l'Éternité.

Essor frontal de l'aube,
Conquis d'une fidèle
Harmonie qui tisse
L'horizon d'un lien à venir.

Où renaît l'amitié
Dans sa gerbe de corail,
Ses émaux et ses désirs
Qui ruissellent le Vivant.
Ouest roseraie
Des Âmes nénuphars
Que conte le pistil
D'un Univers en fête.

Éclair de l'ambre
Qui force la conquête
De l'espérance
Et de ses stances.

Aux vagues de la nue
Où l'Empire se présente,
Salut qu'ivoire
Le monde et son message.

Mémoire antique des vœux
Les plus tendres et vifs
Dans l'ardeur d'un sillon
Qu'initie le Verbe d'Or.

Aux étranges parchemins
Qui stigmatisent le vécu
Des âges anciens livrés
À la moisson d'un respire.

Alors que dans la nue du chant
Le rite de moiteur caressait
Ses rubis pour en densifier
Le rêve dense et Royal.

Univers des hymnes
Qui s'ébattent, vierges
Parures dans l'onde
Souveraine des îles à midi.
Désir du chant
Et chant du désir
Aux caresses de l'orbe
Qui s'éploient.

Se déploient et s'animent
Pour initier le chant
Aux plus vastes fronts
De l'écume en l'Azur.

Ouverture au monde,
Sapience de l'Univers
Des œuvres vivantes
Qui se perpétuent.

Tandis que se ranimaient
Les fertiles cités
Des Âmes en chemin
Dans le solstice souverain.

Clameur du ciel dans l'ivresse
Des marches sans repos
Menant vers le soleil
Et ses marbres épicés.

Dans la recherche, l'essor
Et la parure
Des mondes magnifiés
De l'Ordre qui se meut.

Des navires à flot,
L'écume et le serment
Des vagues roseraies
Que lys la perfection.

Par la sérénité des houles,
Orbe du secret des vagues,
Au chant majeur qui naît
Et ne s'estompe.

Lys amazone du Printemps,
Du rêve en sa réalité
Qui se prononce et s'initie
Aux marches du palais.
Où l'amitié sereine
Indique le chemin
De parousie et de beauté,
Aux stances émerveillées.

Libre parfum des roses
Aux senteurs évanescentes,
Que ruisselle le Vivant
Dans l'enchantement du Chant.

Des sites rencontrés
Les esquifs qui ruissellent,
Aux marches des rubis,
Enseignement du vent.

Iris de la pluie nénuphar
Des algues sycomores,
Fruit de l'instant
Qui passe et se retient.

Gravure à mi nue
Des armes qui s'éveillent
Aux portiques des écrins
Qui marchent un rubis.

Répons des âges du Vivant,
Par les sources profondes
Et les lacs azurés
Où l'émotion s'éblouit.

Des lieux le lieu souverain
Qui marque le passage
De l'astre en sa demeure
D'un écrin sage souverain.

Alors que le regard enseigne
Et perpétue le lendemain
De naître et d'essaimer
Dans la nue solsticiale délivrée.

Que veillent, Diane souveraine,
L'empire et la candeur,
Le cil et la venue,
Annonces en son respire.

Clameurs de l'ouvrage
Dans la ville éternelle
Des gemmes sans repos,
Dessinant l'espoir conquis.

Des sources claires,
L'onde, sans équivoque,
Qui participe le moment
Sacral de la rencontre.

Du Temple l'ordonnance
La gravitation des festives
Langueurs qui viennent
Le respire des Âmes épousées.

Regard de l'orbe sous le vent
Qu'enchante la prouesse
De l'Amour conquis
Qui reste à apprivoiser.

Dans ce jeu des corps exprimés
Qui s'annoncent et s'initient
À la pérennité des demeures
Et aux joies de la réalité.

Fertile puissance du Règne
Qui s'annonce levant de la Vie
Et ferment de la puissance
Qui s'éblouit et s'anime.

Alors que le rêve se réalisait
Et que la pluie des orbes
Se donne et se répond
Au firmament des cœurs.

Des lys perfections
Le paysage clair
Où s'en viennent le Printemps
Et les roseraies fertiles.

Dessein d'Amour parfait
Où s'irise le parfum
De la tendresse
Et ses douces mélopées.

Là, sur ce terre-plein de fortune
Où la Vie féconde la Vie
Dans une naturation joyeuse
Où interpelle l'Univers.

Enamoure des rives
Et des sillons voluptueux
Dont les âges épousent
Les fruits victorieux.

Iris du nectar des algues nues
Qui s'élancent et se déploient
Afin de naître la perception
Immense de l'Éternité.

Du Règne la splendeur
De l'épopée vibrant
Toute force des semis
Et de leurs moissons.

Ainsi en cette Île
De vertu, le conte
D'une histoire vécue
Qui s'enfante et se renouvelle.

Iris du destin qui se lie
À la beauté pour ensemencer
Les lendemains qui viendront
La parure de l'Éternité.

VII

C'était un jardin d'azur
Aux contreforts de la nue
Qu'enfantait une Lyre,
Aux fronts majestueux
De l'espoir retrouvé.

Il y avait là des fenaisons,
Des rimes par les saisons,
Et dans la pure profusion,
La roseraie d'un sort éclos,
Que le cil danse, immanent.

Des rythmes l'hyperbole
De l'axe engendrant l'offrande,
S'évoquait en ses ramures
La splendeur d'une nef visitée,
Candeur de la pluie d'ivoire.

Livre ouvert sur les vagues,
D'amazones cristallisations,
Aux épures domaniales,
Festives amantes
De rêveries qui enchantent.

Où l'onde voyait la source,
Demeure impérissable
Des plus grands chants d'Or,
Dont la pluviosité granitée
Épanchait la soif sidérale
De mannes sans repos.

Livre de l'étreinte acheminée
Par les stances du Levant,
Qu'oriflamme la vertu,
Ses transes et ses ébats,
Dans l'orbe du couchant.

Univers accompli de l'âge
Aux regards pénétrés de sève,
Qu'Isis en sa pluie d'Or
Devine aux prémisses
Des candeurs déployées.

Marque de la Voie d'une source
Aux fleuves abondants,
Des libres soupirs
Que règnent le temps
Et ses rives anachorètes.

Du prisme la mesure,
Où l'onde vient, victorieuse,
La passion de la moisson
Des algues sous le vent,
Aux rives effeuillées.

Nature oracle du feu
Des fenaisons ivres,
Lys de la pure densité
De l'écume vive
Fertile de rosée.

Faune dans le chant,
Faune dans la nue,
Faune dans l'espoir,
Faune encore
De l'Âme et du corps.

De la source cristalline
L'éveil fulgurant d'ivoire
Marbrant du satin des roses
L'ambre mélodieux du songe
De pure divination, les heures.

Insigne de la pluie
Que l'orbe délétère
Devise en plénitude
Aux marches du corail
Et de ses rives de lumière.

Alors que le soleil pleut
Et que de l'Or saillit la nue,
Voyant des rives exondes
Le principe de l'Éternité
Qui veille son chemin.

Recherche de plénitude
Aux rives et aux sources
Par fêtes bruissant
De la joie sereine
De la quiétude retrouvée.

Joie des jeux
Aux fruits d'été glorieux,
Transes de la danse
Des rêves accouplés
Aux destins initiés.

Lors que se dresse, Vie,
L'immortel sillon de sève,
Dessein de ce lendemain
Du Chant et de ses Règnes,
Félicité de l'œuvre.

Mesure du déploiement
De l'astre en sa demeure,
Du cil la désinence
Qui veille les lendemains
À naître et prospérer.

Aux marges continentales,
Essor sans chagrin,

Qui délibère l'offrande
De la volonté du signe
Qui se prononce d'Or.

Aux portiques franchis
De la source amante,
Aux effusions qui bercent
La temporalité divine
Des chants du renouveau.

Rencontre des cils,
Des forces et des mondes
Que l'Univers accompli
Par ses routes nombreuses

Et souveraines éployées.
Des Temples la certitude
Des sentes floralies,
L'Empire et sa mesure
Qui flamboient le dessein
D'une écume Olympienne.

D'autres lieux encore,
De la simplicité des corps
L'ambre parfum des songes,
Dont le cœur est monde
De la beauté surannée.

Mage éloquence de vierge
Essaim aux ramures d'épices,
De santal et de palissandre,
Qu'enjoint la fertile avance
De l'Épopée magnifiée.

Des fruits vivants
L'émeraude des couleurs,
La senteur des émaux,
Et le chant des Oiseaux,
Souffle impérissable.

Des hymnes l'offrande
Aux passementeries d'hiver,
Allégeance des cimes
Qui viennent nénuphars
Combler le cil de la vertu.

Enfance de la rencontre
Que marbre l'oasis des faunes,
Et des sites dans la cime
Qui s'annonce fertile,
Ovation du déploiement.

Là, ici, déjà présence
Aux flores des vagues,
Dans la nue présente
Que le destin assigne
Parousie diamantaire.

Des villes par les cimes
Et des cimes parmi les rives,
D'ambre raison le parfum
Venant l'ultime saison
De la Vie rayonnante.

Mystère de l'horizon
Qui se conjoint et se rejoint
Dans l'énamoure des hymnes,
Dont les parfums enseignent
La plénitude de l'essor.

De l'étreinte l'enfantement
Nuptial de la pluralité,
Rencontre de l'Unité
Et de ses sortilèges
Majestueux et clairs.

Souffle de l'Âme unifiée
Délaissant les méandres
Des rythmes effeuillés
Afin d'initier l'harmonie
Fastueuse de l'Éternité.

Des stances déployées
Les rêves et les parfums
Qui bruissent les chemins
D'une caresse libérée
Où le sens devient divin.

Hommage aux cieux
Solidaires de l'horizon,
Du Verbe en mesure,
Dont le tourbillon d'or
Enseigne la parure.

Dessein du sort Templier
Des Êtres de ce Chant,
Dont la nue cendrée
Par le souffle éternel
Jamais ne s'oubliera.

Alors que se lève le vent
Porteur de moisson,
Allant vers d'autres étoiles
L'enfantement du Dire
Pour promouvoir l'Éternité.

VIII

Or lagunaire
D'Ys éphémère
La nue cendrée
Recherche l'aimée.

Dessein d'Or
L'ambre fort
Talisman le sort
Du Règne de l'essor.

Clameur libre
Du souffle livre
Vivant espoir
L'âme d'une mémoire.

Heure souveraine
De force Reine
La rive sépale
D'un cœur pétale.

Dans la course
Nectar source,
Du cil parfum
Sans chagrin.

Rives déployées
De l'heure fécondée
Où l'enchantement
S'ébroue firmament.

Signe par la Voie
Du sérail en émoi
Le corps mature
Des fêtes de nature.

Aux fastes éclairés
D'un élan transfiguré
Que porte l'Univers
Insigne de l'Éther.

Alors que les cimes
Joignent sans abîmes
Nef de Splendeur
L'accueil du bonheur.

Rencontre sublime
De l'astre intime
Du désir altier
Conjoint émerveillé.

Aux sources énamoures
Caresse de l'Amour
L'ambre semis
Des joies de la Vie.

Conte de l'Éternité
Du cil apprivoisé,
Enivrant parfum
Du songe serein.

D'île, le chant d'ivoire,
Source de victoire
Inscrit cet espoir
Qui règne en miroir.

Dans l'Unité insigne,
Le déploiement du signe
Qui se devise sans mystère
Aux corps éphémères.

Étincelant Amour,
Resplendissant atours
Du Chant Vivant
Des seuls Amants.

En l'Oasis de ce monde
Où s'épanchent les ondes
Douces et pures
Des sources épures.

Aux stances infinies
Qui régissent la Vie
Dans son éploiement
Qui naît tout déploiement.

IX

Clameur des âges
D'Altaïr,
Souffle d'épopée
Antique.

J'allais ce paysage
Des signes infinis
Dans la portée
Des règnes d'ivoire.

Et mon cœur au front d'or
Délivrait ce serment
Que renaître viendrait
L'immensité du Chant.

Et les voies se tressaient,
Portes monumentales
En la floraison divine
Des vagues azuréennes.

Dans la nue de l'onde
Aux mémoires des signes
Dans la conséquence
Suprême de la Voie.

Alors que des songes
Venaient les éloquences
Fières et divines
Des efflorescences nuptiales.

Devenir des mondes
Et splendeur des règnes
Dans la préhension
Souveraine de l'Éternité.

Lys Éden des vertus
Composées et diaphanes
Dont les rives
Sont portiques de la Vie.

Forges essentielles,
Les volutes affirmées
Y délivraient la gravure
D'une aristocrate grandeur.

La flore y germait un ciel solaire
Gravitant les immensités
Que nos cœurs cherchaient
Afin de renaître l'Éden.

Tandis que se montraient,
Épervières et clamées,
Les forteresses de l'ambre,
Séjour de Gloire.

Des hymnes le corps
De la citadelle de nos heures
Perdue au calvaire
De la destinée.
Mesure de la Vie
Dans sa flamboyance
Et sa merveilleuse
Éternité.

Portuaire latitude
De la pluie des songes
Que baigne ce rêve sidéral
Aux promontoires de santal.

Sans masques de faiblesse,
Sans port de reptation,
Toutes joies élevées
Vers une sacrale dimension.

Destinant du séjour
L'appropriation incarnée
Du pouvoir vital
Et souverain.

Mesure du déploiement,
Par les astres soumis
Et les perverses rides
Détruisant notre terre altière.

Afin de lui rendre l'honneur,
La grandeur et la Foi,
Dans la Voie vivante
Qu'autrefois elle acclamait.

Détruisant à jamais en son sein
Les rebelles déliquescences
Qui fructifiaient sur sa dépouille
Livrée à la vermine qui grouille.

Renaissance de Gloire
Par les temps et les chants,
De ces temps et ces champs
Qui fleurissent l'avenir.

Firmament de l'Univers
Dessein de l'Histoire
Qui ne se prétend
Mais se prend.

Devenir de ces cieux
Sans troubles ou vivront
Les Êtres un devenir
Et non un souvenir.

Dans la fécondité des signes
Qui se fertilisent,
Et non des nuées
Qui s'infantilisent.

X

D'énamoure le seuil
De la pluie d'Or
L'ardeur du propos
Aux stances de l'Essor.

Conte nautique
Des alluvions de l'Ouest
Qu'irise la perception
Du moment présent.

Il y avait là des semis
D'Âmes éveillées
Aux sortilèges antiques
Et aux fruits divins.

Et l'aube sereine
Y portait ses rubis,
Ses calices et émaux,
Dans un chant Vivant.

Lors qu'enseignement
Le sage en répond
Des lys aventures
Interprétait le songe.

Insigne vertueux
Des monades éveillées
Dont les mystères
Effeuillaient le rêve.

Tandis qu'en corps,
Les cils pour témoins,
Le cœur palpitait
L'Horizon du lendemain.

Dans l'amitié du seuil
L'espoir de la découverte
De l'immortelle randonnée
Aux vierges destinées.

Insigne solitude
Des rives enseignées
Qui parlent demain
De libres desseins.

Tandis qu'en l'œuvre
Se tresse l'harmonie
En rupture des âges
Et des sens initiés.

Quête du jour de Vie
Des roseraies ardentes
Aux respires fertiles
Que délivre toute moiteur.

Sans absence du Chant
Dans l'hymne de parousie
Dont les voix éperdent
Les ramures dissonantes.
Lors que préau des règnes
La citadelle se tressait
De ses armoiries limpides
Fières et sublimes.

Instance magique
Des ondes qui respirent
La pluviosité des cimes
Aux stances des abîmes.

Où l'Aigle s'inscrit,
Parure de la vision,
Témoin de l'avenir
Conquérant qui vient.

D'une beauté diaphane
Éloquence du Verbe,
Atours de l'ambre,
Vertu de splendeur.

Tandis que s'éployait
La beauté talismanique,
Dans une écume d'azur,
D'une Augure fantastique.

Aux confins des mondes
Là où se tient le lieu,
L'univers accompli
De toute Harmonie.

De nefs en nefs, sérail
De l'ordre conquérant
Qui marche vers l'Or
De la beauté nuptiale.
D'un espace souverain
Qui vogue l'Éternité,
Instance du Vivant
Aux marches du Palais.

De l'énamoure qui brille
De tous ses feux Olympiens.
Le feu sacral dont l'hymne
Est vague en semis.

Aux marches opiacées
Écume des rivages,
Force visitée
De l'éclair devisé.

Alors que se tend l'envol
Gracieux des forces
Vers le Chant
Et ses vagues immortelles.

Parure des équipages
Aux souffles épicés
De la statuaire des Îles
Qui gravitent le firmament.

Rencontre des étoiles,
Des cristaux d'ivoire,
Marques de l'histoire
Qu'initie la mémoire.

Danse épousée
Des rythmes et clameurs
Qui fondent les mondes
De mystères invisibles.

Marche ardente
De la rencontre souveraine
Aux mille espaces
Semis de la parousie.

Aube conquérante
De l'Île retrouvée
Aux fastes des écumes
Déployées et conjuguées.

De calme latitude
Limpide couronnée
Le sérail accompli
Dont l'œuvre devise.

Ainsi le Chant Éternel
Qui se renouvelle
Jamais ne tarie,
Toujours s'initie.

TABLE

NEFS SUR L'OCÉAN

Royan
2019
Vincent Thierry

Œuvres de Vincent Thierry
Catalogue

GÉNÉSIAQUE
Le journal d'un Aventurier

PRAIRIAL
Le Chant du Poète
De Jeunesse
Les Continents oubliés
Vents du présent

ÉCRITS DU VENT
Écrins
De Marche Humaine
L'Indivisible
Military Story and new world

HÉROÏQUES
Mutation Terrestre
Lettres à l'Amour
Les Cantiques
D'Olympe le Chant d'Or

NATURAE
Fresques d'Amour
Le Verger d'Amour
L'Interdit
Mélodie d'Amour

FENAISONS
Améthystes
Océaniques
À la recherche de l'Absolu
Voyages

HORIZONS
Ivoire
D'Histoires nouvelles
D'Orbes
Stances

SOLSTICE
Idées
Âme Française
Expressions
Solstice

D'UNIVERS
D'Iris
Démiurgique
D'Azur
Flamboyant

REGARDS
D'un Ode Vif
D'une Gerbe de Soleil
Du Songe
Du Savoir sans Oubli
Que l'Onde en son Respire
Que l'Or Solaire
Qu'azur le Cristal
Du Souffle Vivant
De l'Harmonie

ISTAÏL
Cygne Étincelant
Âme de plus pure Joie
D'un Âge d'Or Renouveau
Par le Ciel Symbolique
De l'Être Universel
Règne d'Or Liquide
De toute Luminosité

ABSOLU
Théorie Générale de l'Universalité

NIDS
Nid de faucons
Nid de vautours
Nid de scorpions
Nid d'Aigles

COMBATS
Ordre Mondial contre nouvel ordre mondial
La Voie Templière
Contraction Temporelle
Ondine

Lanzarote Élégies
De Corse les Chants
Nouvelles de l'horizon
Nefs sur l'Océan
L'Ordre ou le Chaos
Harmonie contre Barbarie
Jeunesse lève-toi !
Métamorphose
Roseraie de lumière
Constellations
Semeur d'étoiles
Pléiades
Aux confins des Univers

UNIVERSUM
Universum I
Universum II
Universum III
Universum IV
Universum V
Universum VI
Universum VII
Universum VIII
Universum IX
Universum X
Universum XI
Universum XII
Universum XIII

DOCUMENTS
Subversion I
Subversion II
Subversion III
Subversion IV

EXPOSITION
Prélude
Exposition I
Exposition II
Exposition III
Exposition IV
Exposition V

MULTIMÉDIA

UNIVERS
(Shows artistiques informatiques – CD/DVD)

1992-2018 : Univers I à XXXIII
2007 : Univers Film
IDDN.FR.010.0109063.000.R.P.2007.035.40100

ÎLES
(Films CD-DVD)
Est Ouest
Atlantis
Fragments
Rêve Corse

MUSIQUE
(CD-DVD)
Émotion
Mystica

COMPILATION

ŒUVRES 2008
(CD)
Œuvres Poétiques
Œuvres Romanesques, Nouvelles
Œuvres Élégiaque, Chants
Œuvres Théâtrale
Œuvres de Science-fiction
Œuvres Philosophiques, pamphlets
Œuvres Métapolitique
Œuvres Complètes

PROFESSIONNEL
(Base de données DVD)
Assurance Dommages

SITE INTERNET

http://harmonia-universum.com

Éditeur Patinet Thierri
http://harmonia-universum.com

Impression
http://www.lulu.com